不埋没一本好书,不错过一个爱书人

七楼书店

名家伴读

茨威格读书随笔

Begegnungen
mit
Menschen,
Büchern

［奥］
斯蒂芬·茨威格
—
著
高中甫 等
—
译

华中科技大学出版社
http://press.hust.edu.cn
中国·武汉

图书在版编目（CIP）数据

茨威格读书随笔/（奥）斯蒂芬·茨威格著；高中甫等译.—武汉：华中科技大学出版社，2023.5
（名家伴读）
ISBN 978-7-5680-9279-1

Ⅰ.①茨… Ⅱ.①斯… ②高… Ⅲ.①随笔－作品集－奥地利－现代 Ⅳ.①I521.65

中国国家版本馆CIP数据核字（2023）第058973号

茨威格读书随笔　　　　　　　［奥］斯蒂芬·茨威格 著　高中甫等 译
Ciweige Dushu Suibi

策划编辑：陈心玉
责任编辑：刘　静
封面设计：尚燕平
责任校对：李　琴
责任监印：朱　玢

出版发行：华中科技大学出版社（中国·武汉）　　电话：（027）81321913
　　　　　武汉市东湖新技术开发区华工科技园　　邮编：430223
印　　刷：北京文昌阁彩色印刷有限责任公司
开　　本：640mm×960mm　1/16
印　　张：15
字　　数：168千字
版　　次：2023年5月第1版第1次印刷
定　　价：68.00元

本书若有印装质量问题，请向出版社营销中心调换
全国免费服务热线：400-6679-118　竭诚为您服务
版权所有　侵权必究

译者序

斯蒂芬·茨威格是中国读者所熟知的一位奥地利作家，他是一位小说家，他的长篇、中短篇都几乎已全部译成中文，受到广大读者的喜爱，有的名篇可说是脍炙人口，如《一个陌生女人的来信》《一个女人一生中的二十四小时》《心灵的焦灼》《象棋的故事》等。他也是一位享有世界声誉的传记作家，他的大多数传记作品亦多被译成中文，其翔实性和可读性，为读者称道，如《三大师》(巴尔扎克、狄更斯、陀思妥耶夫斯基)、《与魔鬼作斗争》(荷尔德林、克莱斯特、尼采)、《三作家》(卡萨诺瓦、司汤达、托尔斯泰)[①]、《精神疗法》(梅斯梅尔、玛丽·贝克·艾迪、弗洛伊德)，以及《罗曼·罗兰传》《蒙田评传》等。我们亦知道，他是以诗人身份登上文坛的，还写过一些广受好评的戏剧，如《海滨之屋》《耶利米》等。他也是一位散文作家，从他的自传《昨日

[①]《三大师》《与魔鬼作斗争》和《三作家》三部传记是茨威格"精神类型学"的写作计划，茨威格给它们加了一个总标题："世界建筑师"。在茨威格看来，这九位作家涉及三种不同的精神类型，他们以各自不同的风格和特点，用他们的才能和激情为人类建筑了一个丰富多彩的、形而上的精神世界，他们是伟大的建筑师。本书收录了茨威格为这三部传记所专门写的文章，展示了他对这九位作家的类型评价。这三篇文章在本书开篇单独列出，其他篇目则按文章的写作或发表时间编排顺序。——编者注

的世界》中,我们知道,他还是一个十七岁的中学生时就开始在报刊上发表评论文章了,且不无自诩地写道:"到了中学的最后几年,我在专业判断和富有文采的表达能力方面,甚至已超过了那些著名的专业评论家。"据统计,直到1942年他辞世时止,共发表了一千四百多篇文章。他先后把它们结集出版,如《时代和世界》《欧洲的遗产》《人和命运》《邂逅人、书籍、城市》《创作的秘密》等。他的散文从内容上大体可分为三类。

第一类是涉及当前现实生活和社会焦点的文章。他不是一位政论家,缺少思想家和政治家的深度和缜密,但有着艺术家的敏锐和文体家的风采。

第二类是游记。茨威格从学生时起就酷爱旅行,他游遍了整个欧洲,包括新生的苏联,更把他的脚步跨上北非、南美洲、北美洲,直至喜马拉雅山下。旅行对人的一生有很大的意义,对此他有深刻的理解,他写道:"旅行对我的意义是去克服一种内在的惰性,去抗拒把我们逼入狭窄之中的动力法则。"在这些旅行之中他写下了他的见闻,他的感受。渊博的学识、形象性的描述以及时而闪现出的思想火花使读者兴致盎然。

第三类,是以人和书为主,以文学艺术为内容的文章。其中有作家介绍、作品评论、讲演、纪念文章、序言等不同体裁。茨威格被称为一个"急性的、充满热情的读者",每当他读了好的作品,他就要把他的感受表达出来,他就要介绍给他人。尤其是在介绍外国文学上,他尽了不少力。他建议出版社出版一套双语对照的文学作品，他还亲自组织志同道合的作家一道翻译外国名篇，他更是亲自翻译作品，人们称他是一个"中介者"。他写了许许多多介绍外国作家和作品的文章和评论。翻开他的几本散文集，就可以看出，论述所及囊括世界从古至今的许多伟大的作家和艺术家。他把他们当作自己的楷模、师法的榜样和知心好友。他要读者和他一样去认识、去爱他们。罗曼·罗兰在谈及这种被茨威格称之为"心灵的事业"时，充满敬意地写道："您有着理解和爱的才能，有着从爱中去理解的才能。"在他的笔下，无论是昔日的还是当世的，无论是本国的还是其他民族的，他对这些作家、艺术家都充满尊敬和热爱之情。他不是一位职业批评家，更不是借此凸显自己、贬抑他人的炫耀者。他自称，他在写评介文章时，只是一个唱颂歌的人（Hymniker）。他孜孜以求的，是借助自己的笔去追求一种理想，如他在《邂逅人、书籍、城市》一书导言中所表达的："在人与人之间、在思想之间、在文化和民族之间的人性谅解。"

茨威格的散文，纵谈历史、现实、社会、人性，评论文学、艺术、作家、作品。它们虽非篇篇珠玑，但不乏真知灼见。茨威格情感真挚，文笔挥洒，其作品读来引人入胜，读者总能从中得到收益，获得审美上的愉悦与理性上的思考。这些文章显示出茨威格思想上的多维性和表达上的形象性，少有书卷气和学究气，富有灵气和艺术魅力。

现在呈给读者的这本《茨威格读书随笔》，是凤岭先生从我编的《茨威格文集》（七卷本）和《茨威格散文集》中挑选，外加我补充的几篇文章，汇集而成的一本茨威格以邂逅人与书籍为主题的读书随笔集。他编好后嘱我写一短序，我年老体弱，更是才思愚钝，只好在旧文上做些增删，聊以塞责。

茨威格在一份用英文写的简历中写道："正如我感到整个世界是我的家乡一样，我的书在地球上所有语言中找到了友谊和接受。"我相信，如他的一些小说和传记在中国找到了友谊和接受一样，他的这本随笔集也定会找到友谊和接受。

高中甫

Contents 目录

巴尔扎克、狄更斯和陀思妥耶夫斯基　　001

荷尔德林、克莱斯特和尼采　　004

卡萨诺瓦、司汤达和托尔斯泰　　018

懒惰的胜利　　032

福楼拜的遗作　　037

巴尔扎克优雅生活的密码　　042

《一千零一夜》中的戏剧　　048

尼采和朋友　　059

让-雅克·卢梭的《爱弥儿》　　071

泰戈尔的哲学著作　　078

沃尔特·惠特曼　　086

赫尔曼·黑塞的道路　　090

拜伦：一个伟大生命的戏剧　　098

夏多布里昂　　108

耶雷米亚斯·戈特赫尔夫与让·保罗　　112

普鲁斯特的悲惨生涯　　118

向罗曼·罗兰致谢　　126

谈歌德的诗　　129

高尔基的《阿尔塔莫诺夫家的事业》　　139

乔伊斯的《尤利西斯》批注　　145

霍夫曼斯塔尔　　150

弗洛伊德的新作:《文化中的不满》　　163

书:通向世界的入口　　168

里尔克　　178

作为宗教思想家和社会思想家的托尔斯泰　　184

艺术创作的秘密　　203

在弗洛伊德灵柩旁的讲话　　223

托马斯·曼的《绿蒂在魏玛》　　227

巴尔扎克、狄更斯和陀思妥耶夫斯基[①]

尽管这三篇论及巴尔扎克、狄更斯和陀思妥耶夫斯基的文章是在十年之间完成的,可把它们收在一本书里并非偶然。这三位伟大的,在我看来是19世纪独特的小说家,正是通过他们的个性互为补充,并且也许把叙事的世界塑造者即小说家的概念提升到一种清晰的高度。

我把巴尔扎克、狄更斯和陀思妥耶夫斯基称为19世纪独特的伟大小说家,当我把他们置于首位时,绝不是对歌德、戈特弗里德·凯勒[②]、司汤达、福楼拜、托尔斯泰、维克多·雨果等人的个别作品的伟大性有所忽视,这些作家的某些作品往往远远超越了他们三人的作品,特别是巴尔扎克和狄更斯的个别作品。我相信,必须明确地确定一部长篇小说的写作者和小说家(romancier)的内在的和不可动摇的区别。长篇小说作家在最终和最高的意义上只是百科全书式的天才,他们是知识渊博的艺术家,他们以作

[①] 本文是茨威格为《三大师》(巴尔扎克、狄更斯和陀思妥耶夫斯基的传记)所写,1919年作于萨尔茨堡。在《三大师》中,茨威格把巴尔扎克、狄更斯和陀思妥耶夫斯基看作是叙事文学的天才,是百科全书式的作家。——译者注(除特别表明外,本书注释均为译者注)
[②] 戈特弗里德·凯勒(Gottfried Keller, 1819—1890),瑞士德语作家。

品的广度和人物的繁多为依据，建筑了一个完整的宇宙，他们用自己的典型、自己的重力法则和一个自己的星空建立了一个与尘世并立的自己的世界。每一个人物、每一件事都浸透了他们作品的本质，不仅仅对他们是典型的，而且对我们本身也是鲜明的，有着那种说服力。这种力量诱使我们经常用他们的名字来命名这些事件和这些人物。这样，我们在活生生的生活中就能说：一个巴尔扎克人物，一个狄更斯形象，一个陀思妥耶夫斯基性格。这些艺术家通过他们的大量人物形象如此统一地展示出了一个生活法则，一个人生观，以至借助他而成为世界的一种新的形式。去表现这种最内在的法则，这种隐于它们统一中的性格构成就是我这本书的重要的探索，它的未标出的副标题应当是"小说家的心理学"。

  这三位小说家中的每一位都有自己的领域。巴尔扎克是社会的世界，狄更斯是家庭的世界，陀思妥耶夫斯基是一和万有的世界。把这几个领域相比较便显出了它们的差异，但不能用价值判断来重新解释这种差异，或以个人的好恶去强调一位艺术家的民族因素。每一个伟大的创造者都是一个统一体，它以自己的尺度锁定它的界限和它的重量：在一部作品的内部只有一种重量，没有公平秤上的绝对重量。

  这三篇文章都以作品的理解为前提：它们不是入门，而是升华、沉淀和提炼。因为高度凝练，它们只能是我个人认为重要的东西，这种必要的缺欠在《陀思妥耶夫斯基》这篇文章里使我感到特别遗憾，它的分量像歌德一样，就是最广阔的形式也无法加以包容。

  很想在这几个伟大的人——一个法国人，一个英国人，一个俄国人——之外添加一位有代表性的德国小说家，一位在高度意义上的——如我认为适用于"小说家"这个词那样——叙事的世界塑造者。但是在当前和在过去，我都没有找到一位那种最高等级的作家。为未来要求出现这样一位作家并对遥远的他致以敬意，也许就是这本书的意义所在。

高中甫 译

荷尔德林、克莱斯特和尼采 ①

> 一个凡人解放自己的努力越艰难,
> 他对我们的人性的震撼就越强烈。
>
> ——康拉德·斐迪南德·迈耶尔 ②

在这部作品里又像在以前的三部曲《三大师》中一样描绘了三个文学大师的形象,他们因其内在的共同性而相聚在一起;但这种内在的共同性打个比方来说顶多是一种偶然相遇。我并不是在寻找思想的模式,而是在描绘思想的各种形式。如果说我在我的书中一再将好多这样的形象有意识地聚拢在一起的话,那只是一种画家的方法,他们总喜欢给自己的作品寻找合适的空间,在这个空间里光和逆光相互作用,通过对称使原先隐藏着的、现在

---

① 本文是茨威格为《与魔鬼作斗争》(荷尔德林、克莱斯特和尼采的传记)所写,1925年作于萨尔茨堡。在《与魔鬼作斗争》中,茨威格把三位人世遇相似、内心世界相近的德国作家放到了一起。
② 康拉德·斐迪南德·迈耶尔(Conrad Ferdinand Meyer, 1825—1898),瑞士德语作家。

很明确的物体的相似性展现出来。对比对我来说永远是一种具有启发性的、具有创造力的因素,我喜欢这种方法是因为运用它时可以避免牵强附会。它丰富的正是公式削弱的部分,它通过出其不意的反射照亮物体,就像给从画架上取下的肖像装上画框一样使空间显出深度。这种空间艺术的秘密早已为最早的语言肖像家普鲁塔克①所熟知,在他的《希腊罗马名人传》里,他总是把一个希腊人物和一个罗马人物对照着描写,以使得他们个性背后的精神投影作为一种典型更好地凸显出来。我也效法这位传记和历史方面德高望重的先祖,在其精神上相邻的领域——文学性格学方面——做一些相似的尝试,这两卷应该是一个形成中的系列的第一部分,我打算把这一系列命名为"世界的建筑师,一部精神的类型学"。我绝不是想以此给天才的世界植入一个僵化的模式。就像心理学家出于激情,造型艺术家出于造型的愿望,我是出于我的描绘艺术的冲动,走近那些使我感到最深切的眷恋的形象。这样我就在内心为任何完善的企图设置了界限,而我绝不后悔这样的限制,因为必要的残缺只会吓住那些相信创造性中也存在体系的人,他们傲慢地误以为,无限广袤的精神世界可以用圆规圈出来。在这个庞大的计划中吸引我的却恰恰是这样一种两重性:它触及了无穷,并且没有给自己限定界限。我就这样缓慢地,然而又是充满热情地用我那本身还很好奇的双手把这座开始得出人意料的建筑继续建造下去,让它直插进那一小片天空——悬在我们生命上面的摇摇欲坠的时间。

---

① 普鲁塔克(Plutarchus,约46—约120),罗马帝国时代的希腊传记作家,以《希腊罗马名人传》(又名《比较列传》)一书闻名后世。他的作品在文艺复兴时期大受欢迎,蒙田对他推崇备至。

荷尔德林①、克莱斯特②和尼采这三个英雄式的人物单从表面的人生际遇来看就有一个明显的相似之处：他们处在同一个星象之下。他们三个都是被无比强大的，在某种程度上几乎是超自然的力量从他们本来温暖的存在中驱赶到一个毁灭性的激情的热带气旋之中，并终因可怕的精神障碍、致命的知觉迷乱、疯狂或自杀而早夭。不合时宜，不为同代人所理解，他们像流星一样带着短暂而又耀眼的光芒射入他们使命的星空，他们自己对他们的道路，对他们的意义一无所知，因为他们只是从无穷驶入无穷：在人生的大起大落之中，他们与现实世界仅仅是擦肩而过。一些超人的因素在他们身上发挥着作用，这是一种高于自身力量的力，在这种力面前他们感觉自己无能为力：他们不再听从自己的意愿（在他们的自我为数不多的清醒时刻里，他们也曾惊恐地意识到这一点），而是听命于别人，是被一个更高的力——魔力——所"占据"③（在这个词的双重意义上）的人。

魔，这个字从原始的神话宗教观念中来到我们的时代，已经被许多的意义和解释弄得面目全非，使得我们有必要给它标注一个专有的注释。我把那种每个人原初的、本性的、与生俱来的躁动称之为魔性，这种躁动使人脱离自我，超越自我，走向无穷，走向本质，就好像自然把她原始混沌中一个不安定又不可摆脱的

---

① 弗里德里希·荷尔德林（Friedrich Hölderlin, 1770—1843），德国浪漫派诗人，死后被遗忘近百年，直到20世纪中叶才被重新发现，并在欧洲建立了声誉，被认为是世界文学领域最伟大的诗人之一。因情场失意，身心交瘁，后来逐渐精神分裂，以致生活不能自理。代表作有诗剧《恩培多克勒之死》，诗歌《自由颂歌》《人类颂歌》《致德国人》《为祖国而死》等。
② 海因里希·冯·克莱斯特（Heinrich von Kleist, 1777—1811），德国诗人、戏剧家、小说家，1811年11月21日自杀。代表作有小说《O侯爵夫人》《智利地震》，戏剧《彭忒西利亚》《赫尔曼战役》等，其《破瓮记》与莱辛的《明娜·冯·巴尔赫姆》、霍普特曼的《獭皮》并称为德国三大喜剧。
③ 该处德文原文为"Besessene"，有两个含义：一为着魔的，一为被占领的。

部分留在每一个灵魂之中，而这部分又迫切地渴望回到超人的、超感觉的环境之中。魔性在我们身上就像发酵素，这种不断膨胀、令人痛苦、使人紧张的酵素把原本宁静的存在迫向毫无节制、意乱神迷、自暴自弃、自我毁灭的境地。在绝大部分的普通人身上，灵魂的这一宝贵而又危险的部分很快就被吸干、耗尽了；只有在极个别的时刻，在青春期的危机中，在爱情或生殖的欲望使内心世界沸腾的瞬间，这种脱离肉体、纵横驰骋、自暴自弃的感觉才令人担忧地控制了庸庸碌碌的存在。其他时候，矜持的人们往往让这种浮士德式的冲动窒息在自己心里，他们用道德来麻醉它，用工作使其迟钝，用秩序将其囿圈。市民永远是混乱的天敌，不仅在世界中，而且在他们自己身上。在层次高一些的人身上，特别是在有创造力的人身上，躁动不安却作为一种对日常工作的不满足发挥着创造性的作用，它赋予人"更高尚的、折磨自己的心灵的"（陀思妥耶夫斯基）那种充满疑问的、超越了自己、向往着宇宙的思想。一切使我们超越自己的本性，超越个人利益，驱使我们求索、冒险，使我们陷入危险之中的想法都应归功于我们自身魔性的部分。但这个魔鬼只有当我们降服它，当它为我们的兴奋和升华服务时，才是一种友好的、促进的力量；一旦这种有益的兴奋成为过度的紧张，一旦灵魂在这种煽动性的冲动，在魔性的火山爆发式的冲击中败下阵来，危险就会降临。因为魔性只有通过无情地毁灭瞬间的、尘世的东西，通过毁灭它寄居的肉身，才能回到它的故乡、它的本质，回到永恒。它先是一步步扩展，接着就要进裂。它占据了那些不懂得及时驯服它的人的心灵，使那些具有魔性天性的人变得狂躁不安，强行地夺去他们意志的方向盘，使得他们这些失去意志、被任意驱使的人在风暴中跌跌撞撞地朝着他们命运的暗礁漂去。生命中的不安定总是魔性的先兆，不安的血液，不安的神经，不安的思想（这就是为什么人们也把那些传播不安、厄运和混乱的妇女称为妖魔）。生命中的危险和危机总是和魔性相伴而生，那是悲剧的气氛，是命运的气息。

每个智慧的、有创造力的人都曾不可避免地与他的魔性展开过较量，这种较量总是一场英雄的较量，一场爱的较量。它是人性中最灿烂的一笔。一些人在它猛烈的冲锋中败下阵来，就像女人被男人的强力所征服，她感到那愉悦的穿刺和那富有生命力的物质的涌入。另有一些人则驯服了它，使它炽烈、躁动的本性服从他们冷静、果断、坚定的男性意志：这种势如水火而又情意绵绵的扭斗往往持续一生的时间。在艺术家身上和他的作品里，这场伟大的争斗仿佛生动可见：智慧的人和他永恒的诱拐者初夜时那灼热的鼻息和撩人的轻颤一直传达到他的作品的神经末梢。只有在有创造力的人身上，魔性才会挣脱感觉的阴影，寻求语言和光线。我们在被它征服的人身上，在被魔鬼击溃的诗人的身上，能够最清楚地看到魔性激情的特性，在这里我选择了德语世界最有意义的三个形象——荷尔德林、克莱斯特和尼采。因为当魔性专断地占据了一位诗人的身心时，在烈焰升腾般的兴奋之中就会产生一种特殊的艺术种类：迷幻艺术。那是痴迷狂热的创作，是精神战栗沸腾的飞跃，是战斗和爆炸，是高潮和迷醉，是希腊人的"μαυτα"①，是通常只有预言者和女巫才具有的神圣的放纵。无矩无形，夸张无度，永远希望超越自己直到极限，直到无穷，渴望回归自己的原始天性——魔性，这往往是这种迷幻艺术第一

---

① 希腊文，意为疯狂。

个不容争辩的先兆。荷尔德林、克莱斯特和尼采属于普罗米修斯一族，他们猛烈地冲破生活的界限，反叛地打破一切形式并在心醉神迷之中毁灭了自己：在他们的眼中闪烁的显然是魔鬼那异样的、狂热的目光，它借他们的口说话。是的，由于他们的嘴唇早已沉默，他们的思想之光早已熄灭，它甚至借助他们残破的肉体说话。能最真切地观察他们身心之中这位可怕来客的莫过于他们的灵魂，但它早已被过度的兴奋折磨得支离破碎，人们可以透过裂缝俯视最深处那魔鬼盘踞的幽谷。正是在他们的精神衰落的过程中，那平时隐藏着的蠢蠢欲动的魔性力量才在这三人的身上突然昭示出来。

为了揭示这三个被魔鬼征服的诗人的本性，为了揭示魔性本身的秘密，我忠实于比较的方法，给这三个悲剧英雄树立了一个看不见的对手。但是，被魔性所蛊惑的诗人的真正对手并非没有魔性：没有哪种伟大的艺术没有魔性，没有那世界原初的曲调里低回的乐音。没有人能比这位一切魔性的天敌更能证明这一点，他生前甚至一直强烈地反对克莱斯特和荷尔德林。这个人就是歌德，关于魔性，他曾对爱克曼说："每个最高级的创造，每一句意义深刻的格言……都不在任何人力的控制之下，而是高居于所有尘世的力量之上。"没有哪种伟大的艺术没有灵感，而所有灵感又都来自未知的彼岸，来自自省之上的一种知识。我认为，那些亢奋的，被自己的激越制服的诗人，那些狂妄无度的人，他们真正的对手应该是其有度的主人，应该是一个用现实的愿望束缚魔性的力量并有目的地使用它的诗人。因为魔性虽然是最伟大的力量和所有创造之母，但它全无方向：它只瞄准它所来自的无穷和混沌。如果一位艺术家用人性的力量控制了这种原始的力量，如果他能按照自己的意愿给它设立现实中的限制和方向，如果他能像歌德那样"调遣"诗艺，把"无度无形"的东西转变成有形的思想，如果他能做魔鬼的主人而不是奴仆，那么一种高级的、肯定不低于魔性艺术的艺术就会产生。

歌德，我们说出这个名字作为对立面的典型，他的存在将象征性地贯穿全书。作为研究大自然的学者，作为地理学家的歌德是"一切爆发现象的反对者"，在艺术领域他同样将"进化"置于"突然喷发"之上，用一种在他身上少见的，顽强的坚定性与一切暴虐乖戾、狂放不羁——简言之，一切魔性的东西——做着斗争。正是这种顽强的抵制显示出，哪怕对他来说，与魔鬼的较量对他的艺术而言也曾是生死攸关的问题。只有在生命中遭遇过魔鬼的人，只有战栗地看到过它的美杜莎①眼睛的人，只有完全了解它的危险的人，才会把它当作可怕的敌人来对付。在青年时代，歌德肯定曾与这个危险的人物面对面地较量过，进行过生与死的抉择——维特证明了这一点，在他身上歌德预见性地让自己摆脱了克莱斯特和塔索②、荷尔德林和尼采的命运！自从这次可怕的遭遇以后，歌德毕生都对他强大对手的致命的力量保持着长久的敬畏和毫不掩饰的恐惧。他凭借神奇的眼睛识破他的死敌的每一种形象和变化：贝多芬的音乐、克莱斯特的《彭忒西利亚》、莎士比亚的悲剧（最后他不敢再翻开这些书："这会把我毁了。"），他的思想越多地专注于创作和自我保护，他就越是小心谨慎地、战战兢兢地躲开他的对手。他知道，如果献身于魔鬼，下场将是如何，

---

① 希腊神话中的蛇发女妖，被其目光触及者即化为石头。
② 托尔夸托·塔索（Torquato Tasso，1544—1595），意大利诗人，作品有《里纳尔多》《阿明塔》《耶路撒冷的解放》等。

因此他护卫着自己，因此他徒劳地告诫别人。歌德耗费了巨大的力量来保存自己，而那些着魔的人付出同样多的力量来耗尽自己。对歌德来说，这场争斗也是为了一个最高的自由：他为他的尺度，为他的完善同无度进行斗争，而那些着魔的人则为无穷而战。

我只是出于这种想法，而不是想让他们（现实生活中虽然存在）对抗，才将歌德的形象置于这三个诗人、魔鬼仆人的对立面：我认为需要一个伟大的对立的声音，只有这样那些我敬重的，在克莱斯特、荷尔德林、尼采身上体现的如痴如醉、兴奋狂热、强悍激烈才不会被看作一种价值微乎其微的艺术。他们的对抗赛对我来说应该是最高级别的精神世界的对立问题，如果我把他们某些关系的这种内在的对立稍加改变使之一目了然的话，应该不是多余的。这种鲜明的对比几乎像数学公式一样通用，从他们精神生活的大致轮廓到最小片段：只有用歌德和这些着魔的对手相比，只有对思想的最高价值形式进行一次对比，光线才能照亮深层的问题。

在荷尔德林、克莱斯特、尼采身上，最引人注目的是他们与现实世界的脱离。谁落入魔鬼的手心，它就会将谁拽离现实。这三个人没有一个有妻室子嗣（他们的同胞兄弟贝多芬和米开朗琪罗也莫不是如此），没有一个有房子财产，没有一个有安稳的工作和固定的职位。他们是"游牧民族"，尘世的流浪汉，局外人，怪人，遭蔑视者，过着无名小卒的生活。他们在尘世上一无所有。不管是克莱斯特，还是荷尔德林，还是尼采，谁都不曾拥有过自己的一张床。他们坐在租来的椅子上，趴在租来的桌子上写作，从一个陌生的房间换到另一个陌生的房间。他们从没在任何地方扎过根，即使这些人和善妒的魔鬼联姻，爱神也不曾长久地眷顾他们。他们的朋友经不住考验,他们的职位东挪西迁,他们的著作没有收益:他们总是两手空空,又徒劳无获。他们的存在就像流星,像那不安分地旋转、坠落的星体,而歌德的星则划出了一条清晰、圆满的轨迹。歌德根深蒂固,并且他的根还越扎越深,越扎越广。他有妻子、孩子、孙子,女人像花一样遍开在他人生各处,少数但固定的几个朋友一直伴随着他。他住在宽敞堂皇、装满了藏品和珍宝的房子里,荣誉在长达半个多世纪的时间里一直和他的名字联系在一起,一直温暖地护佑着他。他有职位和身份,官至枢密顾问,被尊称为"阁下",世界上所有的勋章都在他宽阔的胸前闪闪发光。着魔的诗人精神的飞升力不断增加,他身上尘世的重力却不断增长,因此他的本性随着时间的流逝越发地沉稳(而那些着魔的人变得越发的易变,越发的不安定,就和被追逐的野兽一样在原野上狂奔)。他在哪儿停留,哪儿就成为他自我的中心,同时也是民族的精神中心;他运筹帷幄,从容不迫地掌握了世界,与他相亲的绝不仅限于人类,这种亲密对象还涉及植物、动物和石头,并创造性地与他的属性连为一体。

因此这位魔鬼的主人在他生命的终点上仍是生活中的强者(而那些着魔的人则和狄俄尼索斯[①]一样被自己的猎狗群撕碎,灰飞烟灭了)。歌德的一生是一个绝无仅有的、有策略的战胜世界的过程,而另外一些人则在英勇的、但毫无计划的战斗中被从世界中排挤出来,逃向无穷。为了与超凡的净土统一为一体,他们必须奋力将自己超拔于尘世之上,而歌德并不需要离开大地一步,就能触及无穷。他慢慢地、耐心地将它拉向自己。他的方法是一

---

① 希腊神话中的酒神。

种彻头彻尾的资本主义的方法：他每年都把适量的经验作为精神的收获存储起来，年终他和精打细算的商人一样把这部分经验整理记录到他的日记和年鉴中，他的生活不断带来利息，就像田地带来收获。那些着魔的人却像赌徒一样经营，带着豪爽的、无所谓的态度跟世界赌博，把他们全部的身家性命押在一张牌上，赢也无穷，输也无穷——那种缓慢的、储蓄式的获利是为魔鬼所不齿的。经验，对歌德来说意味着存在的根本，对他们来说却一文不值。从痛苦中他们除了学到更强烈的感觉以外一无所获。这些空想家，这些对世界一无所知的人最终迷失了自己，而歌德是个好学不辍的人，生活对他来说是一本永远敞开的，应该认认真真、逐句逐行，用勤奋和毅力来完成的作业。他永远觉得自己和小学生一样无知，很久以后他才敢说出这句充满神秘的话：

生活我已经学过，神啊，限定我的时间吧。

另一些人却觉得生活既不能学会，也不值得学习：更高的存在的预感对他们来说比所有统觉和感觉的经验都更为重要。只要不是天赋所赐之物，对他们来说就都是不存在的。他们只从它金光闪闪的宝藏中拿取自己的部分，只遵从内心，只让火热的感觉使自己兴奋、紧张。火是他们的属性，烈焰是他们的行为，而那种使他们升华的如火热情吞噬了他们整个的生命。克莱斯特、荷尔德林和尼采在他们的生命终结时比在生命的起点时更加孤单，更加不食人间烟火，更加寂寞，而对歌德来说，和他生命中的所有时刻相比，最后的那一刻他是最富有的。对这三个人来说，只有他们心中的魔鬼变得强大了，只有无限更能支配他们：由于美他们才生活匮乏，由于不幸他们才美。

由于这种完全对立的生活态度，即使与天才有着内在的亲缘关系，他们也会和现实产生不同的价值关系。每个魔性的人都鄙视现实，认为它是有缺陷的，他们——荷尔德林、克莱斯特、尼采，每人都以不同的方式——一直是现有秩序的反抗者、叛乱者和叛逆者。他们宁为玉碎不为瓦全，他们顽强不屈，即使面对死亡和毁灭也在所不辞。他们因此成了（光彩照人的）悲剧性的人物，他们的人生也成了一场悲剧。歌德正相反——他大大地超越了自我！他明哲保身，他觉得自己并不是为成为悲剧家而生的，"因为他的天性是和善的"。他不像他们那样谋求永恒的战争，他要的是——作为保存和协调的力量——平衡与和谐。他带着一种只能称之为虔诚的感情让自己屈居于生活之下，对这种更高的、最高的力，他尊敬它的每种形式和每个阶段（"不管怎样，生活，总是好的"）。那些被折磨、被追逐、被驱赶、被魔鬼拖拽着在世界上四处游荡的人，对他们来说再没有比赋予现实如此高的价值，或认为现实有价值更奇怪的事情了：他们只知道无穷，以及到达无穷的唯一道路——艺术。他们因此将艺术置于生命之上，将诗艺置于现实之上，他们像米开朗琪罗敲打成千上万的石块一样，怒气冲冲，火冒三丈，带着越来越狂热的激情，通过他们人生黑暗的坑道，把自己的身体撞向他们在梦境深处触摸过的闪闪发光的岩石，而歌德（像莱昂纳多·达·芬奇）觉得艺术只是生活的一部分，是生活中千万种美妙形式的一种，对他来说艺术和科学、哲学一样重要，但它也只是部分，是他生活中小小的、有影响的一部分。因此，那些着魔的人的形式变得越来越专一，歌德的形式却越来越广泛。他们越来越多地把自己的本质转换成一种纯粹的单一性,一种极端的绝对性,歌德却使他的本性变成一种越来越广泛的普遍性。

出于这种对生的热爱,反抗魔性的歌德的一切行为的目的就是安全,就是智慧的自我保全。出于对现实的生的蔑视,那些魔性的人的一切行为都发展成游戏、危险,发展成强行的自我扩张,并终结于自我毁灭。在歌德的身上,所有的力都是向心性的,从外围向中心聚拢;那些人力量的涌动则是离心性的,总想冲出生命内部的界限,这样就不可避免地把它撕破。这种涌出、外溢到无形处、到宇宙中的愿望集中表现在他们对音乐的爱好上。在音乐中他们可以完全无拘无束,放浪形骸地宣泄。在走向灭亡的时候,荷尔德林、尼采,甚至坚强的克莱斯特都陷入了音乐的魔力之中。理智完全地化解成了迷醉,语言变成了韵律。着魔的思想坍塌时,音乐就像场大火,伴随着燃烧(在莱瑙[①]身上也是如此)。歌德却对音乐执一种"小心的态度":他害怕它媚人的力量会把他的意志拖入无本质的空洞之中。在坚强的时候,他坚决地将它拒之门外(即使是贝多芬);只有在软弱的时候,在疾病或爱情来临的时刻,他才向它敞开大门。真正适合他的是绘画,是雕塑,是所有能提供固定形态的,所有给含混无形的东西设定界限的,所有阻碍质料流逝、散失、消融的艺术。魔性的诗人喜爱分解、无拘无束,喜爱回归感觉的混乱,而歌德那清醒的自我保护的冲动是去寻求一切能促进个体稳定的秩序、标准、形式和法律。

我们可以用数百种比喻来形容这种魔鬼的主人和奴仆之间发人深省的对比,而我只选择最一目了然的、几何学的比喻。歌德

[①] 尼古拉斯·莱瑙(Nikolaus Lenau,1802—1850),奥地利著名诗人,因爱情和事业上的挫折而精神失常。

的生活是一个圆：闭合的线条，对圆满生活的包容，永远向自己回归，从不可动摇的中心与无限保持着同等的距离，从里到外全方位地生长。因此，在他的生活中没有真正的如日中天的顶点，没有创作的顶峰——在任何时间，朝任何方向，他的本性都均匀饱满地朝着无穷生长。着魔的人的表现却是抛物线形的：迅猛地朝着唯一的方向上升，朝着更高，朝着无穷，骤然地升起，又骤然地坠落，不管是在文学创作上还是在生活中，他们的崩溃总离顶点不远。是的，它们总是神秘地交织在一起。荷尔德林、克莱斯特、尼采这些着魔的人的毁灭也是他们命运不可或缺的组成部分。毁灭完成了他们灵魂的肖像，就像没有抛物线的下降弧就不能构成完整的图形一样；而歌德的死则是完整的圆上一个不引人注意的点，它并没有给生命的画像增添什么重要的内容。事实上，歌德的死也不像那些人一样是神秘的、英雄传奇式的死，而是床第之死，儿孙绕床的一家之长之死（民间传说编造出"更多的光！"徒劳地想要给它增添一些预言的、象征的色彩）。这样的人生有的只是一个终点，因为它自身已经圆满了；那些着魔者的人生有的却是一次灭亡，一次惨烈的遭遇。死神补偿了他们在世时的贫困，给他们的死亡以神秘的力量：谁的生活是一场悲剧，谁就会有英雄之死。

满怀激情地奉献直至消融在属性之中，满怀激情地维护自己的形象，这两种与魔鬼斗争的方式都需要无比的英雄气概，都赋予他们精神上的辉煌。歌德式的生活的圆满与魔性诗人富有创造力的毁灭，他们完成了两种不同类型的死，但每个类型都在不同的创造意义上完成了智慧的个体相同的、唯一的任务：对生存提出无止境的要求。我在这里把他们的形象放在一起对比，只是想用象征使他们的美的两面性显示出来,而不是要厚此薄彼,或者支持那种流行的、庸俗透顶的临床的观点:歌德显示了健康,而另一些人代表了疾病;歌德是正常的,那些人是病态的。"病态"这个词,只适用于那些没有创造力的人,适用于低级的世界,因为创造了永不磨灭的东西的疾病已不再是疾病,而是一种超健康的形式,是最高健康的形式。尽管魔性站在生命的最边缘,甚至向外伸向不可逾越、不曾逾越之地,但它仍是人性固有的内容,完全是天性范围之内的东西。大自然给种子的生长规定了数千年不变的时间,给孩子限定了在母腹中的期限,但她这个一切法则之母也有过突发事件和感情冲动,也经历过魔性发作的时刻。在暴风骤雨中,在热带风暴中,在洪水泛滥中,她的力量危险地聚集,并发挥到自我毁灭的极致。她有时也暂停,当然罕见,罕见得就像那些魔性的人身上显现人性一样!她从容地行走,只有这时,只有从她的无度之中我们才能发现她的完满的度。只有罕见的东西才能扩展我们的思想,只有在面对新的强力战栗之时我们的感觉才会变得敏锐。不同寻常总是所有伟大事物的标准,而且——即使在最令人迷惑、最危险的人身上——创造的价值都将高出所有的价值,创造性思维将高出我们的思维。

潘璐 译

卡萨诺瓦、司汤达和托尔斯泰①

对人类的严格研究就是人。

——蒲柏②

在我试图说明关键性的典型人物身上那种有创造力的精神意志,并且通过形象来说明这些典型人物的《世界建筑师》这套描述性的系列丛书里,第三卷既是前两卷的对立面,同时又是对前两卷的补充。《与魔鬼作斗争》把荷尔德林、克莱斯特和尼采表现为被魔力驱动的悲剧性气质的人的三种变化形态。这种气质既超越自身,也超越现实世界,抗拒着无限的东西。《三大师》则把巴尔扎克、狄更斯和陀思妥耶夫斯基说成叙事文学世界创造者的典型。他们在自己的长篇小说宇宙里建立起了与现有的真实并存的

---

① 本文是茨威格为《三作家》(卡萨诺瓦、司汤达和托尔斯泰的传记,又名《自画像》《描述自我的三作家》《三诗人的生平》)所写,1928年复活节作于萨尔茨堡。茨威格在《三作家》中回到作家本身,对他们来说,重要的不是去摹写现实存在,也不是去描绘外部的宏观世界,而是去展示自己,去呈现自己的内心世界。
② 亚历山大·蒲柏(Alexander Pope,1688—1744),18世纪英国最伟大的诗人。代表作有《批评论》《夺发记》等,翻译了荷马史诗《伊利亚特》和《奥德赛》。

第二个真实。《三作家》既不同于第二卷那样写作家进入无限的事物中,也不同于第一卷那样进入现实世界,而是完全退回到作家本身。这三位作家都无意识地认为,自己艺术最重要的任务不是去摹写宏观世界,也不是去摹写丰富多彩的现实存在,而是把自我的微观世界发展为一个世界。因此,对于他们来说,什么真实都没有自己存在的真实重要。这样,那些心理学称之为外向的、面向世界的作家,即世界创造者的作家,把自我溶解在他所描绘的客观事物中,直到找不到为止(最为完美的是莎士比亚,他已经合乎情理地变成了神话);与此同时,主观的感觉者,也就是内向的感觉者,则是面向自己,让人世的一切在他的自我中结束。因此,他首先是他自己的生平的塑造者。无论他选择什么体裁,是戏剧,是叙事诗,是抒情诗,抑或是自传,他都在不自觉地把自我作为媒介和中心塑造进每一部作品。他的每一次描述,首先都是描述他自己。以卡萨诺瓦[①]、司汤达和托尔斯泰这三个人物为例阐明这种研究自我的主观主义艺术家类型及其十分重要的艺术体裁——自传,这就是第三卷的意图和要解决的疑难问题。

我知道,把卡萨诺瓦、司汤达和托尔斯泰这三个名字放在一起,乍听起来令人感到惊异,而不是令人感到信服。人们想象不出来这样一个价值水平,在这个价值水平上,卡萨诺瓦这样一个放荡不羁的、非道德的骗子,一个令人生疑的艺术家会与托尔斯泰这样一位英勇的伦理学家、一个十分完美的人物相遇。实际上,这样并置在一本书中并不意味着他们在同一个思想水平上,不分轩轾。恰恰相反,这三个名字象征性地代表着三个阶段,所以是

[①] 贾科莫·卡萨诺瓦(Giacomo Girolamo Casanova, 1725—1798),极富传奇色彩的意大利冒险家和作家。卡萨诺瓦一生中最为重要的作品是他的自传体小说《我的一生》(*Histoire de ma vie*)。

一种上下重叠的、同一类型不断提高的性格形态。我再重复一遍，这三个名字不是代表三个同等价值的形态，而是代表同一种创造性才能即自我表现上升的三个阶段。不言而喻，卡萨诺瓦代表的是初级的、最低等的、原始的阶段，也就是质朴的阶段。在这个阶段里，人们还把生平与外部感性的、实际的经历等同起来，还只讲述自己生活无拘无束的过程及重要事件，而不对这种过程和事件进行评价，甚至也不进行研究。司汤达已经使自我表现达到了一个比较高级的阶段，这就是心理学的阶段。在这个阶段里，人们不再满足于单纯的讲述，不再满足于粗略的Curriculum Vitae（简历），而是对自身产生了好奇心，要对自身原动力的机械装置进行观察研究，要寻求自己行动和放弃行动的动机，也就是要寻求内心领域里的戏剧性。这样就产生了一种新的自我观点：自我作为主体与作为客体所进行的双重观察，这也就是内心的与外部的双重生平。进行观察的人观察自身，有感觉的人检查自己的感情——于是不仅现世的生平，而且连心理的生平也都形象地进入了观察的范围。后来在托尔斯泰这个典型身上，这种心理的自我观察，因为同时也变成了伦理学的和宗教性的自我观察，所以就达到了观察的最高阶段。准确的观察者描述他自己的生活，精确的心理学家描述感受引起的反射。此外，自我观察的新要素，也就是良心的无情之眼，观察着每一句话的真实性，每一个意向的纯洁性，每一次感受持续作用的威力。由此可见，自我描述超越了好奇的自我研究，变成了道德上的自我检验，也就是自我审判。艺术家在进行自我描述的时候，不仅要追寻自己现世表现的类别和形式，还要追寻自己现世表现的意义和价值。

这种类型的艺术家在自我描述时善于将他的自我充满到一切

艺术形式里，但是他只在一种艺术形式中完全实现这一点，那就是在自传中，也就是在对于自我而言包罗万象的叙事诗中。每一个这种类型的艺术家都不自觉地致力于这种艺术形式，然而很少有人能够实现意图。在一切艺术形式中，自传是罕见成功之作的艺术形式，这是因为它是一切艺术类型中最具有责任感的，因此，很少有人尝试写自传（在浩如烟海的世界文学中仅能举出十多部表现精神本质之作），也很少有人对自传进行心理学考察。原因是，这样的考察必须毫无拦阻地从直线行走的文学领域下到精神科学最深层的迷宫中。不言而喻，鲁莽冒失在这里是很不适宜的。在这篇简短的前言里，我只能简略地谈谈对现世的自我进行描述的可能性和限度，只能用勾画点到的方法预奏起这个疑难课题的主题，以引出齐奏。

率真的人认为，自我描述必定是每个艺术家最发自本能和最轻而易举的任务。这是因为创作者对谁的生平能比对他自己的生平更熟悉呢？对他来说，生存中的一切重大事件都是料想得到的，最秘密的事情也是已知的，最隐蔽的东西在他心中也是显而易见的。因此，要讲述他现在生存和过去生存的"这种"真实，除了打开记忆库，写出生平事实以外，他无须做其他任何努力。所以说，当剧院里拉开遮掩创作好的戏剧的帷幕，拆去分隔自身与世界的第四面墙时，他几乎再也无须干什么，一幕戏就成了。不仅如此！由于这是没有幻想地、单纯机械地描述一种有序的真实，所以也不大需要画家天才的摄影术。自我描述的技艺似乎根本造就不出艺术家，而只能造就诚实的记录员。从原则上说，随便哪个人都能够成为自己的传记作者，都能够用文字表现他的种种危难和命运。

但是历史教导我们，通常自我描述者的成功从来不过是对他所经历的纯粹偶然事件、事实提供简单的见证而已，与此相比，由自己创作内心的精神画像就总是要求训练有素、观察力敏锐的艺术家。而且甚至在这样的艺术家中也只有为数寥寥的几个人适于作这种异乎寻常和责任重大的尝试。这是因为在令人生疑、鬼火闪烁的回忆朦胧状态中没有一条路是无法通行的,就像一个人从他公开明显的表面下降到自己最深处的幽暗王国,从他神采飞扬的现在进入他那荒芜迷漫的往昔那样。为了从旁边绕过自己的深渊,要在自我欺骗与随意健忘之间狭窄而滑湿的道路上行走,独自摸索着走进最近的孤寂中去——在那里,如同浮士德走向众女神的路上那样,他自己生平中的情景只是作为曾经存在过的真实的象征,还"没有生气地一动不动"地悬浮着!——他得进行多少冒险呀!在他能够有资格说出"Vidi cor meum!"(我看清楚了自己的心!)这句庄严的话之前,他需要多么巨大的英勇和自信啊!然后再从内心的这个最深处回转,上升到进行着抗争的形象世界,也就是从自我观察进入自我描述,这又是多么艰难啊!最能清楚地表明这种冒险行为的巨大艰难的,莫过于成功之作的稀少了:成功地把精神形态的自我雕像写成文字的人是屈指可数的。而且就在这些相对完美的作品中还有多少遗漏和缝隙,还有多少人为的补充和不自然的掩饰啊!在艺术中,正是那些最贴近身边的东西,是最难以表现的东西;看来轻而易举的事情,往往是最艰巨的任务。因此,艺术家真切地塑造当代及历朝历代的任何人的困难,都没有真切地塑造他本人的自我的困难大。

话虽如此,但是为什么世世代代总还在把新的尝试者推向这个几乎无法圆满完成的任务呢?毫无疑问,而且事实证明,是人被迫赋予了一种原始的推动力,也就是天生具有对自我永存不朽的要求。每个人都作为亿万分子中的一个分子,被置于流动之中,受暂时性的阴影笼罩,注定要改变和变化,被奔腾不息的时代拖拉而去。每个人都不由自主地(凭借永存的直觉)想方设法把他那一度存在却又永不再现的情景继续保存下来,也许保存在比他更长久的遗迹中。生育和证明自己的存在,归根结底,指的是同一种功能,一种相同的努力,就是至少要在不屈不挠、延续生长的人类大树干上留下一个暂时性的痕迹。每一篇自我描述都是这种为自己作证的愿望最强烈的表现。最初尝试的自我描述都还欠缺肖像的艺术形式,缺少文学的素养,或是给坟头砌上一层方石块,或是以笨重的楔形墓碑赞颂些无从查考的业绩,或是在树皮上刻画。单个人最初的自我描述就是以方石块的语言,跨越数千年的空旷空间对我们讲述的。那些业绩早已无法探明究竟。那一代人已经烟消云散,其语言已经变得无法理解,但是他们所表现出来的感情冲动是很明显的,也就是塑造自己、保存自己,并且经过自己的呼吸把曾经存在于某人某氏身上的痕迹转交给生气勃勃的后代。由此可见,使自我永存不朽这样一个不自觉的模糊意志就是一切自我描述的根本动机和开端。

又过了千百年,有觉悟的和更有知识的人类才不仅在内心有了证明自己存在的要求——尽管这种要求或是直截了当或是模模糊糊的——还产生了一个第二意志。这就是把自己作为一个自我来认识,并且为了了解自己而说明自己的个人要求,就是自我观察。奥古斯丁[1]很精彩地说,如果一个人"变成了自己的问题"并为自己去寻求一种只属于他的答案,那么,他为了更清楚明白、更一目了然地认清自己,就会把他一生的道路如同展示地图那样,

---

[1] 圣奥勒留·奥古斯丁(St. Aurelius Augustine, 354—430),早期西方基督教神学家、哲学家,他的著作《忏悔录》被认为是西方历史上第一部自传。

展开在自己面前。他不是想要对别人说明自己,而是首先想要对自己说明自己。在这里就出现了一个分岔路口(至今在每部自传中还清晰可辨):是描述生活,还是描述遭遇见闻;是为别人进行说明,还是对自己进行说明;是写客观的、外部的自传,还是写主观的、内心的自传。总之,是向别人倾诉,还是自我诉说。一类倾向于公之于众,面对社区民众进行忏悔,或者在书中进行忏悔;另一类是独白式的思考,多半都满足于写在日记里。歌德、司汤达、托尔斯泰这样一些真正才识全面的人,他们尝试进行一种完美的综合,并且使自己在两种形式里永存不朽。

然而自我观察还只是一个准备步骤,一个无须思索的步骤。因此,任何真实,只要它自身是适当的,就还容易保持真实。而到传达给别人这种真实的时候,才开启了艺术家的真正的困难和痛苦,才要求每一个自我描述的人表现出坦诚的英雄主义。正如交际的约束促使我们把个人的往事友好地告诉所有的人那样,在我们身上还有一种相反的强烈欲望——同样是保持自我的基本意志,隐瞒自我真相的基本意志——在起支配作用。这种相反的强烈愿望源于人的羞愧感。正如女人由于本性的意志谋求献身于人,而理性又使其做出相反的选择——想要保卫自身。在心理上,那种使我们向全世界倾吐衷肠的忏悔意志,同时也在与劝导我们把最深的秘密保守起来的内心羞惭进行着搏斗。这是因为人本身是最虚荣的,总是希望自己能卓尔不群、完美无缺地出现于别人面前,而不是与此相反。因此,他所追求的是,让他的那些丑恶的秘密、他的缺陷以及他的浅薄狭隘,都随他一起死亡,与此同时他还想让他的形象活在人间。由此可见,羞惭是一切真实自传的永久敌手,因为羞惭诏媚,诱使我们不照我们本来的面目进行描述，而是照我们希望被看到的样子进行描述。羞惭会施展种种狡猾伎俩和欺诈手段引诱准备诚实对待自己的艺术家隐藏内心深处的事情，遮蔽他的要害之处，掩饰他讳莫如深的问题。羞惭无意识地教导塑像的手舍弃或者欺骗性地美化有损于形象的琐碎事情（但从心理学的角度看，这些是最本质的东西），以便巧妙地分配光线与阴影，从而把性格特征修饰成理想的形象。但是谁要是软弱地屈从于羞惭的谄媚催促，那么，他所做到的准定是自封为神或者为自己辩护，而不是自我描述。因此，一切诚实的自传所要求的前提条件不是单纯和漫不经心的讲述，而是必须时时刻刻严防虚荣心渗透进来，是对自己世俗本性不可遏制的倾向——为讨世人喜欢而对肖像进行自我调整——严加防止。为了达到艺术家的诚实，在这时还需要有一种特殊的、在千百万人中难得一见的勇气，因为在这时除了自我——见证人和法官、原告和被告都集于一身的自我——以外，没有别的人能够对真实性进行监督和对质。

对于这种不可避免的反对自欺欺人的斗争，至今还没有完善的装备和防护手段。这是因为，正如在各种军事工业里，人们为了对付更为坚硬的护胸铠甲总是发明出穿透力更强的枪弹那样，人们在学习每一种情绪的知识的同时也学到了谎言。如果一个人决心对羞惭闭门不纳，那么，羞惭就会像蛇一样随机应变，从缝隙中爬进来；如果一个人为了避开羞惭而从心理学上研究羞惭的奸诈与狡黠，那么，羞惭准能学到更巧妙的新花招和新的炫耀办法。羞惭如同一头豹子，险恶地藏身于暗处，为的是在人尚无防备的一刹那凶狠地跳出来。由此可见，自欺欺人的艺术正是凭借知识能力和心理上的细微变化得到精炼和提高的。只要一个人还在粗野和无耻地操纵事实，那么，他的谎言就总是既笨拙又易于识别的。谎言只有在理解力机敏的人那里才变得精巧起来，又只有对认识的人来说是可以认识的。因为谎言藏身于最令人迷惑，也最冒失的骗人形式中，所以谎言最危险的假面具表面上总是真诚的。正如蛇最喜欢窝藏在岩石底下那样，最危险的谎言都最喜欢窝藏在高尚而激昂的自白中，窝藏在颇为显露英雄气的自白中。因此，我们在读一部自传的时候，正是在讲述者最勇敢，也最令人惊愕地披露自己和攻击自己的那些地方，要特别提防，这种激烈的忏悔方式是否想要在高声嘶喊和捶胸顿足的背后隐藏起一个更为秘密的自白。在自我忏悔中有一种几乎总是暗示隐秘弱点的自吹自擂习气。这是因为，一个人与其揭露自己微不足道的，可能令人感到好笑的性格特征，倒不如轻松、干脆地揭露自己最令人恐惧和最令人厌恶的事情。这一点属于羞惭的根本秘密。所以说，在所有的自传中，无论何时何地，对于挖苦嘲笑的恐惧都是最危险的诱骗，甚至像让–雅克·卢梭这样很真诚地愿意讲出真实的人，也以一种令人生疑的彻底态度大张挞伐他的种种性欲错误，并且懊悔地承认，他这位著名教育论著《爱弥儿》的作者让他的子女都在育婴堂里毁掉了。但是实际上这种貌似英雄的供认掩盖了更近人情，但也使他更感困难的供认：很可能他从来没有过孩子，因为他是没有能力生育孩子的。托尔斯泰则宁愿在忏悔中把自己痛斥为淫乱者、杀人犯、盗贼、奸夫，却不肯用一行字承认这样一个细小的事实：他在漫长的一生中对他的伟大对手陀思妥耶夫斯基的认识是错误的，对他的态度是不宽容和不高尚的。藏身于供认的背后，而且正是在坦白中隐瞒自己，这是自我描述里最巧妙，也最能迷惑人的自欺欺人的谎言。戈特弗里德·凯勒就曾为了这种转移注意力的花招而尖刻地讽刺过一切自传:"这位承认他犯了所有七大深重罪孽,却故意隐瞒他的左手只有四根手指。那位讲述和描写了他脸上的一切色斑和背上的小块胎痣,单单对作伪证重压着他的良心一事讳莫如深。如果我就这样把所有的自传放在一起,都与他们视为水晶般纯洁的坦诚作一番对比,那么,我就会问自己:'有坦诚的人吗?可能有坦诚的人吗?'"

实际上,在某个人的自我描述里要求关于此人的情况绝对真实是毫无意义的,就如同在人世的宇宙里要求绝对的公正、自由和完美一样。始终忠于事实的最热情的决心,最坚强的意志,从一开始就是不可能的。这是因为一个无可否认的事实:对于真实我们根本不具备可靠无误的感觉器官,早在开始讲述自我之前,我们就已经为再现阅历的真实景象而受到了我们记忆的欺骗。这是因为,我们的记忆绝不是行政机关里井井有条的档案柜,我们所经历的一切事实,一桩桩、一件件,好似都用文字固定下来,真切可靠而且不可更改地储存在里面。我们称之为记忆的东西是安装在我们的血液的管道里的,是淹没在我们的血液的波涛里的。它是一个活生生的感觉器官,屈从于种种变动和变化。它根本不是一个冰箱,不是一个保存装置,可以把从前的一切感受稳定不变地存放在里面,并保持它们的本性,保持它们的原汁原味,保持它们在历史中存在过的形态。在我们急匆匆用一个名字进行理解,在称之为记忆的这种正在活动和涌流而过的东西中,一切事件都在溪水底像砾石一样移动,相互撞磨,直到面目全非。这些事件现在彼此适应,自行重新排列,并且以一种异常神秘的保护形态来接受我们愿望的形式和色彩。在这种变压器式的环境里根本没有什么东西是保持不变的。每个后来的印象都使得原先的印象更加阴暗模糊。每一次新的回忆都否定原先的回忆，直到否定得难以辨认，还常常否定得转接成了对立面。司汤达是承认记忆的这种不诚实并承认自己无力达到绝对忠实于历史的第一个人。他承认，他再也不能够分辨，他在心中发现的"穿过大圣伯纳德山口①的通道"的景象，是否真的就是对自己所经历过的情况的回忆，或者仅仅是对后来看到的表现那里形势的铜版画的回忆。这可以被看作是一个经典的范例。司汤达的精神继承人马塞尔·普鲁斯特给记忆改变看法的能力举出了一个更为令人信服的例证，这就如同一个男孩子亲眼看到了女演员贝尔玛出演她最脍炙人口的某个角色，在他看到贝尔玛之前，他幻想自己有一种预感，这种预感完全融化和融合进了他直接的感官印象中。他的这种印象又因邻人的意见而变得模糊起来，第二天又由于报纸上的评论而扭曲走样，面目全非。几年以后，他又看到这个演员扮演同一个角色。上次看她的演出以后，他已经变成了另外一个人，而她也已经变成了另外一个人。最后他再也无法确定自己的回忆，他最初的"真实"印象到底是什么。此例可以被看作是一切回忆都不可靠的象征。回忆像真实性不可动摇的水位标，现在竟然变成了真实性的大敌，因为一个人在能够开始描述他的生平之前，他身上早已经有了某个机构在进行创作，而不是在进行复制。记忆已经自动行使起了作家的一切职能。这些职能就是挑选重要的东西、进行强化和笼罩阴影、进行有机组合。借助于记忆的这种创造性幻想力，每个描述者就不自觉地变成了自己传记的作家。我们新世界里最有智慧的人歌德深知这一点。他那标题为"诗与真"的

---

① 阿尔卑斯山的山口，位于瑞士与意大利之间。

英勇自传的书名适用于一切自我忏悔。

如果谁也不能讲出这种"真实",即自己生存的绝对真实,如果每个忏悔的人都不得不在某种程度上成为自己传记的作家,那么的确,正是这种要保持真实的努力在每个忏悔者心中树立了在道德上保持真诚的最高标准。歌德所说的那种"假忏悔",那种"sub rosa"(玫瑰下边的)忏悔,毫无疑问,都是以长篇小说或者诗的、透明委婉的说法作掩饰的,都比用打开的瞄准器进行描述要容易得多,在艺术上也常常有更强的说服力。因为这里所要求的不仅是真实,而且是不加掩饰的真实,所以自传表现的是各个艺术家尤其英勇的一次行为。这是因为一个人的道德轮廓在任何地方都没有在他的自传中暴露得那么彻底。只有成熟的作家,在心理方面博学的作家才能成功地写出自传,因此到了很晚以后,艺术的分类中才出现了心理方面的自我描述。心理方面的自我描述仅属于我们的时代、新的时代和即将到来的时代。人这种生物在把目光转向他内部的宇宙之前,必须首先发现内部的大陆,测量内部的海洋,学会内部的语言。整个古代都想象不到这些十分神秘的方法。因此恺撒[①]和普鲁塔克这样的古代自我描述者还仅限于依次罗列事实和具体的重大事件,而没有想到在他们的胸膛里挖掘一英寸。人在能够研究自己的内心之前,必须意识到内心的存在,而这个发现的确是随着基督教开始的。奥古斯丁的《忏悔录》打开了对内心的观察。不过这位大主教的目光在忏悔中很少对准自己,而主要对准那些他想以自己的转变为榜样促进皈依基督教的信徒们。他想对他们进行教导。他宣传宗教的小册子想

[①] 盖乌斯·尤利乌斯·恺撒(Gaius Julius Caesar,前100—前44),史称恺撒大帝,是罗马共和国末期杰出的军事统帅、政治家,著有《高卢战记》和《内战记》等。

要起到使全体教徒都忏悔的作用，起到赎罪典范的作用，也就是要在神学上指出一个目标，而不是把自身作为答案和意义。在引人注目的开路者，横冲直撞的人物，为自己创作了自画像，又对自己大胆行为的新花样感到吃惊和恐惧的卢梭出现之前，又流逝了许多个世纪。他在开头说："我做了个计划……这个计划没有样板……我要给和我一样的人描绘一个天性完全真实的人，而这个人就是我自己。"但是他怀着每个生手那样的轻信，误认为这个"自我是个不可分割的统一体，是某种能够比较的东西"，并且他还把"真实"臆想为一种具体的和可以触摸的真实。他还"手里拿着书"，天真地相信，"如果法庭的长号吹响了，就能够走到法官们的面前说：我曾经就是这个样子"。我们这些后代再也没有卢梭那种老实轻信的了。作为替代，我们就有了关于内心的多义性及其神秘深度的一种更完整的知识，一种更勇敢的知识。这知识把自我解剖的好奇心分得愈来愈细，解析得愈来愈大胆，试图把一切感情和思想的神经与血管揭露出来，司汤达、黑贝尔[①]、克尔凯郭尔、托尔斯泰、阿米尔[②]、勇敢的汉斯·耶格[③]都通过自我描述发现了自我科学的一些意想不到的领域。他们的后代已用更精密的心理学仪器装备起来，愈来愈广阔，一层接一层，一个领域接一个领域，深入了我们新的无限世界，深入了人的内心深处。

但愿现在能给他们——那些听到不断宣布艺术在技术世界和变清醒了的世界里衰亡了的人——一个安慰。艺术永远不会结束。

[①] 克里斯蒂安·弗里德里希·黑贝尔（Christian Friedrich Hebbel，1813—1863），德国剧作家，代表作有《犹滴》《阿格妮丝·贝尔瑙厄》《吉格斯和他的戒指》《尼伯龙根三部曲》等。
[②] 阿米尔·哈姆扎（Amir Hamzah，1911—1946），印度尼西亚诗人，代表作有《相思果》《寂寞之歌》等。
[③] 汉斯·耶格（Hans Jæger，1854—1910），挪威作家、哲学家。

艺术只会转变方向。毫无疑问，人类的神话创造力必定是减弱了。这是因为幻想总是在童年时期影响最大，每个民族都只是在其历史黎明时期不断地创造出神话和象征。明确透彻而且形成文献知识的力量稳定地出现了，取代了日渐衰退的空想力。在我们当代的长篇小说中就看得到这种创造力的具体化。这种长篇小说现今正在明显地变成精确的精神学，而不是在进行随心所欲和鲁莽冒失的杜撰。在创作与科学这样的结合中，艺术绝对不会被压死。远古亲如兄弟的关系会重新形成。这是因为在开始的时候，在赫西俄德①和赫拉克利特那里，科学还是创作，还是含混其词的语句和摇摆不定的假说。如今研究的意识和创造的意识在分离了上千年以后才又重新结合到了一起。现在文学创作描写的是我们的人性的魔力，而不是寓言的世界。文学创作再不能从地球的未知事物中汲取力量，因为热带和南极的所有地区都已经被发现了。一切动物，一切动物界与植物界的奇迹，直至所有海洋的紫水晶海底，都已经被系统地研究过了。神话在人间再也无处安身。这是因为就算到了其他天体上，就算攀缘遍了我们这个测量过的、全部标上了名字和数字的地球，永远渴求知识的理解力也必定愈来愈转向内部，转向理解力自身的奥秘。这种"internum aeternum"，也就是内在的无限，是感情的宇宙，还给艺术打开了许多用之不竭的领域，因为发现内心感情，也就是认识自己，将是变得有智慧的人类在未来要愈发勇敢地去解决，但又不可能解决的任务。

申文林 高中甫 译

---

① 赫西俄德（Hesiod），古希腊诗人，约生活于公元前8世纪，被认为是比荷马更早的作家。

懒惰的胜利

自然生命的法则几乎永远与文学的法则相同。如果我们离一个东西极近,简直是处在它的支配之下,又不能从更高的立足点俯瞰它,那么我们往往就会对它视而不见。我们不会忽略它,但我们总有这样的习惯:一个人总会使我们理解它,在我们心中唤起同样的印象,就和一个发现者把那远离的、看不见的东西带到我们面前一样。这在文学中就是那些单纯而自然的法则,它们向前推进或向后牵扯我们的命运,而我们对它们却一无所知,事后我们又通常把那些只有结局的、无足轻重的表面事件归在它们的影响之下。

当谈到爱情时,司汤达曾用一个很小的例子阐明这些感觉过程的隐秘。他把产生它的突然性与盐场里发生的那种独特的过程做了比较,假如人们把一个物体,譬如一根枝叶茂密的粗树枝,放入饱和着盐分的水里,并突然注意到它上面出现了结晶,这结晶怎样长出来并不是一目了然的,它是在一定的时间以后突然冒出来的。他想以此来说明:不是存在不可缺少的、大的事变,而是存在着一个最小量,这个最小的量添加在一个堆积起来的一定的量上,就能立刻引起深刻的变化。

这个论点为摆在我面前的这部长篇小说提供了依据（我想说的是伊万·冈察洛夫①的《奥勃洛摩夫》。该小说的第一个全译本现在已由维也纳出版社出版），它使上世纪（19世纪）许多甚至大多数小说家忙个不停，这涉及一个人怎样走下坡路，怎样变浅薄，渐为泥沙所掩埋乃至死亡。别的大作家为此找到了一大堆理由，正确的和不正确的，缓慢起作用的和突如其来的，但总认为是某种悲剧性的纠葛和突发事件使人的力量遭到损伤和摧毁。人的一切激情都是这些精神的毁灭性灾难的原料，这样一些遥远的复杂的推动力都被谈到了，似乎在这里再也找不到一种新的类型了。

这是冈察洛夫和他的书的成功，他的奥勃洛摩夫不仅是最简单的事例，而且是这种道德的和一般人性的沉沦的最普遍的事例。他的主人公是懒惰的——这便是一切。他一睡便睡过半天之久，不再出门，断绝任何交往，渐渐失去对外界的任何兴趣。懒惰是他生活的灾难。没有任何事件使他意志消沉，软弱无力，相反，只有一些小事使他为难，使他虚弱。写一封信，在他便意味着行动，他可以成天提心吊胆地围着它转，以便最终把它忘记。最搅得他心神不宁的，便是难免要离开老宅子，去找一个新住处。

他就是这样懒惰，但这还不足以说明奥勃洛摩夫这个典型。作家总还有一个善与恶之间的广阔活动范围要处理。加几笔，涂得黑一点，他就成了一个没有生活目的的动物，只知道吃与喝，甚至连繁衍后代都不能，因为他惰性太大。加几笔，说得深刻一些，奥勃洛摩夫便是一位与众不同的哲学家，一个斯多葛学派人

---

① 冈察洛夫（1812—1891），俄国小说家，代表作有《平凡的故事》《奥勃洛摩夫》《悬崖》等。长篇小说《奥勃洛摩夫》发表于1859年，生动地塑造了奥勃洛摩夫这个"多余人"的形象，他善良、正直，对令人窒息的现实不满，追求宁静生活，但他不想行动起来改变现实，也不愿从事任何具体事务。小说被公认为描绘俄国人性格的经典作品。

物，生活在智者的αταραξια（心安）里，远离他所蔑视的人类贱种。但是，奥勃洛摩夫二者都不是：就其灵魂的实质而言，他是一位诗人。在他的白日梦里，他是所有人里最勤勉的人，是世界上的一名打碎旧世界、创造新世界的英雄。他只是梦想啊梦想，忘记了生活，他以为在行动，但又躺着不动，裹在他的旧睡袍里，躺在气闷的房间里的沙发上，房间里的窗户肮脏不堪，由于没人去擦几乎不透光线。像一种传染性的毒素，懒惰由主人传染给仆人查哈尔，不用说，连奥勃洛摩夫也鄙视此人身上的这种惰性。自然，他还是让他去管一切他本人懒得去做的、使人烦恼和令人不快的小事。他从来都不愿意想到他自己，但有时这种意识也会活跃起来，不可避免地出现在他面前。"当关于人的命运和使命的生动而明晰的观念，在他的心里突然产生的时候，当这些使命与自己的生活之间的对比一闪而过的时候，当各种各样的人生问题在他心里一一觉醒，像小鸟在睡眠着的废墟内，突然被阳光所惊醒，胆怯地乱飞一阵的时候，他是多么惶悚啊。

"因为自己的智能开展过晚，精神上的力量停止发展，因为头脑昏昏沉沉妨碍着他的一切，他感到忧愁和苦痛，看到别人这样充实，这样开朗地生活，自己却仿佛有一块沉重的石头投在他那狭窄而可怜的生活途径上，嫉妒心刺痛着他。

"他自觉他天性的某几方面没有完全觉醒，另外几方面也仅仅给触动了一下，任何方面都没有彻底发展，他那怯弱的心灵里就产生了一种苦痛的意识。

"同时他痛苦地感觉到，有一种美好而辉煌的元素，埋在坟墓里似的埋在他的心里，也许现在已经死了，或者黄金似的埋在矿里，虽然早已是把这批黄金铸造通货的时候了。

"可是这个宝藏被脏东西和积起来的垃圾深深地、沉重地埋了起来。仿佛有什么人把世界和人生赠送给他的宝贝偷了去,埋在他本人的心里。仿佛有什么东西阻碍他投身人生舞台,不让他用自己的理智和意志在台上鼓翼翱翔。仿佛有一个暗中的敌人,在他人生之路的起点,把一只沉重的手臂加在他的身上,把他从笔直的、人生使命的道路上远远地甩掉了……"[1]

现在,一个很容易被看作这部长篇小说的插曲,进入了这个单调的情境。奥勃洛摩夫被一个无私的朋友,寄生者当然都是立刻设法向他靠近的,被一个名叫希托尔兹的德国人多少从这种无精打采的状态中唤醒。他把他带到一个家庭,在那里奥勃洛摩夫结识了一个名叫奥尔迦的聪明、文静的姑娘,并且爱上了她。奇妙的是,他也得到了她的温柔体贴的爱。她喜欢奥勃洛摩夫的只能导致思睡的倦怠的忧郁。她有时感觉到,他那水晶般纯洁的灵魂怎样通过压在她心头的所有灰尘开始轻轻地鸣响。她首先在她的爱情里看到一个目的,她知道,塑造一个人和提高一个人的素质全掌握在她的手中,她年轻的灵魂完全沉浸在这样的思想里。

一种短暂的田园生活在这本内容宽泛、情调阴郁的书里闪着微光。在作品中,那些亲密的、纯洁的爱情场面,好像用银笔所描绘。人们很可能会忘记,这是一个俄国人写的,因为在这些场景上看到的是一种快活的、宁静的和明朗的光。不久后,那个魔怪又在奥勃洛摩夫心里醒来,把他拉走。他还吃力地拼命搏斗呢,像一条落在水里就要淹死的狗一样挣扎,但那块石头在用力地拉和压,抓挠蹬踹的劲儿越小,那重负便往下拉得越狠……

---

[1] 参见《奥勃洛摩夫》,齐蜀夫译,上海译文出版社1979年版,123—124页。

突然，一切全完结了。他又是奥勃洛摩夫了，但比从前更阴郁，更懒惰，更失魂落魄，因为他再也不编织梦想，再也不抱希望。他用简洁的、结论性的话对想挽救他的那位朋友希托尔兹暗示：这太晚了，懒惰把他彻头彻尾地握在手心里，只能使他走向毁灭。再也没有比这场景更无情和悲哀的了。

人们看到——这是一个日常生活的故事，如果人们向它的深处探索研究，那么，它简直像生活一样严酷。冈察洛夫死死抓住他的素材不放，像所有俄国人一样，以其分解的强烈欲望，把最小的、最不显眼的情节溶解在最微细的水流里。但是，这个典型本身，连同作家有意窃听到的一切细节，都是俄国的。一些小的舒适，懒得起床，编造借口和自我说服的本领，都因为懒惰的缘故和心理上的痛苦而没有得到发展。人们总把奥勃洛摩夫看作懒惰艺术中唯一完整的天才，却不知俄国的自然主义作家善于把千百种错综复杂的事物处理得极简单、极原始。你只要好好看看马克西姆·高尔基笔下的工人和流浪汉就行了。我不知道人们因此怎样看待奥勃洛摩夫，我本人对一个人物形象确实很少像对他这样同情，从来没有产生过这样的要求，即真正进入情节，以便去摇动他："醒来吧，醒来吧！幸福正擦你身边而过，你还能够捉住它！"我相信，大多数人都会有这样的感情。我心中产生同情和好感，是在我们能够理解或曾亲身经历过的那些情境和事体上，因为在这里利己主义的情感被冲破了，说不定会有同样的命运向我们走来呢。一个人永远这样勤恳，这样有目的地工作，一生中从来不曾做过奥勃洛摩夫，这样的人在哪里？

关惠文 译

福楼拜的遗作[①]

围绕他的作品的秘密已有很长很长的时间了。《包法利夫人》由于当局的徒劳无益的关注已取得了轰动性的成功。在法国，人们渴求、盼望、等待着他的下一部作品，而福楼拜数年来一声不响，随后出版了《萨朗波》《圣安东尼的诱惑》。这两部作品由于题材的陌生使这位飞速成名的作者又同读者疏远起来，于是一再沉默，一种长时间死一般的沉默……而在每一次这种多年的中断之后出现的是一部杰作。每一部杰作在某种程度上都被一件由秘密和沉默编织的大衣所遮盖起来，每一部这样的作品都像来自另一个世界，没有一个人知道作品到作品之间的这段漫长的时期里在福楼拜身上发生了什么事情。朋友们抱怨他懒惰，那些怨恨他的人说他才能枯竭，没有人知道真相，这真相就是工作。恰恰是那个时候无力去洞察这种深居简出的神秘性，因为生产对于时间来说意味着扩展延伸，没有人想象得出此中的秘密。福楼拜面临的这种生疏的、特别吃力的节俭过程，使人想起冶炼钢的压制过程，因为艺术在当时被看作是一种挥霍。

[①] 本文首次发表于 1911 年 1 月 11 日的《柏林日报》。

福楼拜是在巴尔扎克和大仲马一本书接着一本书快速出版的时候开始成为一名作家的，他们的书一本接着一本，一本与另一本相互关联。人物源源而来，他们的创作像一条巨大的河流直泻而下，诸多事件不停地在激流上跳跃。没有休息，没有停止，几乎是他们写的远比他们的时代所能读的多得多，他们用自己的作品超越了好奇心和关注，他们的整个生活是敞开的。在他们的行动中他们是神秘的，在他们的勤奋中他们是永不歇息的。在这种挥霍之后出现了福楼拜的第一批习作，比起那样一种挥霍，他必然显得可怜。另一个英雄般的劳动者在他的作品的尾端业已站了起来，那就是左拉，他那几乎是几何式增长的荣誉给他的作品投下了暗影；尾随的还有他的学生的无出其右的爱戴，这就是机敏的、想象力丰富的莫泊桑。这样从左到右都被遮蔽住了，好奇者完全无法突破，他的作品不被注意，显得渺小，没有生气，但在当时笼罩着一种稀有的传奇。我们从他的作品的整个规模来看，这样我们才能看清，创作出五本书的劳动，比起巴尔扎克和左拉在他们五十年中堆积起来的著作一点不少，并且肯定地说一点也不徒劳——这可以从他书信中发出的痛苦呼叫声听到，从他的断编残简中研究得出，从他的零碎手稿中得到证明。一个神奇的秘密向我们展示出来：敬畏逼使我们在这种沉默的、无可比拟的牺牲精神面前跪下了双膝。

迄今我们有的只是这几本书。它们像雕像一样冰冷，钢铁般的，不会消逝，有着古典主义的容貌，一部与另一部陌生，仅是由于它们艺术上的准确而有着兄弟般的渊源。赋予这些书以灵魂的那种巨大的火一般的情感，那种尘世的，在陌生的目光前小心翼翼加以保护的情感，那种全部吞噬了偶然出现的所有废品和作品中的所有不纯物的那种火热情感,直到现在我们才有所了解,这是因为他的遗作出版了,他抛弃的这些作品是在成为大师之前的无数次习作。保尔·齐弗勒①认为德国出版的这本书是被允许深入大师工作坊内的第一道目光。人们看到火热的烟囱又一次冒出了火光,看到了一个人的作品中汇聚的烟雾和烦躁不宁,这个人在他生前只把毫无瑕疵、完美无缺的成品送给世界。

遗作的第一卷收有福楼拜十五岁、十六岁和十八岁时写的故事,这是童年边缘时代的艺术习作。这是些学习时代里的故事,是学校里的故事,但在一种更高的意义上来看,恰似语言钢琴上的某种程度的指法练习,如他要求他的助手莫泊桑所做的一样,每星期一篇。但这是一位大师的一再练习。这位日后的作家把他从书中读到的历史制成图像,历史书中的每一页都变成了他的色彩绚丽的故事,教科书由于幻想而发生了变化。他读菲利普二世,于是立即就形成了一场戏,布根第女王就从概念变成了形象。他叙述,不去思考,没有成形的认真情感,没有那种可怕的、负责的情感,这种负责的情感在他稍后的创作年代里变为一种持续不断的斗争。后来他闭门不出,把自己紧压在每一个句子上,无法摆脱开来,现在还把一切都淹没了起来,化为颜色和幻象。力量、联系在这里面还与福楼拜毫不相干,还谈不上集中,谈不上思考,却又是一切。

在这些短篇小说中,有许多必须克服的东西,个别地方失之于过分敷陈,经不起任何诱惑,信马由缰,还有狂暴的叙述者的愤恨,这在叙事艺术中是必须要改变的。但在这些早期的短篇

---

① 《福楼拜遗作》第一卷(福楼拜1838年以前的作品)的译者和导言作者,他于1910年出版了福楼拜的这部遗作。——原注

里，色彩是令人惊异的浓烈，有着充满预感的伦勃朗式的暗影。孤独的孩子们的伤感笼罩着年轻的福楼拜的世界，所有故事的最终一页都是死亡。在这里面有着胆量，精神的胆量，与那种清新的，与他晚期作品里的冷峻之中的雪地空气有些相似，却又相距遥远。在这些作品中，所有的轮廓、所有色彩都达到了高度的纯净，像潮湿的雾笼罩着所有的事物，如同从墓穴中升起。我不知道，那时福楼拜是否读过 E. T. A. 霍夫曼①，但某些篇章有着这个最非德意志的德意志人的鬼怪般的方式，一种死亡之舞，阴森可怖，"macabre"②——我不知用哪个德文来表示——他的人物在颤抖地进行轮舞。值得注意的是，这些短篇里的个人感情还奇怪地封闭起来，"我"和自身经历在世界面前的隐而不露，对之后的福楼拜来说这是十分典型的。那种进入客体的遁逃，既是在情感面前、也同时是在敬畏面前的遁逃。这个孩子小心翼翼地保护着他自己的生活。当福楼拜谈起自己时，他就戴上一副面具。他称《一个傻瓜的回忆录》是自传的一个章节，这一卷就是以此来结束的，很早的时候他曾不完整地用法文发表过。人们如果靠近些谛听的话，就能从中听到一颗羞怯的孩子的心在不安地跳动；人们如果靠近些去看的话，在令人惊奇的灰白色的、惨淡的诸多事件之光的后面可以看到一个真实生命的一幅多彩图画在闪闪发亮。

人们很难对这些短篇小说的价值就其艺术财富进行估价。人

---

① 恩斯特·特奥多尔·威廉·霍夫曼（Ernst Theodor Wilhelm Hoffmann, 1776—1822），笔名 E. T. A. 霍夫曼，德国浪漫主义作家、法学家、作曲家、音乐评论人。一生共创作五十多篇中短篇小说、三部长篇小说，此外还擅长作曲和绘画，写了两部歌剧、一部弥撒曲和一部交响乐。作品多神秘怪诞，以夸张手法对现实进行讽刺和揭露，所描写的人际关系的异化和采用的自由联想、内心独白、夸张荒诞、多层次结构等手法与后来的现代主义文学有很深的渊源。

② 意为以死亡为主题的、阴森的、可怕的。

们如果按福楼拜的高标准来衡量它们，那事实业已做出回答：它们都被抛弃了。但人们如果以道德的行为，以一部艺术作品是人性的文献——这种行为在我们时代是没有先例的——来衡量的话，那就有着一种不容低估的价值。福楼拜的全部遗作所包含的每一页、每一本书都成为每一代诗人进行自我培养的一种不容忽视的教诲。整部《螺旋》、短篇、片段、文章，都有着这样的价值，它们都被福楼拜本人抛弃了；但是，人们必须反躬自问，在今天被看作是艺术和让人贬称为文学的东西中间，在所有的长篇小说，甚至在那些我们赞赏和喜爱的小说中间，在福楼拜面前有多少能存在下去？如同我们为熟悉昔日民族的文化而对过去时代所进行的发掘一样，一层一层地揭开了他发展中的令人惊奇的勤奋和天才的文物，我们称这份文物是福楼拜。现在基础已经露了出来：福楼拜，孩子，初学者。

保尔·齐弗勒细心地像每一个理解福楼拜的人那样，带着对措辞所特有的敬畏翻译了他的早期作品，一篇细腻的、印象熠熠闪光的序言使这位生于鲁昂的大师的童年栩栩如生。他以自己的特色和格外的敬畏开始了这项富有责任感的工作。他在前言中已对我们的好奇心——想明天就得到第二卷，后天就得到第三卷——进行了防范。因为福楼拜是不能匆忙地阅读，不能匆忙地翻译和不能匆忙地理解的。他的艺术之最后教训，他的生活的最崇高的典范，尽管有各种各样的表述，却可以压缩成一个词，那就是"耐心"。

高中甫 译

巴尔扎克优雅生活的密码

我们本来习惯的是，愈是深入一位作家的作品，便愈能充分地理解这个作家的精神人格。但是当我们愈是广泛收集丰富的关于巴尔扎克的书籍和文献的时候，我们愈是对巴尔扎克的精神人格感到难以理解。因为他的天才主要不是由于他的个别作品的思想强度，而是通过作品的多样性，通过他的表达能力所达到的惊人程度，通过各个时代里的重大事件，通过这一部由形形色色的风俗、习惯、观点和成规汇编的集合，变成了一个谜。他在作品中所使用的生活资料总量是任何别的作家所绝对无法相比的。巴尔扎克对他的记忆力所及的，哪怕只是倏地涉及的任何事物都很熟悉。不仅如此，他还以不可思议的直觉写出他必定并不确切了解的事情。他凭着他的天才察觉能力，比所有专家和亲身经历过的人都更好地描述了这些事情。

这本复活过来的，关于优雅世界的书[①]就是这方面的又一个例证。实际上巴尔扎克从来没有时间，也从来没有机会优雅起来。

[①]《风雅生活论》一书是奥诺雷·德·巴尔扎克没有发表过的文集，由弗雷德（W. Fred）作序和出版。

（他自己在这部作品中就说过："人一旦习惯了工作，就永远不能理解优雅的生活了。"）他作为一个年轻人，作为一个经济拮据的大学生，是被贫穷，是被这种白天把自己关闭在律师事务所里，夜间关闭在简陋的书房里，收入低得可怜的职业折磨、排除在优雅生活之外的。那时候他没有钱过优雅的生活，后来大量稿酬涌来的时候（当然也都迅速流失净尽了），他又缺少那种闲情逸致，因为那一部接一部的作品把他牢牢地钉在写字台上了。他没有过优雅生活的时间，也没有过优雅生活的那种天赋。他善于为优雅生活进行说明和辩护，这是不能被看作反证的。他没有天赋。单是那体态就够了：他很胖，那就是臃肿。他的脖颈粗壮有力，能撑破任何衣领。他的面色红润，手指粗糙结实，如同屠夫的手指一样。他的同代人丝毫不曾说过他有什么特殊的个人乐趣。与此相反，同代人却报道过，巴尔扎克违背了他在这一本书中提出的最高准则：不引人注目。他在家里的装束很奇特，穿的是声名狼藉的僧侣服。他这样做当然主要是出于虚荣。他像怀孕几个月的妇女那样，想以这种装扮作为体形不佳的虚荣的隐蔽所。在剧院里他喜欢穿颜色醒目的马甲，手拿一根那种名声欠佳的巨大手杖。在这根手杖的圆形大把手里边藏有德·韩斯迦夫人[①]的肖像。这根手杖后来归奥斯卡·王尔德所有了。人们背后议论说，他就是为了吸引人们对他的普遍注意而特地拿上这根手杖的。这话可能是巴黎人的尖酸刻薄的评论，但是不管怎么说，巴尔扎克远非追求享乐者的典型。他在自己书中的某个地方允许艺术家随意向时髦风尚进行挑战的做法，为自己做了辩解。

---

① 1850年3月，巴尔扎克与结交了十八年的俄国贵族夫人韩斯迦夫人结婚，完成了自己的夙愿，五个月后，巴尔扎克与世长辞。

但是本身没有优雅生活的能力，根本不能证明他的理解力不好。巴尔扎克具有充分辩解的预言才能，他是一个辩证论者。他从他的立场出发，善于承认每一个人的正确之处，不管是悭吝者还是挥霍者，是工作者还是梦想者，是性格坚强的人还是性格软弱的人。此外，他的令人惊讶的才能喜欢把偶然听到的一种见解立刻有条有理地写出来。在这本书里，他也用这种理论，以即兴创作的方式迅速开始他的优雅学说，就像几年以前的爱情学说那样，就像引人注目的、在路易斯·兰贝特身上还没有得到彻底说明的意志理论那样。他的作品中有数以千计零星的公理。不管怎样，这些公理都能从乱如麻团的意见中引申出一种学说的依据。他自己根本没有以关注的态度去寻找一种绝对世界观或者一种僵硬体系的可能，巴尔扎克自己无论如何是融化到他的作品里了。他和他的虔诚人物在一起是虔诚的，和他那些否认上帝的人物在一起是无神论的，和他那些花花公子在一起是注意修饰的，而和他的农民在一起则是没有教养的。他完全沉浸到他的人物及其见解中了，以致他自己的东西什么也没有留下来。因此，最危险的（弗雷德是巧妙地避开了）莫过于把他讲过的某个观点，包括关于艺术的观点，完全看作他自己的观点。他总是能够以同样高超的逻辑技巧维护和确证相反的观点。

现在来看看这本书（当然此书是艺术地编成的，是 W. 弗雷德用了很大的整理鉴别力和富有创造性的劳动将巴尔扎克的零散文章编辑而成的）。书的开头是充满激情的，好像对于巴尔扎克来说，优雅是人世间最重要的大事。实际上，我们大家都知道，他本人对优雅是不感兴趣的。但是一到巴尔扎克开始从事这方面的工作并且在写字台旁坐下来的时候，就再没有什么事情是他所漠不关心的了。同时迅速伴随而来的是值得注意的普遍化欲望。这种欲望从来不让一件事物单独出现于面前，而是很快就在迅速发展的思路中形成了一套世界理论。巴尔扎克要写长篇小说，由此就产生了要描述包括他那个时代的各个等级、所有职业和一切倾向的作品，这就是《人间喜剧》。他曾想写关于爱情的笔记，由此就产生了一种学说。现在这些发育不良的苗头在这里就发展成了有关重大事件的一种学说。这种学说甚至通过对严格科学形式的模仿，用某种嘲笑的方式来强调主题的重要性。正如斯宾诺莎的《伦理学》的情况那样，在他的这本书中也有公理、证明、定义和结论。真的，他成功地塑造了一种真正学说的外表。他用玩戏法的手轻而易举地把他的学说建造了起来。他的文笔流畅，他的公理具有令人目眩的光辉，真的就像钻石一样不停地闪烁光彩。为了能够理解他这样一个不优雅的人，这样一个孤寂的人，这样一个永不停歇的劳动者，怎么会成为一个如此超群出众的"优雅学专家"，我们必须及时地想起来，巴尔扎克也描写了他从来没有参加过的远征，也以出色的造型艺术描写了他从来没有认真研究过的国家情况，例如叙利亚的风光、西班牙的战事等。

我在前边说过，对于这位"优雅仲裁人"各种各样的理论都切不可太认真地看待。我们不可忘记，优雅的这些辩护词归根结底是出于没有得到满足的或满足得不够充分的渴望，也就是为了得到生活的金钱，为了得到报刊文章的可观的稿酬。我们也不可忘记，这本书里关于优雅的论述是为了证明优雅本身。编排成书当然是事后的、技能的，但又是艺术的编排。我觉得 W. 弗雷德非常聪明。他在这本书里解决了令人激怒的那种"夫妻生活的小烦恼"，也就是一切丈夫之书里那种最坦诚而又最令人厌恶的烦恼，因为在某种程度上说，这里有放荡的普通人的精神生活。书中所有的理论都与被顺利切割的表面有关。这些理论就是这本书中巴尔扎克最好的认识能力之一。我们不可把优雅看作某种外表的表现。优雅要求精神，甚至还要求文化教养。"人们为了能够过上一种优雅的生活，至少得上学到高中毕业。"这是一条公理。于是，巴尔扎克进而认为，许多人把优雅轻视为纯粹外表的东西，那不过是他们某种精神文化教养状态的反映。对于巴尔扎克来说，衣服是性格的指针。人们如果去翻阅他的长篇小说，就会注意到，他作为进行创作的艺术家赋予了衣服什么样的价值。他在对一个人开始描写之前，要努力弄清楚，这个人的服装在多大程度上可算是入时的。他寻找这个人的大衣上的斑点和裂缝，他评估这个人的开销，同时也评估他承受开销的能力。在《人间喜剧》里，他就常常描写一顶新帽子与一顶很快熨得焕然一新的帽子之间的差别。有一次，他甚至在《幻灭》中还让路易·德·吕本普勒不体面的大礼服变成一场灾难。巴尔扎克喜欢花花公子，因为花花公子自身就是人的一个品类。无论哪一类人，只要一变成典型，就会把花花公子拉到描写中来。因此，巴尔扎克在这本书里也为最著名的花花公子——既穷且老的布鲁梅尔——树立了一个纪念碑。这个纪念碑抵得上关于花花公子的所有资料、逸事和描述。在他这本引人入胜的书中，这是最有吸引力的文章之一，所以非常著名。

  总而言之，这本书闪烁着火花。它引诱着人往左或者向右。它借助文字和观点的令人激奋的戏弄之举使人的神经放松下来。如果谁手里拿到了这一本书，却不知道巴尔扎克为何许人，那么，他就会猜想作者是一位天才的喜剧作家，是一个博马舍或者是一个莫里哀，是某个只把生活看作滑稽戏，并且善于以惊人的轻松和心理上不确定的感受来理解生活的人。人们在这本书里又可以看出巴尔扎克无穷无尽的转化能力。他甚至对题材进行转化，他在容易解决的问题上变得轻松，在杂乱无章的事情上变得悲观，在他的哲学讨论中变得意味深长。就像莎士比亚那样，所有名家的那种神秘莫测的冷漠态度都形象地表现了卓越艺术家的非同凡响和不可理解。

W. 弗雷德用巴尔扎克论"生活形态"的著作好像是在无意间要做一项颇有意义的文化事业：无论如何都要把德国人从沉闷和无聊中拯救出来。他编辑这本书是立下了一大功的。他用一个卓越的榜样向德国人说明了，人如何才能显得轻快而不是肤浅，如何才能显示理论深度，而不是被埋在杂乱的故纸堆中。他特别向德国人说明了，伟大的艺术家有时候也不是完全严肃的，会把往常评定为伦理学的问题和要进行激烈反对的问题都视如儿戏。W. 弗雷德保证我们要编辑第二卷，所以我们都在急切地期待第二卷。

申文林 译

《一千零一夜》中的戏剧[1]

东方的发现是欧洲世界的三次巨大拓宽中的最后一次。欧洲精神的第一次重大的发现是在文艺复兴时的古代的发现,是自己伟大的往昔的发现。第二次,几乎是同时的发现,即未来的发现:美洲从一个迄今不断提到的大洋的后面浮现出来。视界向远方延伸,不熟悉的国家,陌生的植物激发觉醒了的幻想,崭新的前提和无限的可能性丰富了欧洲精神。第三次发现即下面提到的东方的发现,人们根本无法理解,为什么这个发现在欧洲来得如此之迟。朝向东方的一切都在秘密之中,穿越了几个世纪,我们对此懵然无知。从东方,从波斯,从日本和中国来的只是可疑的和几乎是传奇般的报道,甚至我们近邻的俄国,直至我们的时代都笼罩在极为奇怪的陌生的云雾中。今天,我们这里依然是在一种精神认识的起点之上,这种认识由于这场战争以一种猛烈的并且因此也许不够客观的方式加快了速度。

东方世界的第一个信息是在继位战争时期带到法国的一本小

---

[1] 本文首刊于《新自由报》,1917年1月30日。

书，是一个名叫加兰①的学识渊博的僧侣从《一千零一夜》中翻译的，这个译本早已过时了。人们现在无法想象这一批小册子所激起的那种巨大的轰动，它们对欧洲的情感是那样的陌生和奇妙，即使这样，它们也试图在表面上迎合流行的口味。这个古老的世界一下子展现出了一种色彩艺术难以想象的丰富性，这种色彩艺术与僵化的法国宫廷诗歌和单纯的"仙女故事"形成罕见的反差，而读者——读者在所有时代都是天真的——为这些神怪故事，为这种由无数迷梦构成的幻觉所陶醉。在这里，他们心醉神迷地发现一种创作，它使人既不受规律限制也不费力气地加以享受。在这里理智能得到休息，幻想能进入神秘的领域，进入无限的艺术中翱翔，没有重量，没有思想，甚至几乎没有艺术。自从第一次接触以来，人们已经习惯于用一种傲慢态度把这些童话当作单纯的五光十色的玩意儿，当作匿名的作品，没有特殊艺术价值，没有诗人和创作者。一些个别的学者徒劳地强调这个集子的极高的艺术价值，追求一种完整的科学，追踪一些个别题材的来历，去波斯和印度寻找它们最古老的故乡。这部匿名的作品依然没有诗人，而找到这个诗人，即使叫不出名字，却是我们这个世界中一个普通人所做出的贡献，这个人没有什么其他的学术机构，在这条路上他有的只是共同情感的爱。阿道夫·盖尔伯②在他一生当中，有二十年的时光用在职业上，除此之外的时间，都用于这部著作上了——与此相似，柏林的弗里茨·毛特纳，除了进行政论活动，私下里还写出了他的语言评论，其成果真正令人惊奇和有

---

① 安东·加兰（Antoine Galland，1646—1715），法国东方学家、翻译家与考古学家，第一位将阿拉伯文学作品《一千零一夜》翻译成欧洲语言（法语）的人。
② 阿道夫·盖尔伯，《一千零一夜，谢赫拉扎德故事的意义》，维也纳，莫里斯·帕莱斯出版社，1917年。——原注

理有据，同时又激动人心。谁在先前爱上这个充满东方幻想的奇妙世界，这条由许多故事组成的神奇锁链，谁就会首先觉察到，表面上没有章法的安排中有一个非常聪明的主导思想，在童话的熠熠闪耀的外壳后面隐藏着价值非凡的人性的内核。

直到现在人们都是这样感觉这部十二卷本的东方叙事诗的：成千个多彩的、机敏的、愚蠢的、诙谐的、严肃的、虔诚的、幻想的、淫荡的和正经的故事混合成乱糟糟的一团，挤进一个单薄的、小说框架的狭小栅栏里，一个故事与另一个故事被一个草率的、没有艺术修养的、不负责任的编纂者联系在一起，使这部十二卷本的书，这个充满幻象的混乱物，不管是从后向前读还是从前向后读，都无所谓。盖尔伯的书是一个聪明的、让人聚精会神的陪伴，它向一个人第一次指出了这座热带林莽中的道路，他说明了安排上显而易见的、极富才智的思想——他在编纂者身上发现了一位诗人。如他向我们解释的（他的阐释是令人信服的）：山努亚，一位影子般的国王，他让人在漫长的黑夜里一个接一个地讲述童话；一个悲剧性的形象，谢赫拉扎德，一个女主人公。整部书，几千页表面看来是未加甄选的故事，一部由紧张和动作构成的独特戏剧，一部戏剧，按盖尔伯的意义去复述和改写，有着极大的心理学上的魅力。我们现在从木偶戏中知道山努亚国王是一个恐怖的形象，半是荷罗孚尼①，半是蓝胡子②，他嗜血成性地每天清晨把一个伴他过夜的姑娘交到刽子手那里。谢赫拉扎德，一个女性化身的机灵鬼，她每天晚上讲述一个奇妙的故事，每当清晨来临时，在故事讲到最紧张的时候，她就中断下来。为了活命，

---

① 荷罗孚尼：尼布甲尼撒二世的一位步兵统帅，被犹滴杀死。
② 蓝胡子：童话里的一个形象。

她就这样夜以继日地进行蒙骗。直到现在，我们都把她看作是一个机灵的女骗子，我们是这样想的，是这样评价的，她的全部伎俩就在于抓住凶恶的国王的好奇心，让他在悬念的倒钩尖上像一条被抓住的鱼一样来回跳动。童话是富有智慧的，它的诗人的思想是极为深刻的。在几百年前，这个陌生的人，没有人知道他的名字，他是一位真正的悲剧家，他在国王和谢赫拉扎德两人之间的遭际和悬念中所铺展开来的就是一部戏剧，随时可交予后来的创造者。

现在我们试着在盖尔伯的意义上来加以叙述。舞台布景：东方，群星璀璨的夜空，它俯视着街道和市集，那袒露出忧患和充满单纯的激情的世界。发生地点：一座东方色彩的国王宫殿，四周被那种恐怖的氛围所笼罩，如同达锡尼的国王城堡和《奥莱斯特》中的宫殿一样，这里面住着恐怖的国王，杀害女人的怪物，暴君山努亚。舞台搭好了，角色定了下来，一部戏可以开始了。这部戏有一场序幕，它发生在国王的灵魂里。山努亚国王事实上是一个暴君，一个疑心极重、嗜血成性、不信忠诚的人，他蔑视爱情，嘲弄忠贞，但是他并不一向如此。山努亚是一个失望者。他从前是一位公正的、严肃的、有责任感的统治者，与他的妻子十分幸福亲密，和雅典的泰门一样对世界充满了信赖，像奥赛罗一样轻信。① 这时他的兄弟从一次令人心碎的远方旅行归来，向他叙说了自己的不幸：他的妻子与他的奴隶中一个最肮脏的家伙通奸，欺骗了他。国王对他表示同情，他还想象不到这是一种什么样的恼怒。他的兄弟由于自身的经验，目光变得犀利，不久就看出来，国王的婚姻也和他的婚姻一样在被女性不忠的蛀虫蚕食

---

① 《雅典的泰门》《奥赛罗》都是莎士比亚的悲剧剧作。

着。他小心翼翼地向国王点明此事，国王不相信他的话。和奥赛罗，和泰门一样，在承认这个世界是如此下流之前，他要求证据。不久，他恐怖地看出来，他兄弟所说的是真话，他的妻子与一个低贱的黑人奴隶通奸。所有的侍从和女奴隶都知道得一清二楚，只有他的好心使他变得目盲耳聋。对世界的信任一下子在他心里坍塌下来，他的感情变得黑暗起来，他不再相信任何人，对他来说，女性是谎言和欺骗的性别，奴仆是一群谄媚者和骗子，他陷入痛苦和疯狂，愤怒地对抗世界。他能够道出奥赛罗的独白或泰门的控诉，所有巨大失望者的话语；但他是一个喜欢暴力的人，是一位国王，他说的话不多，他的愤怒是用宝剑来说话的。

  他的第一个行动就是复仇，一种没有前例的杀戮。他的妻子和她的姘夫，所有知道这件丑闻的女奴隶和男奴仆，都得以死抵罪。此后呢？国王山努亚正当精力旺盛的年纪，他对女人的要求十分强烈。作为一个东方人，他需要女人的舒适贴近，而作为国王他过于骄矜了，不屑于跟女奴和妓女搅在一起。他要有王后，但要保证不再受到欺骗。他在这个寡廉鲜耻的世界里，既要使声誉不受损害，同时又能得到满足。他不再承认人性，于是这个统治者就想出了一个计划：头一夜要达官贵人的一个仍是处女的女儿来做王后，并在翌日清晨把她杀死。对他来说，处女就是忠贞的第一个保证，而死亡是第二个。被选定的人总是被他从婚床上直接交到刽子手那里，这样她就没有时间来欺骗他。

  他十分安全了。每一夜都有一个姑娘被带到他面前，并从他的怀抱中直坠到刀斧之下。国家陷入一片恐怖之中（像在希律[①]

[①] 此处指希律一世（前74—前4），罗马统治时期的犹太国王。

的时代那样,此人叫密探把他那些头生子都杀掉),人民只能空喊,无力反抗这位统治者。国家里那些有女儿的达官贵人,在他们的女儿被带走之前就穿上了丧服,以悼念他们的女儿,因为他们知道,这个莫洛赫①因为他的怀疑而把她们一个接一个地杀掉,他要把她们祭献给他那残忍的、疯狂的念头。他那阴沉的愤恨毫无怜悯,在他那灰暗的灵魂里有某种东西因狂热的复仇而闪烁着光亮,他不再是淫荡女人的受骗者,而是唯一的一个因为女人进行欺骗而欺骗她们的人。

现在人们会想,这个童话将会继续下去,最终宰相的女儿谢赫拉扎德也要被召到国王的婚床上,这个狡黠的姑娘在绝望中,在为自己生命而进行的艰难斗争中,给这个统治者讲故事,说笑话,嘴唇上浮现出微笑,心里充满着死亡的恐惧,竭力博得这个阴沉的人的好感。还是这个姑娘聪明。这位诗人知识渊博,远比我们先前认为的要强得多,因为《一千零一夜》的匿名作者是一位非常伟大的诗人,他认识人心灵中所有深层次的东西和艺术的不朽法则。谢赫拉扎德没有被国王召到那里。她的父亲是战战兢兢执行国王命令的宰相,作为他的女儿,她被排除在这可怕的规定之外,她能自由选择她的丈夫,可以过她的幸福生活。奇妙的,也是最最真实的是,恰恰是她,心甘情愿地走上了这条血腥和恐怖之路。恰恰是她,有一天主动来到父亲面前,要求把她送到国王那里去。这是她的一种犹滴②式的决定,一种要为了女性而牺牲自己的英雄行为,但也许更是由于她的女人的天性所做出的决

---

① 莫洛赫:古代腓尼基人信奉的火神,以儿童为祭品。
② 犹滴是一个富有、年轻的犹太寡妇,她不仅貌美,而且兼具忠贞的美德,她是犹太民族的女英雄,在外敌入侵时英勇杀敌,拯救同胞免于政治和军事上的失败。现存有《犹滴传》。

定——她被异乎寻常的事情所吸引，被从未发生过的事情所引诱，为不可知、危险而着魔。国王像蓝胡子一样，把自己的妻妾杀死，却装出他多么宠爱她们的样子；像唐璜一样，借助他不可抗拒的传说引诱少女来反抗他，随之她们就成了猎物。这位血腥国王山努亚，这位嗜血的暴徒和统治者，恰恰是由于他对女人的残忍，却魔术般地吸引了这个聪明、纯洁的少女——谢赫拉扎德。像她所认为的那样，一种解救者的冲动，一种使国王从每天的凶杀中悔悟过来的愿望驱使着她。实际上不止如此，如她所知道的，是一种深沉的、神秘的冒险欲望，一种可怕的爱与死亡的赌博在驱使着她。她的身为宰相的父亲大吃一惊。不就是他每天把主子颤抖的牺牲品从国王床榻上温暖的新娘枕头上亲手送到冰冷的死亡之中去的吗？他试图说服谢赫拉扎德丢掉这个发疯的念头。他俩提出各自的理由，竭力说服对方，但这个老父无法驳倒他那充满献身热情的孩子。她要到国王那里，他不敢阻止她的意愿，因为不管怎样，他对自己的生命比对女儿的生命更为担心。像大多数女英雄的父亲一样，他是一个易动感情的人，于是他到国王那里去，向这位惊讶的人禀报了他女儿的决定。山努亚警告他，哪怕是她也不会得到宽恕。于是这个仆人，这个父亲忧虑地垂下了头。他知道这是个怎样的灾难：命运在按自己的意志运行，谢赫拉扎德打扮得和一个祭祀用的新娘一样出现在国王面前。

像所有其他人一样，谢赫拉扎德的第一夜是一个爱之夜。她对国王不加拒绝，只是提出一个请求，在她清晨死去之前允许她见到她最亲爱的伙伴，她最小的妹妹迪纳尔扎德。国王看到她眼里饱含泪水，就答应了她。可午夜一过去，她的小妹妹——如她事先狡黠地吩咐的——就请求她讲一个有趣的、好笑的故事，来打发这一夜剩下的几个无法入睡的钟头。谢赫拉扎德请求国王允许，国王和所有嗜杀的人一样，没有睡意，也不知疲倦，他很高兴地同意了。

　　谢赫拉扎德开始讲了，但不是一个诙谐的、滑稽好笑的，也不是一个古怪的故事，而是一个童话，一个甜美的、淳朴的童话，是关于一个流浪人的，关于海枣核和一种命运的童话。这是一个关于有罪人和无辜者、死亡和宽恕的故事，是一个乍看起来毫无所指的故事，却像一支犀利的箭，射中了国王的心。第二个故事仿佛从第一个故事里生出来似的，依然是一个关于有罪和无辜的故事。这个聪明的姑娘，最后向他讲起了他本人的故事。她谈起渔夫的事情，这个渔夫从大海里捞到一个瓶子，这里面关了一个魔鬼，瓶口上贴着所罗门的封条，这个魔鬼一冲出瓶子，就要杀死把它打捞出来的好心人。这个遭禁锢的魔鬼早先发过誓，谁要是第一个把他解救出黑暗，他就使这个人成为世上最富有的人，但是千百年过去了，没有人来解救他，于是他赌咒发誓，要把第一个解救他的人杀死。他已经向他的恩人举起了拳头。山努亚屏息听着。也许她来就是为了把他从伤感的、愤恨的和疯狂的囚笼里解救出来？他不就是被一种残忍的精灵所捕获的吗？他要不要杀死这个把他解救出来并给他带来快乐的女人？谢赫拉扎德又继续讲下去，一个另外的故事，一个另外的童话。它们都是那样绚丽多彩，听起来无忧无虑，天真烂漫，可她以少有的说服力重复了同一课题：罪责和宽恕，残忍、不义以及主的公正。山努亚在细心听。他在这里感觉到了他要透彻思考的问题，感觉到了使他苦恼和烦心的问题。他俯下身来，极为不安地谛听，情感极度紧张，他要找到一个谜语的答案。正讲到故事的中间，谢赫拉扎德停了下来，因为清晨已到。爱和轻松的时刻已经过去，现在她该上绞架了。这个故事还没有结束，可她的生命要结束了。

她该上绞架。国王的下一句话就将杀死她了，但是国王在犹豫。她刚开始讲的故事还没有结束，他心里的那些模模糊糊的问题没有得到解答，这比通常的好奇心和孩子式听故事的乐趣有过之而无不及。某种力量触动了他，使他的意志瘫痪下来。他踌躇不定。几年来他第一次把行刑的日子推迟了一天。谢赫拉扎德得救了，但只有一天。她能看到太阳了，能在花园里走动，她是女王，是这个国家的唯一的女王。明朗的一天！这明朗的一天很快变暗了，到了晚上，她又进入后宫，她又把国王的手臂拥在怀里，她又在希盼她的妹妹，她又得讲故事了。黑夜的这些奇妙的鼓舞，故事的千百层圈圈开始动起来。它们先是围绕一个思想，它们的意图就是使国王悔悟，用这些例子和劝导使国王丢掉疯狂的念头。盖尔伯以令人惊奇的、富有才智的机敏感觉到和展现出这些故事的意义和意图，它们是以怎样精致的体系安排的！它们的排列似乎没有章法，却如一张网上的网眼一样连在一起，这张网裹住国王，越来越紧，直到他在里面丧失了对抗能力。他徒劳地一次又一次试图解救自己。"把那个商人的故事讲完！"有一次他严厉地对她说。他感觉到，他在丧失意志，他感觉到他一夜一夜地被这个聪明的女人骗取着他的决定，他感觉到也许已经够多了，但谢赫拉扎德没有停下来。她知道，她的讲述并不仅是为了她自己的生命，也是为了千百个在她之后会死去的女人的生命。她讲述是为拯救所有这些女人，而且首先是拯救国王，她的丈夫。在她内心深处她感到他是一位智者，一个宝贵的人，她不愿放弃他，把他交给憎恨人和猜疑人的阴沉恶魔左右。她讲述，为了她的爱——

她本人意识到了吗？国王在仔细听，开头时显得不安，但逐渐就整个投入进去了。诗人经常注视到他"好奇地"和"焦急地"要求她讲下去。他越来越全神贯注于从这个每夜他都要吻过的嘴唇里讲出来的故事，他被俘获了，越来越无法拯救自己，他越来越清楚自己的疯狂念头。也许他最害怕的是她停下来不讲了，因为这些夜太美妙了。

谢赫拉扎德也早就知道得一清二楚，她停下来，她的生命也能确保无虞，但是她不要停下来，因为这些夜也是爱之夜。她能和这个罕见的、强大的、暴虐的和折磨人的人一道安息在床上，她感到她借她灵魂的内在的力量驯服了他，使他改邪归正，所以她要不断地讲下去。这些故事不再充满了教益，不再那样机智，而是一大堆愚蠢的和古怪的、稀奇的和幼稚的故事混在一起。她重复，她疏忽，在后五百个故事里，没有一个地方能够找到前五百个故事中那种脉络清晰的严谨，那种内涵丰富的结构。盖尔伯在谈及前五百个故事时，曾出色地指出它们的内在规律；后五百个故事只是为了讲而讲，为了填补夜的空虚而讲。这是些奇妙的、温柔的、充满情爱的东方之夜，直到最后她再也找不到什么可讲的，她的心再也不知道怎么讲下去或者再也不愿意讲下去了，在第一千个夜里，谢赫拉扎德结束了她的这种轮舞。一个焕然一新的现实一下子进入梦幻般的世界。三个孩子站在她的身旁，这是她在这三年里给国王生的，她把他们交给他，并乞求他为孩子们留下母亲。她把他们举到他的胸前，猜疑的恶疾从他的心灵中被驱逐了出去，他从疯狂中得到了解救，就像她从恐惧中得到了解救一样。她成了一位欢乐的、贤明的和公正的国王的王后，她的妹妹迪纳尔扎德成了那个从失望中得到康复的国王兄弟的妻子，他也学会了对女人的尊重。这个获得了解放的国家一片欢腾：开始时是对女人的谩骂和嘲弄，结束时是对女人的忠贞，是对她们的价值和她们的爱情的赞颂。

  在这部出自东方无名人之手的悲剧中，情感刻度盘上指针摆动的幅度是那样开阔，只有在莎士比亚的某些作品中——阿道夫·盖尔伯也作出了如此勇敢的和创新的阐释——才能找到类似的一种出色的，心理学上的，几乎是音乐般清晰的，从深度绝望到放纵的、无节制的欢乐。如在《一千零一夜》这部隐而不露的戏剧中一样，人的心灵中的全部因素都在这里被发掘出来；如在《风暴》里那样，大海的巨浪，灵魂的波涛，一切都温柔地平静下来，像故乡之路，像银色的水镜一样平坦。童话的轻松愉快和传奇的绚丽多彩，所有这一切都在此中闪亮发光，可这部有深度的、血的戏剧直深入到这种动荡的游戏之中，两性为争取权力所进行的艰苦斗争，男性为忠诚和女性为爱情所进行的斗争交织在一起。一部永远难忘的戏剧，出自一位伟大的诗人之手，没有人知道他的名字。它向我们第一次展示出了这位匿名者的伟大，这部激动人心的、意义重大的作品的功绩将永世长存。

高中甫　译

尼采和朋友

尼采写给弗兰茨·奥韦尔贝克[①]的信件通向灵魂中的一个宏伟壮丽同时又极其恐怖的地区，即通向弗里德里希·尼采晚年非常冷酷的孤寂。要逼真地描述那极端孤寂的十五年，对于幻想来说，就成了一项危险的，甚至是痛苦的任务。这是因为幻想必须在无限的空间里发展悲剧。这种单人剧没有其他舞台布景，除了这个孤寂痛苦的人以外，也没有别的演员。如果说到英雄，那么，在通常情况下人们是不喜欢忍受干巴巴的不幸的，是不喜欢想到陈腐平庸的环境的。对于有天赋的人来说，陈腐平庸就是最为可怕的东西。人们宁愿杜撰一篇传奇来取代历史。人们对恐惧进行诗化，就是为了在痛定思痛的时候避开这种恐惧。人们还把自己的英雄理想化，为的是更好地理解英雄的伟大。因此，二十年以来，德国旅游者如果在恩加丁[②]漫游，都会在午饭和晚饭之间在往西尔斯-玛利亚去的沙石铺面的小路上散步，为的是去看一看

[①] 弗兰茨·卡米拉·奥韦尔贝克（Franz Camille Overbeck，1837—1905），德国教会史学家、诠释学神学家，瑞士巴塞尔大学教授，也是尼采在该大学的同事及朋友。
[②] 恩加丁是瑞士格劳宾登州的山谷。

尼采的孤寂。尼采就是在这样的孤寂中，在满布星辰的苍穹之下，把脸转向了变成冰的群山，在高出海面千米的地方梦想到了他的《查拉图斯特拉如是说》和他的《重估一切价值》。他们把庄严突起得超凡脱俗的美好地方，看作是巨人进行战斗的真正的，并且符合他们感受的战场，并感到不寒而栗。他们这些善良的人都没有想到，他们这样进行诗意化和英雄崇拜会多么严重地弱化尼采漫游时期罕见的精神悲剧。因为这位饱饮了孤寂的上帝，他在这里极为幸福地凌驾于低处熙熙攘攘的人群之上。他远离尘嚣，心中低声唱起了查拉图斯特拉的夜歌，仿佛是来自永远明朗的天空中的星辰。尼采绝不是这个上帝（尼采的信件说明这一点），而是一个伟大得多的人。他的孤寂乃是一种强大得多的孤寂，因为这是一种悲惨得多，枯燥得多，因而也更加有英雄气概的孤寂。这是一个生病的、半盲的、患胃痛的、神经衰弱的、受到深刻刺激的人的孤寂。这个人有十年之久狂躁地到处奔波，住过数以百计的旅馆房间、配备家具的套房、小市民的供膳公寓，农村以及城市，去追猎人世生活。他既是猎人，同时又是野兽，总是在神经的痛苦之中进行工作。在这些最亲密的，也许因此是最美好的，最近发表的、写给奥韦尔贝克的信件中，哪里都找不到宁静而自由地休息的风光所在。善良市民把这种地方看作他的孤寂。在他那里，一切安静都是插曲性的，一切喜悦都是短促的。他忽而在卢加诺，忽而又在瑙姆堡，忽而在阿尔古拉，然后又在拜罗伊特，在卢塞恩，在施泰因阿巴德，在锡庸，在索伦多。再后他又认为，到勒格茨矿泉浴可能帮助他摆脱开忧伤的自我，圣·莫里茨疗效显著的泉水和巴登－巴登的泉水都会对他大有好处。再以后他又找到了瑞士以空气疗养著称的因特拉肯和日内瓦的草地疗养院。然后他在恩加丁做短暂停留,发觉在恩加丁是一种解放,是与他的本性相近的。此后他又到南方某个城市,去威尼斯或者热那亚,去蒙托纳或者尼斯。他急切地要去温泉胜地玛利恩巴特,忽而又奔向森林地区,忽而又仰望纯净的天空,忽而他又认为,只有欢乐的,以美味食品著称的小城市能够给他以安宁。对于他来说,漫游还变成了学术活动。他钻研了地理学和地质学方面的著作,为的是要找到某个地区,某种气候,某种他能够适应的人群。在他的计划里有巴塞罗那,甚至还有他希望给他安静、命令他摆脱神经衰弱的墨西哥高原,但是刺激人的孤寂总是围绕着他。不管他是喜欢孤寂,还是不喜欢孤寂,孤寂总是一再把他推进新的孤寂中,最后还把他推进彻底的孤寂中。在这种孤寂里,人已经感觉不到本性的共同界限,感觉不到空间和语言了。在这里一切都变得同样的冷酷,同样的可怕。在这里有一个寒冷朦胧的极地地方,荒凉,远离人世,而且弥漫着极其神秘的黑暗。最后在这种黑暗的顶上升起了神经错乱的红色北极光。

因此,在谈论尼采的孤寂之前,必须抛开认为在西尔斯－玛利亚的隐居生活是舒适、愉快和富有诗意的想象。在设想他漫游的情景之前,也必须打破对于他的活动的传奇性想象。他的活动通过流行的半身塑像和肖像已经被升高成了纪念碑和超乎自然的东西,或者说是弱化成了纪念碑和超乎自然的东西。在这些信中,如同在他所有的生平文献资料中一样,他从来不突出显露,就像给他建成的那个大半身塑像那样,是个体形挺拔、步态豪迈的壮汉。前额宽阔,开朗魁伟。眉毛浓密,下面是一双炯炯有神的眼睛。在倔强的嘴巴上面是一道厚实的、高卢特里尔族人式的小胡子。如果想要真正理解他,就必须降低身体的高度,而且不要害怕看到他更有人性的举止表现。他的眉毛形成穹隆，下面是他那双无所畏惧的眼睛。实际上他的眼睛是模糊的，视力很弱。每逢阅读劳累，眼睛就要流泪。没有任何度数精确的眼镜能将它们完全照亮。他的手只是机械性地书写，眼睛几乎不随着手动。对于这个半盲的人来说，阅读信件成了一种折磨。他便觉得，打字机是美国给予这个古老的世界最宝贵的礼物之一，因为他从打字机上看到了表达方式的一种新的前景。在高高的光洁额头后边是太阳穴坚硬的锤骨，是剧烈疼痛的痉挛，是清醒的颤动，是可怕的失眠。他曾经用剂量愈来愈大的安眠药压制失眠，但是无效。他的一切器官都因神经过分敏感受到损害。饮食稍有不适便会刺激他那敏感的肠胃。终日呕吐的事并不稀罕。每次大气变动，每一种空气压力，各样天气转变，都会成为他进行创作的危机。他的身体像水银一样敏感，情绪如同四月份的天空一样多变，会从狂放的，简直是病态的欢乐突然降落成最严重的忧郁。在他身上，情绪就是一切，因此，感到神经紧张就是感到痛苦。神经过敏者对于身体偶然情况的这种依赖是很可怕的。而更为可怕的是，这个孤寂的人很少或者说几乎从来没有在与人交谈时转移过注意力——这是由于他手里总是拿着颤动的磁针，也就是他的感受的罗盘。最为可怕的是，这种精神敏感会由于对外部压抑而狭隘的小市民生活的不愉快而不断地增强起来。现在只有在相同的年岁里，穿越相同的异国他乡，饱尝相同的贫困和经受同样被遗忘的出逃的陀思妥耶夫斯基，还熟悉这种无名痛苦的发作。在现代史表面上五光十色的艺术与科学年集活动热烈开展的时候，19世纪下半叶里这两位最伟大的天才却都在可怕的、迄今无法查明背景的、设备简陋的低等旅馆房间里，在陈设可怜的供膳公寓里孤寂地受苦受难。这个每天在痛苦中死亡,又总是被上帝从死亡中唤醒的久病穷困者,体态瘦瘠,有时候却隐藏着创作的酒神,生活的宣告者。为了走向最后的、真正的地狱,有时候就必须历经被遗弃的七层地狱。

尼采最后的这种孤寂没有更多的见证,没有谈话,也没有会见友人。只有呼唤,只有惊叫,在黑暗中颤动着传向远方,而这些信件就是他的那些希望和痛苦的呼唤。最初引起呼喊的只是短暂的感情激动,只是身体上短暂的不舒服,但是慢慢地变成了整个大气,变成了外国的、沉默的和冰冷的孤寂,像是金属的天空一样重压着他,还变成了荒谬和痛苦的整个人世生活。如果按照时间顺序来阅读这些信件,就会觉察到,他的周遭越来越晦暗,越来越沉闷乏味,他仿佛是从光明的世界沉落进了一个洞穴里。1871年,当他从巴塞尔开始漫游的时候,当他这位在德法战争中害了场重病的年轻教授第一次想到南方去疗养的时候,他的生活还和许多人有千丝万缕的联系,活跃的评论和早期的成就都还在周围照耀着他。在大学里他是最受欢迎和最有争论的教师之一。他最早的论文就使他成了争论最激烈的中心。在德国,他比任何人都站得更为靠近那个时代最伟大的人物理查德·瓦格纳[①]。一门新语文学把他看作开创者,而且还愉快地把他看作领袖。与巴塞尔大学的决裂断掉了与外国人不可能重新建立的最初的联系。现在,他向前每走一步都更加孤独;现在,他发表的每一本书仿佛都把他抛得离当代文学更远,而不是把他与当代文学联结到一起。

[①] 威廉·理查德·瓦格纳(Wilhelm Richard Wagner, 1813—1883),德国作曲家,德国歌剧史上一位举足轻重的人物。尼采在其《悲剧的诞生》遭到激烈攻击后,一度在叔本华的哲学和瓦格纳的音乐里找到化解孤独的绝妙慰藉。瓦格纳比尼采大三十一岁,二人曾结下深厚的友谊,却最终走向决裂。

与瓦格纳的决裂不仅使他失去了一个他所认识的"最完善的人",失去了绝无仅有的一个用敏锐的天才眼光觉察到他这个二十四岁的语文学者是那个时代的天才的人,而且还一下子扯断了他一半的人际关系。凡是通过瓦格纳认识他的人都为了瓦格纳而离开了他。剩下的人也都以某种有节制的信任小心翼翼地来看待他。又过了两年,他又断掉了一些人际关系。仍给他一些家的感觉的妹妹随同丈夫前往海外的国家去了。他的作品越来越少地得到关注,而他最后一批创作则完全无人知晓。本来他的富有诗意和新奇性的作品中有一种奇妙的磁力,一种神秘的力量,去吸引相亲的人,可他那排斥友谊的磁极便发生了作用。在他四十岁前后的时候,这是他创作的顶峰期,他好像转变了,他张开双臂迎向新的朋友:

啊,人生的中午!第二个青年时代!
啊,夏天的花园!
无论是在站立、窥视,还是等待,幸福都烦躁不宁!
我期待着朋友,日日夜夜准备欢迎。
我期待着新的朋友们!你们来吧!现在
是时候了!现在是时候了!

但是他的生命之树没有再长出树叶来,因为已经为时太晚了,他偶尔也还有些人际关系。那是勃兰兑斯[①]、斯特林堡[②]、伊波利

[①] 格奥尔格·勃兰兑斯(Georg Brandes, 1842—1927),丹麦文学评论家、文学史家,主要代表作是六卷本的《十九世纪文学主流》,这套书几乎已成为举世公认的权威教本。对一般人来讲,他们最喜欢看的也许还是他的一系列关于文化巨匠的传记:《尼采》《莎士比亚》《歌德》《伏尔泰》《恺撒》《米开朗琪罗》。他是第一个向欧洲推荐尼采的人,曾在哥本哈根大学开设"德国哲学家尼采"系列讲座。在尼采看来,勃兰兑斯"是一个优秀的欧洲人,是文化传教士"。
[②] 奥古斯特·斯特林堡(August Strindberg, 1849—1912),瑞典作家、剧作家和画家。

特·丹纳①等最初的一批鉴赏者,像雷阵雨一样从远方、未来的荣誉里向他呼唤,但是他们都太遥远了,太偏僻了,没有能够对这个内心如同炽炭,外部又受冻而死的罕见生命产生影响。他这位半盲人的漫游是摸索而行的,从一家旅店到另一家旅店,从海上到城市,从阿尔卑斯山到山谷。他始终是从孤寂走向孤寂。最后,他在内心的热量炸裂开外部冷冻了的身体容器和到了都灵癫狂症突然发作的时候,都没有一个朋友在身边。他那卓尔不群的头脑在孤独中烧毁了。

那时只有一个人,从尼采离开语文学讲台流落到巴塞尔那一天起——始终是绝无仅有的一个人——一直都在那里。他从远方,从自信中用目光和感情伴随着漫游者。这人就是他最忠诚的朋友弗兰茨·奥韦尔贝克。现在他和尼采的通信第一次完全公之于世了。出版界一场长达数年没有得到完全平息的争吵的结果是,把这些通信完全照原样出版,不用导言性的说明来讲述这场友谊的产生和形式。除了从这些信中所能猜想到的以外,我们对于奥韦尔贝克毫无所知。也许这样更好,因为他的人格特性,他的纯粹人性的风格,正是在他这种匿名状态的影响中无比幸运地表现出来的。我们不觉得奥韦尔贝克是语文学家,是同事,是教授,是作家。我们丝毫感觉不到他的创作活动中影响自己和影响人世的那部分,而只感觉到更为重要的和隐蔽的那部分,那就是对友谊的献身精神。他不像瓦格纳那样是个大师。他不像彼得·加斯特那样是个门徒。他不像科德那样是个精神伙伴。他不像妹妹那样

---

① 伊波利特·阿道尔夫·丹纳(Hippolyte Adolphe Taine, 1828—1893),法国思想家、文学评论家、史学家,法国实证主义代表人物。著有《拉封丹及其寓言》《英国文学史》《十九世纪法国哲学家研究》《论智力》《现代法兰西渊源》《艺术哲学》等。

是血统相连的人。他什么也不是，除了是朋友以外，什么也不是。他在朋友这个大概念中是个把一切崇高的和卑下的，一切重大的和轻微的信赖活动都联系到一起的朋友。对于尼采来说，他就是一切：邮政局局长、全权代表、银行家、医生、中介人、信息传递人、永久安慰者、温和的宽心人。他总是在场，不受任何干扰。他能够理解这位性格特别的人。他也对他的友情所无法抵达的境界抱有敬畏之心。在尼采动荡不定的生活中，他是唯一一个稳定不动的，尼采能够自信地用眼睛盯住的点。有一次，尼采显然是出于深沉的感激，情绪爽朗愉快地说："我是被善良的奥韦尔贝克包围在生活中间的。"

尼采把什么都写给他，连身上细枝末节的，也许对别人要羞怯地隐而不谈的事都写给他。无论什么事，尼采都对着他呼喊。尼采把费心的家务琐事都托付给了他，并且把每一个不眠之夜，每一个阴雨的白天，自己病情种种曲折混乱的激变都写给了他。尼采的信件中一半是病情报告，另一半则是可怕的和绝望的号叫。这号叫声过了几天还使人感觉到嗡嗡刺耳地响。阅读这些信是可怕的，因为这些信常常像大咯血一样，是突然吐出来的："我现在完全弄不明白了：现在我还要活半年干什么用？"或者他说："我不得不给自己发明一种新的耐心，比耐心更有耐心。"或者他说："现在对于我来说，一根手枪枪管就是比较愉快的思想源泉。"或者是他对自己的刺耳呼唤："还是让我轻松一点消逝吧！"而处于病情这样发作之间的就是短暂的现世之忧。他抱怨在热那亚没有炉子。他要求喝一种特别的茶，希望那种茶减轻他的不舒服。他把使他受压抑和受折磨的一切都写给了远方的朋友，他不断地使这位远方朋友感受到他成堆的痛苦和匮乏。他无所顾忌但又彬彬有礼地认识到了他用来使朋友心情沉重的难题。他那谨慎的，却是某种否定式的疑问是很令人感动的："我长此以往下去就是个拖累人的伙伴，不是吗？"的确，在两地相隔的十五年里——只有偶尔会面造成过中断——奥韦尔贝克丝毫没有丧失尼采一再用新的感激表示赞誉的那种"宽厚的坚定性"。他关切地倾听尼采非常琐碎的诉说。他千方百计用明智的安慰来缓和尼采心烦意乱的绝望。他对这个朋友夸大其词的事情也都信以为真，而不用轻微的怀疑去降低夸张的分量。他从来不用抵触来激怒神经过敏的尼采，他从来不用幽幻鬼怪的东西来安慰这个神经过敏的人。他的信中流淌出来的是一种平静的、温和的、愉快的、适度的欢乐。从他与尼采的节奏的差别中，从他与尼采那滔滔不绝、突然开放、炽热爽快的谈吐特性的对比中，我们可以感觉到，他那柔韧的坚定性，对于孤寂者尼采来说，必定是多么好的慰藉。他弄来这位朋友神经过敏的胃所需要的各种少量特产名菜。他孜孜不倦，从不歇息地实现朋友的愿望，经管朋友的财产。他的请求从来与他本人无关，而总是只与他这位朋友有关。他的请求都充满温情。他写道："你要妥当安排，不要冻着。营养不要差了！"这就真像是一位母亲的请求。他的请求也是深谋远虑的。当他敢于提出一些改善朋友现状的零碎建议的时候，他的请求又像是父亲的请求。只有一次他想要根除尼采最深处的痛苦，把尼采从折磨人、压抑人、既烧死人又冻死人的孤寂中拉出来。他小心翼翼地，简直就像包扎药棉那样，向他的朋友提出从事教师职业的建议——当然不是去当大学教师，而是在一所高级中学里当德语教师。说也奇怪，往常对这种建议置若罔闻，而且在另一个场合里还加以嘲弄的尼采居然写道："但愿能够劝说拉奥孔战胜缠绕在他身上的蛇。"

在这些信里尼采偶尔还铸造了出色的格言:"病人是给每个人的廉价战利品。每个聪明的人都与一个病人有关系。"他平静地、很耐心地答复了这个他明确称之为重新提出来的、最可以接受的建议。他看得出来,他的朋友用这个诱惑想干什么。他感觉到这样不引人注意地重新提出建议的良苦用心,所以他心存疑虑地又补充说:"我们还是首先照料查拉图斯特拉吧,因为我很担心,今后世界上不会有哪个官府还肯用我当青年人的教师。"

所有与尼采的友谊都还得通过最后的考验。几乎其他人都在这最后的考验中伤透了脑筋。这就是他的作品的考验。这样的提法是少有的:他们这场友谊历经十五年,不是"通过"尼采的作品,而是"尽管"有尼采的作品。尼采曾经这样写过:"在最近若干年中,我们没有变得疏远起来,甚至不是借由查拉图斯特拉。这真是太好了!"甚至不是借由查拉图斯特拉!尼采的作品把所有爱他的人都从他身边赶走了。这已是尼采习以为常的事了。实际上,就尼采和奥韦尔贝克之间的关系来说,尼采的文学创作与其说是促进了他们的友谊,不如说是考验了他们的友谊。奥韦尔贝克永远不会真正热情地进行重要的创作。他的内心里有道德上的抗拒。他们这两个往常自由、开朗、亲密的人现在在书信中为了防止争辩而谨慎地互相回避了。尼采一直感到不安,生怕失去奥韦尔贝克,因此他把自己的书接连不断地寄给这位朋友。他在一本书上还乞求似的写道:"老朋友,你从前往后读下去吧!你不要迷惘,也不要疏远。集中起你的全部力量,集中起你对我的全部友好的力量,集中起你耐心地经受过多次考验的全部友好力量吧!如果你觉得这本书是难以忍受的,那么,也许你对数以百计的细节就不是这样感觉的了。"他请求原谅他写下这样异乎寻常的话:"现在不要期望我这里写出美好的东西。对一个患病的、行将饿毙的野兽不可过多要求,要这个野兽能够姿态优美地撕碎自己的猎物。"而奥韦尔贝克也以坦荡的明确态度请求原谅,他没有理解尼采的作品。他坦率地写道:"当我表明没有能力像你的著作所要求的那样深入理解你的著作的时候,除了作为被深入理解者以外我还根本没有树立起我的标准。"他不想用空洞的文学言辞来美化这种感情上的疏远。他宁愿防止这种疏远。他不谈论尼采的著作。他感谢尼采写了那些作品。他尊重这些作品的作者,并且始终忠于作者。对于这个孤寂的人来说,他始终是朋友,然后又是最重要的人。

因此,在这本通信集里所有关于尼采的作品的见解都是独白式的,都是单方面的。永远只有尼采能够对这些意见进行解释、宣布和意译。从奥韦尔贝克方面看,除了粗浅的感谢,谦虚的尊重和谨慎的评价以外,几乎没别的表示作为对尼采这样倾吐衷肠的回应。这个情况使许多人感到失望。有些人也许因此觉得,奥韦尔贝克是个价值不大的人,是个没有理解力的人,因为我们觉得非常重要的作品,却没有直接对他展现出全部力量和重要意义。我们这些现代人,这些把尼采看作一个统一体,把尼采的作品看作一个完整事件的人,现在也许不能追溯以往,理解这些如流星一样坠入呆滞萧条的时代里的书在当时起的作用是多么不可思议,多么孤单,多么突兀,多么危险,多么意想不到地无与伦比,还有他在这些信中所做的预告可能使他的朋友们感到多么可怕。如果说尼采写了:"今天我第一次产生了把人类历史划分为两个部分的思想。"或者他宣告:"查拉图斯特拉是除了我以外没有哪个活着的人能够创造出来的东西。"或者他以先知的精神状态说了:

"当代的欧洲还想象不到,我的行为关系到多么可怕的决断,我是被绑在多么严重的问题的车轮上,以致将要发生一场灾难。我知道这场灾难的名字,但是我不会把它说出来。"那么,人们就会忐忑不安地预感到恐惧,预感到一个朋友拿到这种预告过的书时的忧虑。奥韦尔贝克还是忠诚不变,而尼采就依靠他。尼采再三再四地用爽朗的语句感谢奥韦尔贝克:"感谢你在我生平最艰难和最不可理解的时期里对我所表现出来的坚定不移的忠诚。我如果把理查德·瓦格纳除外,那么,没有谁用千分之一的热情和痛苦来理解我与理查德·瓦格纳。"

瓦格纳——对于尼采来说,尽管有种种问题,但他毕竟是,而且始终是尼采在人身上所看到的最高标准。不管怎么说,这个标准就是他在人性方面所能够给予的最高赞赏。实际上,尼采写给奥韦尔贝克的这些文献资料,与写给瓦格纳的信及写给妹妹的信一样,都是尼采的真挚热情和思想上与人亲近的顶点。这些信都打开了令人惊叹的感情广度,展示了一种增强的戏剧性力量。这是在我们这个新时代里再没有见到过的。文学上的分歧,哲学上的闲谈都压不住在这三百多封信里以光辉夺目的语言纯洁性传送出来的高亢嘹亮的声音。这声音传播得越来越遥远,越来越清脆,越来越像水晶一般明亮透彻,越来越急速,同时也越来越柔和与浑厚。然后在一页开始的字行里,琴弦突然刺耳地脱落了。这个具有人世意识的强大头脑的栽倒也就意味着这场友谊的结束。

申文林 译

让-雅克·卢梭的《爱弥儿》①

对让-雅克·卢梭来说，一个世界的转折永远是在恰当的时刻。当社会的秩序被颠覆时，社会关系的最深刻的问题浮上表面时，当一个时代触动了国家和人民的最深层的基础，传统崩溃，法律陷于动荡时，情况往往是这样。随之他就成了使者，成了顾问。因为他向来是置身时代之外，置身所有时代之外的，他是人的权利的永恒律师，是一个看不见的法律的证人，没有哪一个社会完全履行了这个法律，也没有哪一个社会完全拒绝了它。卢梭从来就是从头开始，从来是从外而来：他的力量就像杠杆的力量一样在物体之外发挥作用，不是在具时性的时期之内，而是在永恒存在之人的身上发挥作用。因此他适用于所有时代。他不是反对他的同代的、反对他的国家制度的革命者，而是反对群体，永远依靠个人，是人为自己的自由进行斗争的永恒律师。革命把他拥戴为人权之父，使他的名字在法国国民议会的讲话里永世长存。

---

① 本文于1918年12月8日在柏林《德意志众议报》上首次发表，题为《卢梭，一个新社会的教育者》。1919年，茨威格作简介的精简版《爱弥儿》出版，这篇文章被收作导言。卢梭在导言结尾增写了一段约三百字的文字，谈论精简的意义，此次未译出。

反动派把他视作无政府主义的创始者,将他的尸首抛出万贤祠,让他躯体的残存部分随风而散,但在每一次世界转折时,他的话和他的精神又都变得生气勃勃。

让-雅克·卢梭不属于时代——不属于任何时代。在他生活的 18 世纪,他在旧制度①的沙龙中是如此格格不入,就像今天他在一个议院中或在一个编辑部里那样,以一种奇怪的、悖论似的、完全独特的目光来看待问题:像一个自然人,像孟德斯鸠《波斯人信札》中的那个"陌生人"。他谈论所有事情,就像没有人谈论过它们一样。没有任何前提,没有传统,没有虔诚,他完全像是这个世界的第一个人。这是他的成功,是他永恒的价值:他观察人的极为重要的问题完全是无时性的,他观察的这些问题,其作用永远是新的,永远是消耗不尽的。在他身上存在原初的人类之子的某种东西,存在某种永不枯萎的质朴,它们同一种天才的逻辑混在一起。认知的艺术和自然的、几乎野兽般赤裸的人类本性,这样一种两重性,使他的《忏悔录》成为所有时代里的最令人惊愕的心理文献。他制造了一场革命——不管他是从哪里开始的:在文学中,在心理学里,在文化中,在国家里。他给予像美国和波兰这样的国家以宪法②,给予像米拉波和罗伯斯庇尔这样的演说家以论据,给予像康德直到卡尔·马克思这样的哲学家以论纲,给予像歌德这样的诗人以散文的形式。他的作用贯穿了两个世纪并经常在变化之中。在人开始醒悟,群体问题又一次开始变化成形的时代里,他便开始发挥新的作用。

---

① 指波旁王朝时代。
② 指卢梭的社会和国家学说对美国和波兰的影响。卢梭曾就两个同时代的国家宪法写过文章:《科西嘉制宪意见书》《论波兰的治国之道及波兰政府的改革方略》。

他的作品是无时性的,但不是他的所有作品都如此。他的主张一部分由于得到实现已过时了,一部分在要求上已经老化了。某些正确的,今天业已不言而喻;某些错误的,因不被需要而被搁在一旁。《社会契约论》《论人类不平等的起源和基础》是历史性的宣言,不再是有生气的著作。它们的思想已砌入现代国家之中,像每幢建筑中看不见的基石。他的那些政治的和宗教的论争文章都已被遗忘,他的奇思怪念的歌剧没有名气也没有价值。只有他的艺术作品超越了时代,它们不能像房屋基石一样供人在上面建造东西。它们作为纪念碑,巍然屹立,孤零零的,立在永恒的地平线上,或者陷入被遗忘的大地之内。

只有卢梭的艺术作品为我们留了下来:《忏悔录》。这部诗与真的不朽文献;他的两部长篇小说,富教育性的《爱弥儿》和感伤的《新爱洛伊丝》,使世界一下子震荡不宁,造成了精神和情感的两次革命(当这个令人惊奇的人动起笔来,他总是制造出革命)。一个世纪在它们那里汲取营养,它们成了无数创作的典范,没有《新爱洛伊丝》,没有《爱弥儿》《少年维特之烦恼》和《威廉·迈斯特》是不可想象的,拜伦、斯达尔夫人①,浪漫主义的整个一代人都在日内瓦湖畔细心和动情地寻找着卢梭所创造的形象的痕迹。除了一种新的文学,还有一种新的爱情的情感,一种新的自然的情感,一种新的知觉的情感,同这两部小说一道开始了,它们对所处时代造成的前所未有的影响,我们几乎难以想象。

那么对我们的时代呢?两部作品对我们的世界还有什么价值呢?《新爱洛伊丝》是一部爱情长篇,是感情小说。《爱弥儿》是

---

① 斯达尔夫人,即杰曼·德·斯达尔(Germaine de Staël,1766—1817),法国女小说家、文学批评家。著有《论文学》《论德国》,以及小说《黛尔菲娜》《柯丽娜》等。

教育小说，是一部思想著作。人们认为，感情会穿越时代经久不变，而思想则是易逝的。没有比这更错误的了。没有一种思想会消亡：它有时对一个时代是无关紧要的，但它像水晶一样保留下来。但感情——或者说得更准确一些，是感情的方式——则会枯萎、衰败。我们能够理解一个逝去时代的精神，但不能理解它的感情。《新爱洛伊丝》，"美好灵魂"的小说，今天使我们感到极为陌生：这些最华而不实的书信中的感伤主义对我们毫无用处，甚至风光景物也使我们感到僵死或者荒谬，就像克洛德·洛兰或尼可莱·普桑①的一幅风景画一样。它们人性中的牧歌情调，感伤情绪，甜蜜的矫揉造作，甚至对今天的一个多愁善感之辈——那一类女性感情上的曾孙女——也是无聊和矫情的。灵魂在两个世纪里的变化远比我们知道的要多得多，只有在这样的书里我们才会真正地感觉到。

《爱弥儿》与此相反，它是一部思想小说。一个时代的思想或许会被历史的发展证明是错误的，但它们不会变得完全陌生，在潮起潮落的、充满神秘的一种节奏中，它们又一次冲击着我们，昨日逝去的将成为明日的真理。在《爱弥儿》中有许多过去的真理，有许多未来的真理，并且有许多是当代的真理，这是一部关于尘世人在永恒事物中的书。

我们今天很难理解，甚至无法理解这部严肃的、卷帙浩繁的作品在它那个时代所起的爆炸性的作用。它在法国一位内廷大臣夫人的家里写成②，秘密印刷出版。1762年一出版，政府就对作者

---

① 克洛德·洛兰（Claude Lorrain，1600—1682），法国画家，擅长风景画，对欧洲风景画的发展有较大影响。尼可莱·普桑（Nicolas Poussin，1594—1665），法国画家，画风严谨、精细，是法国古典主义绘画的奠基人。
② 卢梭写《爱弥儿》时是内廷大臣卢森堡和他妻子的客人。

发出了一道逮捕令，卢梭跑到瑞士才得以逃脱。这部书在"大宫殿"的台阶上被公开烧毁，日内瓦议会重又做出决议，一个共和国，日内瓦共和国因此而毁灭，另一个共和国，北美共和国，从它的教育原理中诞生。一位国王坐在书桌旁写一部对立物：《反爱弥儿》。在昆尼希堡，伊曼努尔·康德在读它时四十年来第一次忘记了他每天要做的散步；在莫狄埃，农民用石头打碎了卢梭的窗户；在法国，公爵夫人们洒下了动情的泪水，并重新开始亲自关心她们的孩子。整个文学世界陷入骚动，生活的时尚变成了另一个样子，王后们"重返自然"，牧羊女①在特亚侬宫玩耍，与此同时这部书逼使它未来的控诉人——国民议会——长篇大论，喋喋不休。和他的每一本书一样，这部《爱弥儿》是一次写出来的革命，是思想的颠覆，是道德的、信仰的颠覆。

我们今天怀着一种可理解的好奇心寻找这部艺术作品中的爆炸材料，可是找不到。对我们来说，不加缩减的《爱弥儿》是一部冗长的、烦琐的"教育学—哲学"作品，它令人着迷，使人惊奇，但从不使人去革命。卢梭本身在生活上从没有什么章法，他从没有找到一份职业，却以一种诱人的逻辑去宣讲令人惊奇的教育理论。身为一个父亲，他将自己的五个孩子②放到巴黎的育婴院里，却热衷于偶然想到的念头，把关怀青年人规定为人的重要义务，这类事实够反常了，在个别论据方面也是反常的，但他的胆量令人叹服。这是一部教育学的杰作。

然而教育，归根结底只不过是一个面具。这部书谈的不是孩子，而是整个人。看起来像是只谈论生活的开始，却关系到问题

---

① 凡尔赛宫的两处游乐宫，其中一处成为王后安托瓦内特的住处，富"牧羊人情调"。
② 卢梭在 1745—1755 年间与特蕾莎·瓦雪生有五个孩子，都被他送入育婴堂。

的开始（这样也就接触到根源了）。在每一个局部，都是在同世界进行争论。是孩子同双亲和教育，是成长的公民同国家，是成文的法律同不成文的法律的争论。还有——"萨瓦牧师"，这部作品的高峰部分①——人同他的上帝的争论。不是同上帝，而是同他的上帝。这里，人第一次被赋予自由的全部权利，这是卢梭给予他的自由，也给予他去自由创造他的上帝的权利。

在卢梭这里，世界总是再一次地开始。他毫无虔诚感，想的事情出格极了，好像在他之前没有一个人想过似的。在他之前有一种出自阶级、等级，出自准则、宗教和传统的思想，在卢梭这里是原始的人——他不受教养束缚——在思考道德。这个出自日内瓦穷人区的钟表匠的儿子把社会的整幢建筑拆得七零八落。他把所有问题都颠倒过来，使它们的基础裸露出来。这是对基础进行观察，因此是超时性的，适用于任何时代——如我已说过的，特别适用于一种道德地震使文化建筑动摇的时代。《爱弥儿》是对公理，对"人权"的一种辩护，人权后来成了他们国家的法律，并必然出自自身地对任何时代加以修正，因为人权总是由于道德而僵化，并失去其热情的流动的形式。正如他承认婴儿有活动的自由和对襁褓的憎恶一样，他承认公民有反对任何限制的自由。作为社会人，公民有义务联合起来，可在联合中却与作为自由人的个人的权利发生了龃龉。希腊人之后，他是重新发现这种冲突的第一人。他所说的关于这类事情的一切，特别是战争时期进行这种教育的困难性，就像是为我们当下所写的一样：他要求的乌托邦没有任何实现的可能，因此成为永恒的目标了。公民般遵纪

---

① 指《爱弥儿》第四卷中的《萨瓦牧师的信仰自白》。

守法的理智今天在任何国家都会在某些要求面前却步,在这里,这些要求是赤裸裸的、清清楚楚的。这个时代的梦想——把欧洲联合成一个和平的、自由的、民族的联盟——被他在这里确定了下来。很少有一部永世长存的书,像这本书一样,如此适用于这个时代。思想的返归自然,始于我们的自由和我们的权利。在一个新的世界重新开始时,这本书对于它而言是不可缺少的。

高中甫 译

泰戈尔的哲学著作

青年作家①（出现在他的朋友那里）："但愿我没有打扰你。"

比较老的作家②（把一本书放在旁边）："完全没有。"

青："这是一本什么书？"

老："这是罗宾德拉纳特·泰戈尔的哲学著作 *Sadhâna*③。这是刚刚在库尔特·沃尔夫那里出版的德文译本。"

青："你现在有兴趣读它吗？我真不理解你。"

老："为什么我就不应该有愿望去读，甚至急忙去读这本书呢？这样的需要怎么会突然难以理解了呢？不过是两个月以前的事吧，那时候我们坐在这个房间里一起读《飞鸟集》。当时，你和我一样被这些诗行水晶般的简朴所吸引，被那崇高的，在单纯的含义上说是天真的，富有诗意的联系所吸引。这种联系以它的外国风格给自己创作了一种新的旋律。我们两个人都很高兴，好像这种新

---

① 以下简称"青"。
② 以下简称"老"。
③ 梵文：将人生引向正确的道路。英译：*The Realisation of Life*。中译：《人生的亲证》，商务印书馆 1992 年版，宫静译。本文译者译为《通向完美之路》。——编者注

的节奏进入了欧洲的诗意启示的间歇之中。如果我没有弄错的话，就是你本人要把这些诗行都看作有预感地宣告新宗教的来临。"

青："是的，正是这样。当时我的确觉得罗宾德拉纳特·泰戈尔就是一种启示，因此等过一年或者两年以后，我很可能会再去读泰戈尔的书。只是现在，恰巧是在此时此刻，我可不能完全公正地对待他。现在我不能听到有人说起他的名字。每逢遇到书店我都绕个大圈儿走过去，为的是不在书店里成四十次地在每本书的封面上看到这位印度魔术师深思熟虑地冲着我微笑。我觉得乘电车，乘有轨电车，是很可怕的，因为在车上——就在有轨电车上！——肯定会有个平民姑娘或者小伙子在读泰戈尔的诗。我不得不干脆克制住自己，以免对达姆施塔特人的这种偶像崇拜进行恶意的嘲笑。如果我从前所喜爱的东西变成了轰动的新闻，变成了探戈舞中间休息时的话题，如果我所崇敬的某个诗人在什么地方被用于炫耀卖艺的游艺场，那可是我所不能忍受的。因此，很久以来我都是绕开街拐角走，我还把泰戈尔的书都放到了最下面的抽屉里。"

老："这么说，你是认为作品对自己的影响负有责任，诗人对崇敬他的人负有责任。这么说，你在一百五十年前就会仅仅因为赶时髦的人都穿维特式的衣服这个原因而不读歌德的诗吗？或者当拜伦勋爵成为伦敦社交聚会里的狮子的时候，你就会恼恨他十年吗？我知道，在德国，如果有个作者的书印行了十次，他就会立刻被说成是一个笨蛋或者一个骗子。我是不参与这种事的。如果我出于自己明确感受到的艺术意识而对某位诗人寄予过信赖，我在他成功的时候就不会怀疑他。"

青："我也不是怀疑他，而是我实在不敢自信，因此我就自问：

我当时处于为他的形象新颖而震惊的最初激动中，这是否把他看得太高了。这是因为，某个诗人如果在德国一年之内把他的诗集售出了七万册，那么，这件事对于我就是一个警告：要更加密切地注意这个诗人——因为总是只有稀释的液体流淌得广阔。歌德的《西东合集》在五十年间的销量没有可怜的纳赫古斯·博登斯台特的《索菲大师》在五个月里售出得多。我自问，罗宾德拉纳特·泰戈尔作品中最初使我着迷的那些印度的东西，是否就是这样稀释过的药剂，就是一种加了糖的馏出液，因为他的作品在德国符合很多人的口味。你大概会同意我的看法：在德国，这突如其来的佛教倾向——坦率地说——可不是一件令人愉快的事。"

老："这不是一件令人愉快的事，却是一件可以说清楚的事。关于我自己，我要说的是，若干年以来我为了了解从前与我的思想范围相距十万八千里的印度诗人和印度哲学花费了很多心血。我觉得这是因为，对于战争迫使我们意识到的三个最重要的问题，也就是暴力问题、强权问题和财产问题，没有哪一个民族的人像印度人一样思考得如此独特，如此深刻和如此富有人性。我们看到，我们当前的难题在这里得到了完全不假思索的回答。只有当我们好像是从外部，从另一个半球上的不同思想与感受来看的时候，我们的忙碌活动与组织结构，我们的战争嗜好和我们的民族主义的疯狂才会变得一目了然。罗宾德拉纳特·泰戈尔作为健在的人证明和延续了这种古老知识的效力，因此才对群众如同对一个人那样产生了如此不可抗拒的影响。"

青："对于这种理想的观点我也不持异议。恰恰相反，我把泰戈尔的影响，他对自己的民族主义的否定，他那从他的天性中散发出的并且最后恢复了诗人的非文学家威力的强大伦理学力量，看作我们这个非常欠缺道德个性的时代里罕见的精神幸运。我的怀疑只是针对他身上的那种富有诗意的东西,这也正是这种成功的缘故。你大概不会否认我这样的看法:群众的艺术鉴赏总是否定基本的东西,而只欢迎模仿的东西。凡是公众所肯定的东西总是诗人心中感到有些疑惑的东西。"

老:"我也绝对不否认,广大群众的艺术鉴赏总是以不容争辩的自信选定二流的东西。在各个朝代,各个时期里,群众都喜爱半真半假的东西,舒服的东西,玫瑰色的东西,仿制的东西;但是有一点,也就是对广大群众的直觉,我们绝不可低估。群众对于哪一位诗人为他们写作,对他们有利,哪一位诗人想要帮助他们,而且在所写的每行字里都念念不忘人性,具有一种神奇的直觉。这种很自然的直觉使得广大群众对于其他本来就是只为自己而创作,或者是为极度虚构的艺术和艺术的完美概念而创作的人十分冷淡。这就好像,尽管外表上没有任何可以识别的标志,大街上的狗却会突然跑向一个喜爱狗的人那样,群众也会满怀信任地、不自觉地涌向那个不是为自己而是念念不忘为群众写出每行字的诗人。托尔斯泰和罗曼·罗兰(想必你会同意他们都有最高尚的道德品质)的巨大影响都只能这样来解释:人们凭着自己的直觉强烈地察觉到,这两位作家志在助人,是在对他们讲话。"

青:"那么——请原谅我打断你的话——后来在库尔特-马勒尔那里,在赫尔曼·苏德曼那里,在奥托·恩斯特那里的情况是怎样呢?"

老:"在某种意义上,他们的情况是一样的。这些作家也都是为群众写作的。当然,他们不是在高尚的意义上从精神方面帮助群众,而是为了使群众得到消遣,为了把群众的生活表现得像他们乐于看到的那样，而不是像实际情况那样。这些作家的写作当然不是出于一种意志，而是出于其本人的某种虚弱；也不是出于他们自己的乐观主义，而是出于群众的乐观主义。他们不以粗鄙通俗化为耻。这种共同之处也是一种不可否认的联系。"

青："对于这一点我可以给你做详细的回答。我觉得在艺术中把最纯洁的东西与最卑贱的东西并列在一起是有点危险的，但是我不想离开泰戈尔的事例。如果我没有弄错的话，放在你面前的这本书是一本哲学方面的书。因此，我的第一个问题就是：此书是否写出了某种新鲜见解？如果是，书中的新鲜见解对群众产生了何种刺激性的或镇静性的影响？"

老："我不很明白你所说的'新鲜'见解。罗宾德拉纳特·泰戈尔在 *Sadhâna* 中所发展的思想都是古老的，甚至是极其古老的，都是你在每个思想伟人身上，在各种宗教里和作家那里能够遇到的思想。例如这样的思想：人不要为财产和权力工作，而要为其整个内在的'我'，为他用来与上帝建立联系的，真正的'我'工作。在有了这些'原思想'——如果我可以这样称呼这些思想的话——的情况下，唯一重要的是体裁、表现力、清晰度和诗意的表述了。我就觉得，这本书里富有诗意的表述的确是达到了卓越的程度。在这里，上帝的概念、万物的概念、自我的概念好像都是用另外某种材料制造的，和在古代和现代宗教画家那里一样。在语言方面，起支配作用的是一种令人感到惬意的热情和没有激情的情欲，即使是最单纯的人、最幼稚的人，内心里也渗透了这种情欲。不过正如你会同意的那样，这种感官性就是我们那些用自己不规范的语言写成的，语言无力但又道貌岸然地躲在拉丁语—希腊语术语身后的哲学著作惊人的全部等价物。单是泰戈尔富有诗意的文笔明白易懂，对于我们一整代哲学家来说就是典范性的收益。"

青："但是我无法隐瞒这样的疑虑：这种明白易懂不是也导致了某种陈腐平庸吗？如果有人这样肆无忌惮地谈论世界之谜和新近的问题，我就会觉得那是非常危险的。我有这样的感觉，这种最新的认识从来没有结晶成格言，而是不知怎么回事，都像在德国神秘主义那里那样保持着华丽而混乱的状态，与其说是在用'common sense'——也就是常识——进行理解，不如说是在预感中进行领会。真正的哲学家可不是先天就写得明白易懂的，而是用劳动得来的。"

老："你的指摘是完全正确的。如果说泰戈尔的这本书里有什么东西干扰了我，那么，就是他有些轻而易举地，就是他全然没有痛苦、不动感情地用来破解人类自被创造的那个时刻起就与之搏斗的那些最艰深概念的戏法。他以某种温和的手势把死亡和病痛等不好的本能都掠到了一边。我必须再一次承认你预感到的东西是正确的：这本书没有给世人展示出一部无比美妙的戏剧，就是说，这本书正如一个心烦意乱、缺乏自信的人冲动并且绝望地在为一条规则，即一种和谐，而苦苦思索。这种和谐——在某种程度上说——在泰戈尔身上却是从一开始就有的。这种和谐使他天生具有淡漠的性格，具有印度人的温和。他只是简单地把这和谐传给了他的学生，传给了众人而已。"

青："当然他这种学说无论如何是肯定人世的，是乐观主义的。这样也就向我说明了他的学说的成就。人毕竟总是要听这种愚弄人的老话：我们的世界是一切可能有的世界中最好的世界。"

老："就是在这句话里也有一些真理：泰戈尔的世界观当然是乐观主义的。但是，正如我在前面对你说的，我甚至怀疑，他的世界观是否真的可以称之为一种世界观，是否可以更恰当地称之为人世布道。泰戈尔不仅仅是要人间清净明亮，而且是要帮助人，首先要帮助他认为是迷路了的我们这些欧洲人，帮助我们走上正路。于是这种乐于助人的精神使他的书显得无与伦比地亲切动人。举例来说吧，现在请翻到他论述死亡的那一节。我要给你朗读这一节。

如果我们把全部注意力集中到死亡的事实上，那么，我们就会觉得世界很像一个停尸房。然而，在人生的世界上，想到死亡的思维活动对我们的精神只有微乎其微的影响。这不是因为死亡是生命最少看得到的方面，而是因为死亡是生命的消极方面。生命作为一个整体来看是从来不重视死亡的。生命在欢笑，在舞蹈和游戏，在建造房子，在聚集财富，在进行恋爱，而置死亡于不顾。

如果我们特地考察一次独特的丧亡事件，那么，丧亡的空虚就会凝视着我们，我们就会感到一阵害怕。我们看不到生命的整体，而死亡只不过是这个整体中的一部分。这就好像我们是在通过显微镜看一块布料，我们觉得这块布料像是一个网。我们盯着很多很大的孔眼看，还觉得感受到透过孔眼的寒气。事实上，死亡并非最后的真实。死亡给人的印象是黑色的，就像空气给人的印象是蓝色的一样。死亡不能给我们的生存染上它的颜色，就像空气不能给飞行在空气中的鸟染上颜色一样。

这不就是安慰吗？你不认为，如果有个病人或者不幸的人读到这些崇高、纯洁，而且在某种意义说也是真实的语句，必定会无限地感激这一本书，感激作者这个人吗？你会一页接一页地寻找某个句子。那句子用十分纯洁而富有诗意的形式，用充满人情味的感染力表现了也许大可争论的见解，以至于你会觉得这种见解对你有益，你会不由得喜爱这样一个不仅高标准地具有安慰人的意愿，而且也有安慰人的能力的人。并非要对一切东西进行文学评价。正是在泰戈尔这里我们可以最少操心，他在多大程度上是个新雕塑者，就在多大程度上是个原始创作者。让我们感激地把这样一个泰戈尔接纳进我们的时代吧！他以高尚的态度、和谐的言辞以及人性纯净的生命力所给予我们这个时代的东西，很少有人比得上。对其他人我们又要批判了。让我们只对这位善良人表示感激吧。好啦，我们现在就走吧！想必你是同意我把这本书带走的。如果今天我像三万个德国人那样手里拿着一本泰戈尔的书，你会以与我同行为耻吗？"

青："绝对不会，我只是想请你去掉印有泰戈尔照片的封面。看到他那样纯正的面孔，他那双善良的眼睛，就如同看到随处可见的漱口药水广告画一样，总感到有些不舒服。我很想把这本书摆在自己家里，但如果是摆在街道的商店里，尽管有种种持久性的理由，这本书总还是干扰我的平静。凡是与 *Sadhâna* 有关的，我都想在泰戈尔纪念年里去读。希望你把这本书借给我！"

老："不行，这个不行。因为 *Sadhâna* 是一本很美的书，所以人人都应该自己有一本。即使买了书之后，你成了第八万个德国人，你也应该自己去买一本。"

申文林 译

沃尔特·惠特曼①

大约在一个半世纪之前,斐迪南·弗莱里格拉特,一位不可忘怀的富有民主精神的先驱,第一次在一本集子里把沃尔特·惠特曼的作品翻译成德文。德国的知识界当时在保尔·海塞,再往好点说是在爱德华·默里克②身上寻找他们的抒情诗的理想,而在惠特曼的滚动直下、响着粗野节奏的奔流咆哮的诗歌中感到的仅是令人奇怪的野蛮主义而已。这正如他们囿于一种虚假的古典主义的理想,把中国的和日本的诗歌——情绪诗的精华,仅看作是奇怪的而已,仅感到"滑稽"而已,看作从热带带回来的某种物件,与我们的世界毫不相干。

在四分之一个世纪之后,先是一个德裔美国人,后来是约翰内斯·施拉夫,他们对这位"白发苍苍的诗人"重新燃起热情,随后是卡尔·费德尔、马克斯·海克和其他一整代人,他们每个人都翻译了《草叶集》,德国对惠特曼的本质和作用逐渐地熟悉起来,而在这期间,在法国,从20世纪20年代起,我们的好朋友

---

① 本文首次发表于《柏林日报》,1922年3月28日。
② 爱德华·默里克(Eduard Mörike,1804—1875),德国诗人、小说家、翻译家。

莱昂·巴扎热特以翻译和一部出色的传记，为惠特曼在欧洲的精神生活开辟了道路。

现在人们已经感到他是现代抒情诗中的最强大的动力，从他的诗歌富有节奏的能量中扩展开一股力量和亮度的巨大激流，是一个无与伦比的能量中心，越来越激奋，足够充溢一个世界。这个人是永不枯竭的，这位诗人的活力不仅作用于他自己的生命，以这种炽热的、自下而上的热度去满足他的诗歌，还通过这些诗的力量去增强其他的生命力：人们只要读了沃尔特·惠特曼的三行诗、一段文章，就会感到身上迸发出电火花，所有被压抑的力量便绷紧起来，活力的核心就如同《太阳那里发出的光》一样，开始开花结果。当人们更深地进入他的充实丰满之中，当人们完全投身于他的颂歌的瀑布之内，一个人自己的意识就像在一种可怖的眩晕中消逝了。他本人心醉神迷，被这股激流的呼啸着的波浪所裹挟，被这种泛着泡沫的、直冲而下的无限重力所碾碎。

人们业已认识到了这种作品的强度，诗人在整体和个体扩展上感到自我受到如此挤压。他的作品是如此有力，一节诗就使人入迷，一页诗就使人终生陶醉。沃尔特·惠特曼永远存在于哪怕他的最小单位的诗中，一句诗行里，就如一座森林存在于一粒种子之中一样。在德国，直到今天，那些不能接近原文的人才从内容广泛的两卷本中认识到他的作品的传播，他的诗歌的丰富与猛烈，这就是汉斯·拉依泽格翻译的惠特曼——谢谢他，衷心地感谢！现在这个版本终于出色地问世了，由 S. 费舍尔出版社出版。

这个版本是充实的，是广博的，是活生生的和宽肩阔臂的，就和沃尔特·惠特曼本人一样。这个版本只是展示，文静，没什么夸张，没有任何想把一位人类诗人迅速扯入一种新的宗教或把他贬低为某一党派人士的尝试。它最内在的意愿，远不只是让人感到沃尔特·惠特曼是抒情诗上的一位新节奏的创造者，而且在政治和民族心理上，他不像美国人那样民主，而只是作为简单的元素，像镭一样发出强烈的光线，永不枯竭，清澈得像水，明亮得像太阳，甜美得像清晨的空气，是一种内在的无法摧毁的统一。在这种统一中，人和作品，生命和创作，仅是两种不同却完整的形式。这是一种同一的原始力量的一次性形成。

重现一个外国抒情诗人的这种形式，并不仅限于把个别的作品转化为德国的抒情诗或对他的诗歌全部加以艺术性地摹仿，而是在选择的同时把他的整个生活与他的诗歌加以对比，还要使人想到把抒情的人，把作为生命元素，作为典型的现象引入德语，这种语言并不能把另一种语言的抒情秘密完全传达出来，在我看来这是德国唯一必要的形式。

请原谅我，我在这里短时间谈一下我自己：我在翻译凡尔哈伦①、兰波②、梯斯包德-沃尔姆·魏兰时早就把这个原则视作唯一本质的和真正的原则。一个人的形象力量及其诗歌的渗透能力经常给我造成困难，恰恰是从这种困难中我能够正确地感受到，汉斯·拉依泽格在两者的协调上取得多么出色的成果，沃尔特·惠特曼的原始音调在这种协调中在我看来是多么清纯。

在这些诗里节奏有力地滚动，只有内在才能驯服它，这在其出色的散文《民主的前景》（*Democratic Vistas*）中首次展示了出来。

---

① 爱弥尔·凡尔哈伦（Émile Verhaeren，1855—1919），比利时诗人、剧作家、文艺评论家，用法语写作，是象征主义学派的创始人之一。他的作品被翻译成二十多种语言，其中德语译者为茨威格，二人友谊深厚。
② 让·尼古拉·阿尔蒂尔·兰波（Jean Nicolas Arthur Rimbaud，1854—1891），19世纪法国著名诗人，早期象征主义诗歌的代表人物，超现实主义诗歌的鼻祖。

这是此前没有翻译过来的诗人对人类的庄严宣言。信和文章打开了他内心最深处的和最私人的思想，但从整体上概括出了一部最杰出的传记，清晰，简练，富有人性，没有人为的遮掩，就像本身从沃尔特·惠特曼的张开的、明亮的生活目光中过滤了一样，一部表述得简朴有力的真正的杰作，是唯一能与法国的莱昂·巴扎热特的美好事业相媲美的作品。

人们能衷心地喜爱这样一本书，反复阅读，为的是得到一小时的力量和愉悦。这样一本书构成了一首人的诗篇，它使人去经历人生，因而不仅仅是一本书，而是一种行动，一种真正的、正当的、纯创造性的行动。

高中甫 译

赫尔曼·黑塞的道路

  每一个已经达到的高度总是又成为新的起点：著名的、备受爱戴的艺术家大多如此，也许以某种方式隐姓埋名而不为人知的艺术家尤其如此。他生活在世人根据他的特质营造的光滑而方便的概念里面，包裹在一层硬壳中，石化了。在这种外表下，他仿佛神秘地发生极其深刻的演进和变化，不为他人察觉。公众总是只盯着诗人最初的成名作投在世上的影子，很长时间看不到这个活生生的人业已与往昔不同。我以为，对赫尔曼·黑塞的评价似乎是当代这种不确切的观察的一个实例，尽管他受到普遍的、广泛的、令人愉快的青睐，以至于家喻户晓，然而世人对他那奇特而令人惊异的重大转变和他的诗人气质的深化，几乎始终一无所知。我知道，在近代德语文学中几乎没有哪个作家像他那样，走着一条看似奇怪且迂回曲折的，最终却是发挥思想感情的笔直之路。
  大约在二十年前或二十五年前，赫尔曼·黑塞开始文学创作，如一个符腾堡牧师的儿子那样开始写诗：写柔情缠绵的诗。当年他是巴塞尔一家书店的伙计，一贫如洗，孑然一身；然而情感炽热的诗人总是如此，生活越是艰辛，他们的音乐和梦越发甜美。

今天我还能背诵他的几首诗（这些诗以其流畅柔软的语气和温柔的音调使我这个比他年轻的人为之着迷）。直至今天，我仍觉得它们优美而雅致；直至今天，我仍能感觉到像《伊丽莎白》这样一首诗的清纯气息。

> 你宛如一朵白云，
> 立在高高的蓝天，
> 伊丽莎白，你那么
> 洁白，美丽而遥远。
>
> 没等你注意到它，
> 白云已冉冉飘走，
> 但在沉沉的黑夜，
> 它从你梦中飘过。
>
> 云飘过，银辉闪烁，
> 从此对那朵白云
> 甜蜜的思念之情，
> 无休无止永在你心。

这些诗中没有如同青年霍夫曼斯塔尔或里尔克诗歌中那种充满抒情语言的全新音调——依然是吹响艾兴多夫①的猎人号角的古老德意志的浪漫主义森林和传遍草地的爱德华·默里克柔和的

---

① 约瑟夫·冯·艾兴多夫（Joseph von Eichendorff，1788—1857），德国诗人，浪漫主义作家。

芦笛。在这思念的音调里颤动着奇特的纯情,当时已令一些人侧耳倾听。后来,这个狂热的年轻人离开书店,浪迹街头,飘零四方,直至意大利,不时写点东西,也出一两本书,没有引起人们多大注意。突然,《新周报》发表他的第一本小说《彼得·卡门青》,接着费舍尔出版社出版此书单行本——他出名了。依然是他的诗歌中那首先使我们少数年轻人感动的东西,现在以向前滚动的活力抓住最广大的读者群。这种渴望的深沉,纯净,师法戈特弗里德·凯勒的纯粹的散文,以及——要解释他的成就何以产生如此广泛的影响就不能缄口不谈这一点——某种德意志气质,感觉中温柔的活力,一切热情的细致的描绘,如同汉斯·托马①的画所表现的那种德意志感情,像那幅少年携提琴坐在月光下的画,那种感情细腻、色调柔和,发自真正德意志的思念而作的绘画,它们使年轻人如此欣喜欲狂,后来却又——尽管充满敬意——不免感到有点难堪。他的下几部小说《在轮下》《骏马山庄》以及几个中篇也仍然保存这种柔和的纯净,备受读者青睐。人们有理由把它们视为市民阶层的德国小说艺术的优秀代表作。

或许有人会认为,漫游者的渴望如今得到满足了。昔日的书店穷伙计如今住在博登湖②畔自己的房子里,身边有自己的妻子和两个聪明伶俐的孩子、一座花园、一艘船,他的书大量刊印发行,无论文学成就还是社会声望,均堪称美名远扬。他满可以从此优游岁月了。奇怪的是,他的生活环境越优裕,越能让他坐享安宁,这怪人心中的情感越是波涛汹涌,不能平息。往日如此苍白、如此充满德意志式伤感的渴望,渐渐转变为一种深沉的、合

---

① 汉斯·托马(Hans Thoma,1839—1924),德国象征主义画家。
② 博登湖(Bodensee),在德国南部,与瑞士、奥地利毗邻,一译"博恩湖"。

乎情理的烦躁，烦躁的、寻索的激动充满他整个气质。起初，人们从很细小的迹象感觉到，已有的成就不能使此人怡然自得，他总在追求某种别的、更加重大的东西，用歌德关于鉴别真正的天才诗人的话说，他是一个有"多次"青春的人，一再地焕发新的青春。内心的不宁驱使他再度离开定居的家，出门远游，直至印度，之后突然开始做画家，搞起哲学，甚至苦行。渐渐地，烦躁不安、脱出诗情因素的意愿，变成一种对心灵的支配，令人痛苦的激动。

这一转变在他的作品中自然不是马上表现得十分明显。那个过渡期的几个优美的中篇小说集，的确可算是最纯净的小说散文。依我看，《克努尔帕》，这浪漫主义世界晚期孤单的作品，乃是小德意志的一篇不朽之作，一幅斑斓的画图，同时又有如一首民歌，充满纯净的音乐。然而就我个人的感觉而言，有非常充分的理由被人喜爱的赫尔曼·黑塞的所有那些作品都有点拘谨，有点伤感的忌讳，在情感要热烈燃烧起来的地方，不知怎么搞的——我只能这么说——总是以抒情的方式，类似演奏乐曲的方式，绕过问题本身。不是说他，也不是说大多数其他伟大的德语小说家弄虚作假，故意对人物心理做不真实的描写。这种事他们都是不干的，施蒂弗特[①]、施笃姆[②]，浪漫主义作家从来不做这种事情：他们只是不说出全部真相，一旦他们觉得真实的情况具有情欲的意味而有损诗意，他们就退却，就回避。这种怯懦地（也可以令人肃然起敬地说：这种贞洁地）扭过头去的做法，这种知道是怎么回事但不愿目睹的态度，只不过削弱了力度，如施蒂弗特和施笃姆的一

[①] 阿达尔贝特·施蒂弗特（Adalbert Stifter，1805—1868），奥地利小说家，作品多以波希米亚森林为背景，描写人与大自然之间的和谐关系。
[②] 特奥多尔·施笃姆（Theodor Storm，1817—1888），德国诗人、小说家，主要代表作有《茵梦湖》《双影人》等。

些最高尚的中篇小说以及赫尔曼·黑塞那些年所写的多数作品，因为他们缺乏果决的意志去直面真实，从而直面自己的内心，而在最后时刻披上浪漫主义的面纱。已经是个成熟的男子，在书中却一直还是个未脱稚气的少年，只把世界看成浪漫主义的、充满诗意的，而不敢把它看成别的样子。

接着，战争爆发了，它——人们纷纷议论必须为它做出贡献——通过气氛超常的压力迫使那么多人断然做出决定，它也促使黑塞的内心出现突破。当时他的生活支离破碎，他早已失去自己那明朗愉快的家，婚姻结束了，孩子们在远方。他孤独地置身于一个正在沦亡的世界，他的关于德国和欧洲的浪漫主义的信念已经破灭，不得不再一次像一个无名之辈，像一个新手那样从头开始。当年赫尔曼·黑塞怀着为了深刻发掘自己的本质、完全改变自己的命运、再一次开始新的生活这样一种豪情，做了在可预见的时期内，在德国没有一位著名诗人敢做（而每个人在他一生中都应一试）的事情：他的新时期的第一部作品不是在他的名字的稳保无虞的旗子下，而是完全隐去真实姓名，以一个无足轻重的化名发表的。名不见经传的埃米尔·辛克莱的一部长篇小说突然在文学界引起轰动。这本异常神秘深奥的书，这本以一种奇特的方式讲述一位青年人的触及灵魂深处的书，书名就叫作《德米安》。我读此书时就想到了黑塞，但没有猜到作者竟然是他：我觉得这个辛克莱是个气质与他相仿的嫩芽，一个熟读黑塞作品的年轻人，但在对人的内心世界的了解以及罕见的真诚上，又远远超过黑塞。因为这里的心理描写丝毫没有那种退避和胆怯，在这里，强烈的欲念以充满预感的清醒深入生活的隐秘处所。从前，情感经历的神秘命运被柔和的水彩轻轻抹过，这里却代之以感官上的温暖的色调。当我两年后获悉埃米尔·辛克莱就是赫尔曼·黑塞时，我既惊讶又充满敬意，这是再塑自我的新的赫尔曼·黑塞，真正的赫尔曼·黑塞，男子汉赫尔曼·黑塞，而不再是梦幻者。

这个界限今天是十分清楚的，它一直深入他的个性的根部的最深处。不仅仅一度如此温和的观察者的问题成为一个深刻的神秘的问题，不仅仅每一感伤的气息被一场内心的风暴从谈话的唇边吹走，完全难以置信地，在感知中，在瞳孔中，出现另一种更有智慧的目光。一位艺术家肉眼无法看到的内心的前进本来就是神秘的，难以言传的。画家比较明显，人们纯然感性地看他们如何一下子——比如他们去了意大利或初次观赏一位新的大师的作品——在经过长久试验之后突然揭开了光的秘密、气氛或者颜色的秘密，于是他们的艺术仿佛开始了一个新时代。这种变化在诗人那里就不那么容易捕捉，只能靠神经去感觉。今天黑塞如果描写一棵树、一个人或一处风景，那么，我无法解释为什么现在他的目光、他的口气不一样了，更充实、更温和、更明快了，我无法说明为什么一切事情显得更真实，更像本来应该是的那样。请读者诸君自己读一读饰有他本人的水彩画的《辛克莱笔记》和《漫游记》，并把它们同他那些青春的、抒情的描写比较一下吧。这里的一切，语言上都那么清新、有力，并且极其简洁，往日的烦躁不安依然存在，只是仿佛深层涌动的波涛。这个新的黑塞迄今所给予的最成熟、最丰富、最奇特的东西，是他的中篇小说《克林索最后的夏天》。我清醒地把这部作品评价为新散文最重要的著作之一。这里出现了一个难得的变化：观察具有了魔力，奇特的精神力恰恰在神秘朦胧之中创造出一脉颤动的、闪亮的光辉，照亮了活力的秘密。这束闪亮的光的周围不再是平面的、微温的，在它的映照下，生活是命运注定的，超自然的，那是一种充电的氛围，它本身就产生照耀远近的光辉。在描绘画家克林索的生平的散文中有意融进了凡·高的色彩。没有什么东西更清楚地显示出赫尔曼·黑塞走过的道路——从汉斯·托马，黑森林理想主义的线条平直的画家诗人，到那种令人入迷的颜色的魔力，到朦胧与光的永远热烈的争辩。他所感觉的世界越是难以置信、多姿多彩和神秘，越是具有魔力、混乱和支离破碎，懂行的人看了心里越是安定、明白。纯粹得出奇的散文，对难以想象的情景的巧妙叙述，如今使赫尔曼·黑塞在往常混乱的，在呐喊和极度兴奋中力图描画和反映过分的事物的德语文坛上，获得非常特殊的声誉。

黑塞的近作写印度的《悉达多》也同样具有这种稳健和简洁的特点。迄今为止，黑塞总是在他的书中热切地向世人发问，而在此书中他第一次试图给予回答。他的寓言寄托着平静的观察思考，并不高傲，也没有充满智慧的教训人的口吻。他的风格从来没有比几乎不带感情色彩地表现一个由无信仰到有信仰、越来越接近自我的人的精神道路更清晰、更透明、更轻快的了。阴郁的忧伤之后，经过克林索一书的内心矛盾，烦躁不安迅即转为一种休憩：似乎在这里到了一个阶段，可以由此远眺世界了。人们又感到：这还不是最后的台阶。因为他的生命的本质性的东西不是静止，而是活动。谁若想始终接近他，精神必须永在漫游，心灵必须永不安定，这种漫游每跨出一步同时也是朝自我靠近一步。在我们德语文学圈中，难得有一位当代作家像赫尔曼·黑塞那样给我以强烈的感受。同其他人相比，最初他并不显得资质过人，也不是由于天生的热情而追求人生的超常，他是逐渐地经过这种深刻的不安宁，比他青年时代的所有伙伴更接近自我，更深刻地认识真实的世界,而且还超出他本身的荣誉、普遍的青睐。今天还不能完全界定他的范围,也不能预见他的最后可能性,但有一点是确定无疑的:今天,一切像赫尔曼·黑塞这样写既放弃又执着的内心变化的文学作品的人,都有权利要求获得极大的道义上的承认和我们的爱戴,人们对一个四十岁开外的人,在赞叹他取得杰出成就的同时,可以并且应当对他抱有如同对一个刚刚起步的人那样的期望。

潘子立 译

拜伦：一个伟大生命的戏剧

这人
不同凡响，他的举止
步武显示……他有
超凡脱俗的志向。

《曼弗雷德》第二幕

  1824年，复活节的第二天，米索隆奇①的巨大的炮队响起了三十七响大炮，所有公共建筑和商店都遵照马夫洛科达多侯爵的命令突然关闭了。不久后，世界从这一端到那一端都知道了在这个简陋的、潮湿的希腊要塞里发生的事情：拜伦爵士死了。这个自莎士比亚之后又一位把英语文字传到整个世界的诗人死了。二十年来，一个时代热情的青年人，一个富有魅力的时代，从他那骄傲的、无所顾忌的、经常是戏剧性的、有时是真正英雄般的登场中见到了时代的英雄，自由的诗人。人们继续谈论他的思想，

---

① 希腊的海港城市，在反对土耳其的战争（1821）中是希腊人的要塞。

在俄罗斯是通过普希金，在波兰是密茨凯维奇①，在法国是维克多·雨果、拉马丁②和缪塞，在德国是一颗石化的心，它通常对青年人关闭，现在开启了：歌德的心又一次亲切地向这个神采奕奕的年轻形象敞开了。甚至他诅咒和嘲弄过的英国，成百上千次用皮鞭和诗行鞭挞过的英国，也躬身出现在运回故乡的英雄灵柩前，即使威斯敏斯特大教堂对这个渎神的"该隐"③闭门不纳，他的死亡也像一场民族的灾难那样阴沉地在这个国家的上空呼啸而过。也许整个世界还从未如此异口同声，如此震悚惊骇，为失去一位诗人而悲恸。在世的一位伟人又一次打开他的伟大作品《浮士德》④，为拜伦添上感人的悼念："我们妒羡地歌唱你的命运"。

> 生来配享人间的福分，
> 你气势磅礴，出自名门⑤，
> 可惜早早迷失了自己，
> 摘残一段花样的青春。
> 用慧眼照人间万事，
> 同情一切奋进的雄心，
> 赢得绝代佳人的热恋，
> 诗歌的格调独特无伦。

---

① 亚当·密茨凯维奇（Adam Mickiewicz，1798—1855），波兰浪漫主义诗人，代表作有《先人祭》《塔杜施先生》等。
② 阿尔封斯·德·拉马丁（Alphonse de Lamartine，1790—1869），法国19世纪浪漫主义抒情诗人，浪漫主义文学的先驱和巨擘。
③《圣经》中的人物，亚当与夏娃的长子，因杀了自己的兄弟亚伯而受到上帝的惩罚。
④ 据D.西蒙所编的《茨威格散文选》（岛屿出版社出版）所注，茨威格的这句话有误。歌德是1831年秋才加工他的第二部《浮士德》的。茨威格指的应是歌德最早在第二部《浮士德》所写的海伦一幕的话："美少年的尸体坠落在父母脚下，看了会使人联想到一个熟悉的面影。"
⑤ 拜伦出身贵族。

> 你奔走不息,性情狂放,
> 陷身意志不坚的罗网,
> 你和法律和社会习俗
> 如此激烈地发生碰撞;
> 终于崇高的思想意识
> 激起毫无杂质的胆量,
> 你一心成就丰功伟绩。
> 然而没有如愿以偿。①

在这两节诗行中,还有随后的"谁如愿以偿?问得伤心,命运也对此讳莫如深",这些诗句把命运融入创作的永恒。歌德用黑色的花岗岩雕塑出了拜伦的生平。在《浮士德》的悲剧性的原野上,这块墓碑不会消失,永垂千秋的不仅仅是这位非凡英才,还有他的作品。

拜伦爵士的作品不是铸自铁的金属:它耀眼的色彩已经严重地剥落了,它出现时一度是如此高大,挺拔矗立,现在却慢慢地落下来。我们这一代,如今几乎不再理解这位魔术家了。他的作品一度照耀整个世界,使雪莱那高贵的、济慈那纯洁的守护神黯然失色。拜伦爵士今天是一个远超出诗人的形象,他的生命,这个辉煌的、富戏剧性的、经常是舞台上的生命,有着比他的诗歌语言更丰富的经历。这生命是英雄般的传奇。诗人的充满激情的肖像比诗人本人更为丰满。

他对人有着魔力,他是完整意义上的诗人,如一代年轻人梦

---

① 《浮士德》第二部第三幕,译文引自樊修章译《浮士德》,译林出版社,第527页。

想中的那样：出身高贵，举止优雅，富青春的美，勇敢和骄傲，充满了险遇，被妇女神化，对法规加以蔑视和反抗。他有着时代反叛者的浪漫主义精神。他，一个公爵似的流放者①，在意大利和瑞士天堂般的地区里生活，同被奴役的民族一道，在一场自由战争中死去。阴沉的传奇围绕着他，朦胧模糊，燃烧发亮。每当英国人来到威尼斯，他们便贿赂运河中的船夫，为的是听他的纵酒宴乐的事情。歌德和格里尔帕策②——他们是孤独衰老的索居者——在谈起他那可怕的、荒唐的生活时，甚至感到不安和带有隐蔽的嫉妒。凡是他出现的地方，他的形象雍容和高大，在时代的一个狭小空间像文艺复兴似的或古代似的。在利多，他每个清晨去猎取口吐白沫的阿拉伯牡马，他是第一个游过赫勒斯蓬特海峡③的欧洲人。在里窝那④，他在海滨点燃起木柴堆，这是他的异教徒的出色象征——雪莱的尸体就是在这上面火化的，他从灰烬中取出那颗烧不坏的心。拜伦带着他的仆人、侍童和狗，以一位意大利女伯爵的"Cicisbeo"⑤的身份旅行，从一个宫殿到另一个宫殿，在但丁的坟墓上停留了一整夜，撰写诗篇，到阿尔巴尼亚的帕夏⑥那里，像一位公爵一样，受到人们的款待，女人们为了他而自杀，整个国家用帮凶和法律来迫害他，但他依然故我，洋溢青春的美，傲睨万物，豪放不羁，在勇敢的诗行里直指公侯和国王，甚至《圣经》和教堂的上帝。他用他的青年时代写成一首

---

① 拜伦在1816年4月因婚变招物议愤而去国，再也没有返回英格兰，他先是去瑞士，后去意大利，1823年投身于希腊反土耳其的战争。
② 弗兰茨·格里尔帕策（Franz Grillparzer, 1791—1872），奥地利剧作家、诗人。
③ 即达达尼尔海峡。
④ 里窝那：位于意大利托斯卡纳西部，面临利古里亚海。
⑤ 意大利语：为丈夫所认可的妻子的朋友。
⑥ 帕夏：土耳其语音译，奥斯曼帝国行政系统里的高级官员。

唯一的英雄诗篇,与它相比,哈洛尔德①和唐璜显得软弱多了。青春,只有那些感伤的诗人才觉得厌倦,只有维特们和勒内②们才觉得厌倦(他们为了某个围锅台转的市民少女而拿起手枪),只有老朽的嘲讽者和感伤主义者才觉得厌倦(卢梭们和伏尔泰们,甚至歌德们和所有穿睡袍的诗人们,他们在家里围着暖烘烘的火炉,穿着厚厚的法兰绒,戴着便帽写他们的作品)。青春,在冒险者身上燃烧,他勇敢无畏地生活,他的生活周遭响起的是战争和爱情的嘹亮号声。世界在拜伦身上又变得年轻了,它早已厌烦一如既往的市民气和世故了。自从拿破仑被放逐到圣·海伦娜岛,欧洲就再没有英雄了。青春的罗曼蒂克从拜伦又一次开始,他以自己的一生公开地和戏剧性地展现了青春的最秘密的梦想,他在青春的面前英雄般地、激昂地、正当地死去。

这一点和他的新奇特殊的姿态,围绕他本性和他形象中的神秘的、重大的幽暗晦暝,精神上的悲剧性的阴沉,世界痛苦和忧郁得几乎夸张的面具,造就了拜伦在他的时代的伟大。在他之前的诗人是善的理想的辩护士:席勒是一个自由信仰的使者,如同弥尔顿和克洛卜施托克③是宗教的使者一样——他们都是一个伟大的集合体的同盟者,是一个更美好、更纯洁的世界的宣告者。拜伦却用阴暗的装束把自己包裹了起来:他的那些英雄,他的那些变形是海盗,是强盗,是魔法师和反叛者,是社会所抛弃的人,是堕落的天使,是第一个反抗上帝的造反者——该隐。他把该隐

---

① 哈洛尔德是拜伦《恰尔德·哈洛尔德游记》中的主人公。
② 勒内是夏多布里昂的《勒内》的主人公。
③ 克洛卜施托克(Friedrich Gottlieb Klopstock,1724—1803),德国诗人,反对理性主义,强调个人情感,崇尚浪漫主义,热衷于自然、宗教和德国历史,对歌德和狂飙突进运动影响甚巨,代表作有《救世主》《颂歌》等。

挑选出来作为他宠爱的形象。在所有的人类的热爱者之后，他的到来，是作为孤独者，作为人类的蔑视者。他被他的祖国所抛弃，当他用但丁的词句和诗行对世界进行控诉的时候，他的脑海里萦绕的是大胆的造反者的念头，他的灵魂中笼罩的是充满神秘的犯罪，他的声音里轰鸣着的是世纪的痛苦。撒旦主义以他为开始，随后他把波德莱尔的诗情抬高到如此奇妙的高度，是恶和肉体的危险的颂歌，是作为迄今最神圣精神的叛逆者的"罪"的宣言，是为反叛个人和世界而感到的骄傲。他不自觉地在准备一场个性的革命，在一个世纪之后，这种个性在尼采那里找到了它的表达形式。永远桀骜不驯的青年感觉到了这种自由的寓于自身的冲动，不再渴求一种共同自由的含混不清的理想，而是醉心于其悲剧性的阴郁。青年对这幅阴郁的天使肖像百看不厌，这个上帝爱过并将其从天堂中赶了出去的天使。拜伦为他的时代活得像歌德和雪莱赞颂过的普罗米修斯一样，因此有着巨大的魅力，这种魅力通过半个世纪的时间把这位上帝的仇敌造就成所有青年人的上帝。

　　拜伦的这种泰坦精神，从内心上看，除了一种巨大的骄傲之外，也许什么都不完全是真的和正确的了：这是一种没有目的和量度的骄傲，它无须什么刺激就会产生，它即使获得全部胜利也不会满足，任何一种荣耀都不会使它安静下来，甚至一项国王的王冠（希腊人所呈献给他的）也不能使它心满意足。最微不足道的伤害就能使这位伟大的诗人肉体上陷入不幸。人们讲述说，当某个词伤害他的虚荣心时，他就会因毫无意义的愤怒而面色苍白、全身颤抖，对他的批评者（特别是骚塞[①]，拜伦把他钉在嘲笑的十字

[①] 罗伯特·骚塞（Robert Southey, 1774—1843），英国浪漫派诗人、作家，湖畔派诗人之一。

架上），对他离异的妻子，对他的政治敌人所使用的残忍的、恶毒的，甚至升格为一种病态的讽刺方式显示出了他的自我情感的易激怒性；但正是这样一种骄傲，这样一种自身表明了的延伸的意志，使他变得伟大。他把他的力量驱赶到最紧张之处，它直探入肉体深处，或者（若从心理学上去观察，将令人饶有兴趣）它是从肉体开始。他恰恰是通过意志把他性格中没有多大价值的东西转化为力量的。他有一双俊美的手，他乐于展示它；他有一副好看的身材，他竭力保养得修长苗条（为此他几乎长年节食，以保持体形）。但是，他有一条腿是跛的，他的歇斯底里的母亲和他的同事一样为此而嘲笑他。于是，他的骄傲立即驱使他以全部热情投入体育锻炼，他成了最好的骑手，一位出色的击剑手，他用畸形的腿泅渡赫勒斯湾海峡——像利安得奔向海洛[1]一样。他用意志来代替一切。玛丽·查沃思[2]，他青年时代的恋人，蔑视这个"跛腿孩子"。他不死心，直到十年以后他把那个结了婚的女人弄到手。出于同样的理由，他唯一一次出现在议会上，进行演说。他追求政治和战争上的成就，也仅是出于骄傲而创作。

我敢于表述这样的观点：拜伦根本就不是一位天生的诗人，由于他生活的外在处境，他的创作都是被逼出来的。总的来说，他是看不起文学的，尽管他为债务所累，但他傲慢地拒绝任何时候为他的诗行收取一个先令。他唯一敬重的是同绅士雪莱的个人交往，并只是冷淡地看待歌德热情地、几乎是恭顺般伸出的手。大学生时他写了一本拙劣的、薄薄的诗集，他本人轻蔑地称之为《闲

---

[1] 利安得和海洛是希腊神话中一对被人称颂的情侣。利安得每夜泅渡赫勒斯湾与海洛相会。在一个暴风雨之夜，他溺水而死，海洛也殉情跳水自杀。
[2] 拜伦在十五岁时钟情于玛丽·查沃思小姐，但她两年后嫁人，拜伦一直不能忘情于她。

散时刻》。他当时写诗就如同他用手枪进行射击或者要把一匹马骑坏一样，这是出于贵族式的百无聊赖和精神上的运动的原因，但当《爱丁堡评论》对这些诗加以讥笑时，就使他的虚荣心受到伤害。他先是用极其恶毒的机智写了讽刺文章《英国诗人和苏格兰评论家》作为回应，并且要证实，要向知识界的群氓表明，他，拜伦爵士能够成为诗人，并立即使他的意志开始了闻所未闻的劳作。一年后，他成名了。现在激起他热情的是与当代的和昔日的巨匠一比高低，他要用他的《曼弗雷德》超过歌德的《浮士德》，用他的新戏剧超越莎士比亚，用一部新的叙事诗《唐璜》超越但丁的《神曲》。于是，那种了不起的、心醉神迷式的谵妄，那种创作意志的疯狂暴怒一发不可收拾，而这仅仅是出于一种巨大的骄傲。他把他的火拨弄得更高，把他的整个生命，他的泰坦般的热情都投入意志的火堆。诗人自我燃烧的唯一的一部戏剧就从骄傲和力量中诞生，这部戏剧点亮了欧洲上空，由它反射的紫色光华还在照耀着这个时刻。

当然，这只是反射的紫色光华。拜伦爵士的创作不再温暖着我们最内在的情感：他的激情对于我们而言更多是描画出的火焰，他的思想和一度是那样心悸的痛苦是冷酷得多的剧场中的惊雷和五光十色的假象。所有利己主义的痛苦都没有多大抵抗时间的力量，那些"自我的悲哀"——即但丁在《炼狱》的前庭所碰到的——使人厌烦；而真正的世界痛苦，即因世界的缺陷、损伤激起的情感上的震惊，一种荷尔德林的怜恤的悲痛，一种济慈的有魅力的激动，作为旋律会永垂不朽。拜伦的姿态——后来海涅接受了下来[①]，诗人炫耀的那种普罗米修斯式的表情："啊，我，不幸的阿特

---

① 海涅《诗歌集》中的《返乡》（24）借用了这个诗句。

拉斯①，我得承受的是怎样的一个痛苦的世界。"今天这对我们的感情来说毋宁是难堪的，甚至是乏味的和令人厌恶的；而它的反面，与这种做法的高谈空论急剧交替出现的辛辣的机智，多半是空洞和浅薄的。对于一位诗人来说，被自己的聪明所左右，并为了机智而滥用它，永远是危险的：深刺入时代的活生生肉体的讽刺会很快变钝，并在下一代人那里成为废物。《唐璜》中针对卡斯尔雷子爵②，针对骚塞和那些大不了偶尔是他的私人仇敌所写的上百节诗行，在当时获得了时代的幸灾乐祸般的理解，并引起了爆炸般的效果，而今天只是些发了潮的火药，无聊的累赘。在那些巨幅的叙事诗中，除了一些景色根本就没有什么是有生气的。那些场面有绚丽的热带风光、一些个别的场景，如德拉克洛瓦在他的《沉船》③上所描绘的。人们会在西庸④的塔楼旁，在滑铁卢的战场上忆起一些个别的栩栩如生的诗行（但这只是拜伦世界的服装留下来并空荡荡地悬挂在那些变成木偶的形象身上）。故事，它看起来像是处理得毫无意义，可终究是毫不含糊的合情合理，它把做作的从真实的那里分离，毫不留情地使那些极度膨胀起来的情感干瘪下来，并为生活保存下来唯一的有生气的东西：在拜伦情感中只有他最本原的东西才是伟大的，这就是他的骄傲。当曼弗雷德在他最后的时刻依然高傲不屈，并把那些凶恶的幽灵赶走，把神父驱逐，以便自己自由地、伟大地和勇敢地走向死亡时，当该隐

---

① 阿特拉斯是希腊神话里的擎天神，他被宙斯降罪用双肩支撑苍天。
② 卡斯尔雷子爵（Viscount Castlereagh, 1769—1822），曾任英国外交大臣，是英国历史上最著名的外相之一。
③ 拜伦在《唐璜》中的第二篇有写沉船的场面，法国画家德拉克洛瓦据此画了一幅题为"唐璜在沉船上"的画。
④ 西庸是位于日内瓦湖畔的一座古堡，拜伦著有著名叙事诗《西庸的囚徒》。

无畏地挺身而起反对上帝时,在这些场景中拜伦的疯狂般的桀骜不驯使他变得不朽,也许这还体现在他的一些出自他灵魂最内在的震颤之中的诗歌上,如《向英国告别》《斯坦查致奥古斯塔》,和那最后一首出色的诗。在这首诗中,他宣告了他的自由死亡①。它们,这是一座神圣的、异教徒式的、骄矜的纪念碑,孤零零地巍然屹立了千秋万代,超越所有一度高耸入云,现在却完全降落在地的诗歌作品。

  留在我们感情里的拜伦就成为这样的人:与其说是一个天才,不如说是一个形象;与其说是一位诗人,不如说是一位英雄人物,一首多彩的生命诗篇,是伟大的造物者。永恒的世界之主所创造的很少像他这般纯洁和富有戏剧性。他的出现对我们思想的作用更多是戏剧性的,其次才是诗歌上的,但这部戏剧是绚丽和伟大的,整个世纪几乎没有一部如此令人难以忘却的戏剧。造物的大自然有时像在风暴天气里一样,把它全部的力量戏剧性地集聚在一个人身上,好上演一出短暂的英雄的戏剧,使世界对它的所能感到震惊。拜伦爵士的生命诗篇就是这样一出戏剧,一种由外部事件构成的出色的上升,一种尘世情感的辉煌的发展。伟大的思想光彩夺目,汇聚的旋律令人心醉神迷,作为一种存在,它不能持久,但作为一种现象,它不会被遗忘。我们今天如此感受他,诗人更像一出戏剧,他的死亡是人类永恒的英雄诗篇的出色的一节。

高中甫 译

---

① 指1824年1月22日拜伦在他36岁生日时所写的一首诗,其中有"像一个男子汉一样死去,高贵的死亡"等诗句。

夏多布里昂[①]

每次世界变革,不管是叫作战争还是革命,都会轻易地把艺术家扯进群众的狂热中去,但一到共同的梦想在社会开始实现时,个别虔诚的艺术家对现实就变得清醒起来了。在18世纪末,欧洲的诗人第一次感觉到自己正处于社会的或民族的理想与其过于人性的、模糊不清的形体之间永恒的、无法避免的冲突之中。富有才智的青年一代把炽热的、熊熊的人民意志投进灼热的坩埚里:法国大革命、拿破仑崇拜、德意志统一,成熟的人甚至欢快地把他们的心灵也投进去。克洛卜施托克、席勒、拜伦,他们欢呼:卢梭的人类平等的梦想,终于要实现了,新的世界共和国从暴政的废墟中诞生了,自由的羽翼闪着亮光从星际飘落到尘世的千家万户。但是,当自由、平等、博爱越来越被当作律令,越来越合法化时,那些神圣的梦幻者就变得越来越清醒。从被解放者变成暴君,从民众变成群氓,从博爱变成嗜血的刀剑。

浪漫派就诞生于世纪的第一次失望之中。仅仅是同别人一道

---

① 本文是茨威格于1924年为夏多布里昂的《浪漫主义小说集》写的导言。

去梦幻理想，付出的就是很多很多。拿破仑们，罗伯斯庇尔们，数以百计的将军们和委员们，他们要用行动把理想变为现实，他们塑造时代，他们滥用权力。其他人在他们的暴政下呻吟，巴士底成了断头台，失望者屈服于独裁者的意志，匍匐在现实之前，但浪漫主义者，哈姆雷特的子孙，在思想和行动之间犹豫不决，他们不想屈服，也不想让人屈服。他们只要继续梦想，总是梦想这样一个世界：在那里，纯真依旧是纯真；在那里，理想在英雄般地成形。于是，他们总是不断逃离时代。

他们怎样逃离？逃到何处？在半个世纪之前，革命之父卢梭就预言式地喊出了"回归自然"，但是卢梭的自然仅是一个想象的概念，一个构想，他的孩子们已经知道了。他的自然、理想的孤寂，已被共和主义的行政建制的剪刀毁坏。卢梭梦想的道德上没有堕落的民众早已变成进行血腥判决的群氓。欧洲已不再有自然，不再有孤寂了。

在这种困境之中，浪漫主义者继续逃离。德国浪漫主义者，永恒的梦幻者，他们逃进自然的迷宫（诺瓦利斯），逃进幻象，逃进童话（E. T. A. 霍夫曼），逃进一个隐藏起来的希腊世界（荷尔德林），而更加清醒的法国人和英国人则逃进异国情调中。大海的彼岸，偏离文化的地方，他们在那里找寻卢梭的"自然"，在生活在北美巨大的原始森林中的印第安休伦人和易洛魁人那里寻找"更善良的人"。拜伦爵士在他的祖国与法国进行生死搏斗的时刻，于1809年乘船驶往阿尔巴尼亚，讴歌阿尔诺顿人[①]和希腊人，夏多布里昂把他的主人公[②]送到加拿大的印第安人那里，维

---

① 指居住在保加利亚和土耳其的阿尔巴尼亚人。
② 指小说《勒内》的主人公勒内。

克多·雨果则为东方人欢呼。这些失望者逃离,是为了在他们所到之处看到他们的浪漫主义理想在没有被触动的纯净土地上繁荣兴旺。

不管他们逃到哪里,他们都带着他们的失望。他们到处带着被逐天使的那种阴沉的悲哀现身,陷入灰暗的感伤。他们软弱的灵魂怯于行动,规避生活,发展到一种傲慢的、蔑视的孤寂。他们炫耀他们从没有犯下的乱伦罪行的种种恶德。作为文学上的第一批神经衰弱者,他们也是情感的第一批喜剧演员,把自己摆在正常的位置之外。从他们个人的失望中,从他们瘫痪的、梦幻般的意志的雌雄同体中,他们制造出那种整个少男少女一代人饮下的毒药:人间痛苦,此后十年所有德国的,所有法国的,所有英国的抒情诗也都遭受的痛苦。

这些矫情的英雄们,他们的感伤吹进整个宇宙。对世界来说,他们都是什么样的人?勒内、爱洛伊丝、奥伯曼、恰尔德·哈洛尔德和奥根·欧尼金![1] 整个青年一代是多么地爱他们,这些感伤的失望者对这些形象是如何地趋之若鹜、一往情深。他们都不完全是真实的,也是不会再有的,但是他们的矫情的抒情风格那么甜蜜,令爱慕者心醉神迷!谁能够数得出来为勒内和阿达拉[2] 的名字所倾泻出的千百万珠泪水?谁能衡量出为他们的伤感的遭际所给予的同情?我们,这些远方的人,几乎是含着微笑看他们,用审视的目光,感觉到他们不再是我们的血,我们的精神;但是某些东西保留下来,它所塑造的,总是就在眼前,总是就在附近。

---

[1] 这些人物依次为夏多布里昂、卢梭、瑟南古、拜伦和普希金作品中的主人公。
[2] 夏多布里昂同名小说的主人公。

凡是作品中它发生过作用的地方,就是死去的也不会变得完全无影无踪。在它身上,梦幻不会枯萎,希望不会凋谢。这样我们就还能从失去生命的嘴唇上饮到呼吸和音乐。

高中甫 译

耶雷米亚斯·戈特赫尔夫与让·保罗

我们曾年复一年地随着新的潮流，三倍、四倍、五倍地同时从所有德国出版家那里得到外国小说家的全集，陀思妥耶夫斯基、巴尔扎克、福楼拜、左拉、莫泊桑、果戈理和其他稍逊一筹的作家充满了各个图书馆和各家书店。现在，稍晚一点，作为迟到者，终于有德语文学的两位大作家进入这一行列，这就是让·保罗和耶雷米亚斯·戈特赫尔夫。他们两位在德国早已闻名遐迩，同时又早已被遗忘得一干二净，为了找到德意志民族这些过去的崇拜者一个尚可使用的版本，人们最后不得不到旧书店的卡片里去搜寻。如今，经过多次尝试，我们终于又发现了这两个古怪的人，即吕策尔弗吕①的牧师和温吉德尔的浪漫主义梦想家。于是，呈献给第一位，即让·保罗的，便是由埃杜阿德·贝伦德编辑、神殿柱廊出版社出版的五大卷厚实而精美的版本；呈献给另一位，即戈特赫尔夫的，则是爱伦巴赫的欧根·伦赤出版社出版的、由鲁道夫·洪齐格博士编辑的二十六卷版本。现在，其中装帧最整齐、

---

① 吕策尔弗吕（Lützelflüh），位于瑞士中西部的城镇。

印刷最考究的十一卷已问世。他们二位不得不等了好久才走上通向德意志世界的新道路，作为回报而获得一个华丽的装潢。

这两位被遗忘者又回到我们这里了，我们不禁要问：第一，他们为什么被冷落和被遗忘得如此之久，如此之彻底？第二，按照我们现代人的观感，他们是否还有价值？还有多大价值？是否真的只靠十本或二十本精美的装订本，便可以使一个图书馆给人一种可靠的完整性印象，或者说，人们是否可以经常满意地从这种不寻常的、内容丰富的版本中怀着感激的心情得到一小时的教益？对自己完全坦诚、直率是绝对必要的，不要野心勃勃、大喊大叫地去唤醒人们抛弃不真诚的热情，而要拿这些无疑非常伟大的人物，同作为试金石和评价标准已变化的时代的要求相比对。

第一个问题：二人为什么会被遗忘得如此之久，如此之彻底？可以综合回答如下：他们二人对于这个世纪来说太琐碎，太冗长，太离题了。他们以驿车的速度写作，像拉紧纺车绕线杆一样加紧编织小说，不再代表铁路和织布机的时代。在他们边远的地方，在他们的小村庄里，才有他们的时代。牧师比裘斯[1]和勤于笔耕的让·保罗·里希特[2]，他们每天早晨雄鸡一叫便坐在自己的书桌前写啊写，写满一页又写一页，而听他们朗读的则是那些有闲暇工夫的小人物：在让·保罗那里，是多愁善感的少女；在耶雷米亚斯·戈特赫尔夫那里，则是神职人员和农民。那些人夜晚就着松明的火光像读农历和祈祷书一样慢悠悠地、耐心地阅读这些小说。后来，时代开始旋转得更加迅速，人们开始对更强烈的紧张和更鲜明的事件产生了要求。在更加追求享乐的世人看来，那狭

---

[1] 戈特赫尔夫本名为阿尔伯特·比裘斯。
[2] 让·保罗本名为里希特。

小的环境，那牧师和那乡村梦想家的道德说教，已经不能满足他们。于是，这些曾被翻得破旧不堪的书卷便被丢在老年人的柜子里落满灰尘，年轻的一代人再也没有打开过。

时间的车轮又一再往回转，过度紧张引起人们对放松的渴望。在我们的时代，被当作最无聊的小说写出来的德语小说（为了完整地阅读这种小说，黑贝尔曾讥讽地允诺写一本《波兰的王冠》），像阿达尔贝特·施蒂弗特的奇妙的《暮夏》，甚至他的《维提柯》，都以其无故事性或诸如此类的特点而又时兴起来。犹如对待一件下落不明的东西，我们又想起了让·保罗和耶雷米亚斯·戈特赫尔夫的作品。而今，因为这两位作家的作品相当齐全地摆在我们面前，对第二个问题，即关于这两位作家的作品，关于这两位奇特而伟大的作家在我们的时代是否真的还有价值的问题，我们就敢回答了。

但在这里，感情（至少在我身上）出现了分岔，人们不能再异口同声地说这两位作家拥有相同的命运，而宁愿说他们的命运正好相反。坦白地说，面对许多高声的（也许不再是诚心的）赞叹，我承认：对让·保罗的作品我几乎连续阅读不到三四页，便完全为他那独一无二的多样化语言，他那杂乱无章的思想闪念和他那意味深长的灵活性所折服。我也几乎不知道有哪一位德语作家，像他这样通过永远变化的思想闪现、使小说横生枝节的过度装饰（甚至拖累了其中最高贵的花朵——幽默感），使一个人感到如此疲倦。这样惊人的、稀奇古怪的东西，这种持续不断的语言夸张，他的混乱的、经久闪烁鬼火而又向来轮廓不清的幻想的戏耍，毁坏了我的适应能力，甚至摧毁了我在这种极度丰富的精神下仅仅阅读完毕的能力。我不得不惭愧地承认，尽管我在这里竟然大胆地对一种全集做出判断，但我实际上既未读过《泰坦》也未读过《海斯佩鲁斯》，因为有计划地从头读到尾在我来看是不可能的。再次零散地翻阅几页对我来说都是极大的享受，仿佛把我引进一个语言的新世界，一个明朗的观察地域。在那里，世界从混乱无序或繁忙变成了一种舒适愉快的、呼噜呼噜叫的猫捉老鼠的游戏。我怀着内心的喜悦欣赏《浴场游记》里很多天真的场景，人为的浪漫主义色彩和滑稽可笑的幽默。当人们想把这些作品扩展为一部正规读物时，这些微不足道的情调尽管激动人心但使人感到疲倦。为了真正读完这些大部头的长篇小说，我想必是缺乏某种悠闲自在的、舒舒服服躺在沙发上休息和在花园小圆亭里午睡的意念的。虽然我曾三番五次地试着去做，但我一次也没有成功，从未闯过语言的纷乱繁杂这一关，读到他的一部小说的结尾。我总是快到结尾时便返回来重读，在让·保罗的观赏花园里做一次短时的漫步从不令我感到失望，而是一再感到满意，但总的说来，我发现他的世界与我们的世界不同，我的感受与他的女性的感情相悖。我明白，这种感情奔放的灵魂尽管无比丰富，却从来不能激励我们的灵魂。借助于这个新版本我们现在又接近了他，这是好事，很值得赞扬，但一口气把它读完，在今天没有一个德国人能够办到。不过，对于个别人来说，它倒会提供完全无忧无虑的时间，提供来自德意志梦想国的一种赏心悦目的"花卉画"和一种"纪念物"。

与此完全不同，戈特赫尔夫出现在我们面前，却显得粗犷而强大，彰显着一种莫名的巨人般的力量，好似瑞士的崇山峻岭，而今云雾已从这山岭上飘落下来，它在许多方面都超过戈特弗里德·凯勒的优雅而迷人的高度。戈特赫尔夫有判断公正的守护神。

他能清楚地看到人与事的内在本质，与其说是用多愁善感的目光，毋宁说是用洞察巨细的目光观察世界。他具有广博的生活知识，既有关于自然的知识，也有关于人类活动和他的灵魂的最隐秘内心的知识。他具有精雕细刻的才能，语言生动而感人，这语言用在文学上并无猥亵之嫌，它是在瑞士人民的声音滋养下健康地、生气勃勃地成长起来的。他具有一位伟大的叙事小说家的一切优点，还有一个坚毅性格所具备的道德上的纯洁，他不是只想让他的作品登满报章，而是想改变一代青年，想从道德混乱中培育出一个时代。这个志向，当它变得过强，永远表现为榜样而不只是教育时，也许就损害了他的作品的艺术价值。我甚至把他过去非常有名的长篇小说《奴仆乌里》也算在这类作品当中，它尽管有许多可取之处，但太像写给年轻奴仆的教育小册子。那本没有同情心的、伟大的自然主义的《农民的镜子》却是一部几乎不出名的书，我倒觉得它是长篇叙事作品中的杰出的创作。他的长篇小说似乎只是缺乏世界的广度，虽然它们为雄伟的瑞士高山所围绕，但是在这些狭窄的山谷里有无限的宝藏，有不可名状的人物和多样性的事件，有农民和市民生活细节不可比拟的文化历史的丰富性，正是这种丰富性使它们成为各个时代必不可少的纯粹纪实的文献。同让·保罗一样，戈特赫尔夫也是不能一口气读完的，他在一些地方同样因内容宽泛，以及连篇累牍的说教和政治性的讨论而使人感到疲倦。关于他，我也必须承认，我不曾一下子读完他的所有作品，但是我要感谢他的四五部作品给了我关于最坚强人物的最罕见的享受和印象。最近几十年来，人们总是过分偏重北德的文学史，对待哪个德语作家也没有像对待这位吕策尔弗吕的牧师这样不公平（施蒂弗特除外）。全集版呈现给我们的作品，包含简洁的文稿，用的是只在必要时点缀些许瑞士方言的、明确的高地德语。我相信，在短时间内，这位被过分误解太长时间的伟大德语小说家的真正伟大之处，会为世人发现。

关惠文 译

普鲁斯特的悲惨生涯[①]

战争结束的时期，1871年7月10日，普鲁斯特生于巴黎一个富裕的市民家庭，是一个著名医生的儿子。无论是父亲的技艺还是母亲的万贯家财，都无法挽救他的童年：九岁时小马塞尔就永远地失去了健康。在布龙涅森林一次散步的归途中，他染上了一种哮喘痉挛症，这种可怕的病症毕生都折磨着他的胸部，直到最后一刻。从他九岁时开始，几乎所有称之为童年的东西都与他无缘：旅行、游戏、活动、恣肆欢闹。这样一来，他很早就成了观察者，情感细腻，神经衰弱，容易激动发火，是一个神经和感官极度敏感的人。他狂热地喜爱自然风光，但他难得有那么几次机会去观赏它，在春天更是一次也没有过，因为细微的花粉，大自然的湿热和春情使他那易受刺激的器官感到痛苦。他狂热地喜爱鲜花，却不可以靠近它们。当一个朋友在纽扣孔中插着一朵石竹花进入房间时，他不得不请求他把它摘掉；到一个沙龙去做客，桌子上摆的花束会把他抛回家来，一整天躺在床上。有时他乘一

[①] 本文首次发表于维也纳《新自由报》，1925年9月27日。

辆封闭的车辆外出，以便从玻璃窗里去观望喜爱的色彩和散发气息的花萼。他只是看书，看书，看书，去了解旅行，去了解他永远无法身临其境的种种风光。有一次，他到了威尼斯，去过海边一两次，可每一次旅行都使他付出了过多的力量。他之后几乎就把自己完全关闭在巴黎了。

所有的感觉在他那里都变得如此细腻敏锐。一种语气，一个女人头发上的装饰针，某个人坐在桌旁和站起的方式，聚会时所有那些最最细微的装饰物，在他的记忆里清清楚楚、一丝不差。在他的那双睫毛中闪动着的、永远清醒的眼睛捕捉住每一瞬间的细枝末节。一次谈话中的所有承上启下、转变话题、拐弯抹角以及结舌无语都在他的耳朵里明辨无误。后来有一次，他在长篇小说里使诺波伯爵占用了一百五十页篇幅，口若悬河，滔滔不绝，毫不停顿，一鼓作气。他的眼睛是清醒的，灵敏的，在为所有其他疲惫不堪的器官工作。

双亲原是想让他去学习外交的，但他衰弱的体质使所有的意图化为泡影。反正不着急，双亲有的是钱，母亲溺爱他，结果，他就把他的年华挥霍在社交里、沙龙里，致使他到三十五岁时一直过着一种极为可笑的、极为懒散的、极为无聊的浪荡生活。一位伟大的艺术家过的竟是这种生活，他作为附庸风雅之徒在人们称之为纨绔子弟的社会活动中厮混，他到处露面，到处受到款待。有十五年的时间，每一个夜晚人们都必然会在一个沙龙里，甚至在极不显眼的沙龙里找到这个温顺的、羞怯的、总是对风雅之士肃然起敬、胆战心惊的年轻人。他总是喋喋不休，毕恭毕敬，讨人欢心或使人无聊。不论在哪儿，他都倚在一个角落，热衷于一场交谈。法堡圣日耳曼的上层贵族也极为罕见地容忍这位无名的闯入者,对他来说这原本就是极大的胜利。从外表上看,年轻的马塞尔·普鲁斯特就没有品性可言。他并不怎么可爱,不怎么俊秀,非贵族出身,甚至是一个犹太女人的儿子。就是他的文学成就也不能为他正名,他的一本小集子《欢乐与时日》尽管有阿纳托尔·法朗士①出于好心写的一篇前言,但它既没有分量也没取得成功。是什么使他惹人喜爱呢?唯一的答案是他的慷慨大方。他向所有女人赠送名贵的鲜花,他对各方面都馈赠意想不到的礼物,邀请每一个人,就是对最无足轻重的纨绔子弟也绞尽脑汁表示好感,怀有善意。在巴黎最豪华的丽兹饭店,他以他的好客和数目巨大的小费而闻名。他给的小费比美国百万富翁给的十倍还要多,每当他踏入大厅,所有的帽子都谦卑地、飞快地脱了下来,他的请客是难以想象的挥霍和丰盛味美:他让人从城市的不同商店弄来所有的特殊风味——左岸商店里的鸽子、卡隆的童子鸡、特地从尼查运来的新鲜蔬菜和水果。他就这样不断地通过殷勤和大方赢得了整个巴黎,却从没有自己去索求。

他挥霍的钱财为他在这个社会里取得了合法的身份,但比金钱更令他喜悦的是他对这个社会的礼仪的一种几乎是病态的敬畏,是他对礼节的奴隶般的崇拜,是他对时尚的所有俗气和愚昧行径的敬重,他对贵族习俗的不成文规定的尊敬有如面对一部《圣经》。餐桌位置排列成了他整天进行研究的问题。为什么 X 公主把 L 伯爵安置在餐桌的末端,而把 K 男爵安置在上端?每一种卑微的闲言碎语,每一个粗率的过失都像一种令世界震惊的灾难一样使他激动不安。M 侯爵夫人轮流邀请人赴宴,次序的秘密何在?他询

---

① 阿纳托尔·法朗士(Anatole France,1844—1924),法国作家、文学评论家、社会活动家。法朗士的散文平如秋水,含蓄隽永,韵味深长。

问了十五个人就为弄明白其中的原因,或者,为什么另一位贵族夫人在她的包厢里接待了F先生?通过这种热情,通过对这类琐事的认真——后来这在他的书里也居于主宰地位,他本人在这个可笑的逢场作戏的世界里赢得了礼仪专家的名声。这样一个高尚的才子,我们时代中最强有力的人物之一,有十五年的时光就过着这样一种毫无意义的,处于无所事事者和暴发户之间的生活,白天精疲力竭、晕头涨脑地卧床不起,晚上穿着礼服从一个社交场奔到另一个社交场,用宴请、书信和聚会打发时光,是虚荣的白日舞场中最最多余的人。他到处出头露面,却没有在一个地方得到认真的注意,只不过是另外一些礼服和白色蝴蝶结之间的一件礼服和一个白色的蝴蝶结而已。

仅有一个微小的特点能把他与其他人区分开来。每到晚间,他回到家里卧倒在床上,当他无法入睡时,他就把他所观察到的、所看到的、所听到的都一页一页记在笔记簿上。慢慢地,越来越多,他把它们都保存在很大的皮包里。和圣西门一样:表面上是国王宫廷中一个乏味的朝臣,暗地里是一个完整时代的描述者和审判者。马塞尔·普鲁斯特每天晚上在笔记本上描绘整个巴黎所有这些微不足道和瞬息即逝的东西,写下评语和井然有序的素描,也许是为了把短暂变为永恒。

这对心理学家是一个问题:什么是第一位的?马塞尔·普鲁斯特,这个没有生活能力且患病的人,十五年来过着一个附庸风雅之徒的纸醉金迷和百无聊赖的生活,仅仅是出自内心的高兴而写作,这些笔记簿仅是顺手所为,就如一次很快变得狂热起来的聚会游戏的一种余兴?或者他步入沙龙仅仅像一个进入实验室的化学家,像进入草地的生物学家,是为了一部伟大的、无与伦比的作品去收集那些难以察觉的材料？他是虚与委蛇，还是真心实意？他是这个消磨时光大军中的一员，还是来自另一个，更高一级的帝国的一个"间谍"？他闲散游荡是出自喜悦还是另有所图，对礼仪心理学的这种几乎既是谬误也是机智的狂热是他的生命和需要，还是仅是一位热情的化学分析家的出色伪装！这两者在他身上是那么杰出、那么神秘地融合为一，若不是命运用它严厉的手突然把他从无聊的闲谈世界中扯了出来，并把他置于遮盖起来的、黑暗的、仅是时而被内心的光亮照亮的个人世界中的话，他身上的艺术家的纯正本性就永远不会显露出来。这时局面突然改变了。1903年他母亲去世，不久医生断定，他越来越加剧的痛苦无可救药。现在，马塞尔·普鲁斯特一下子把他的生活扭转了过来。他把自己严严实实地封闭在豪斯曼林荫大道旁他的那座小屋里。一夜之间，他从一个百无聊赖的浪荡子和懒鬼变成了那些最艰苦劳作、孜孜不倦的劳动者中的一个，成了这个世纪文坛上受敬重的人；一夜之间，他从最最喧闹的社交界把自己掷入最最冷清的孤独之中。这是这位伟大诗人的可悲的景象：他卧在床上，整天不起，那瘦削的、饥饿的、由于痉挛不断颤抖的躯体越来越冰冷。他在床上穿了三件衬衣，在胸前盖上棉制的护胸，双手戴着厚厚的手套，可还是冷，冷得很。壁炉里火光熊熊，窗户从不开启，因为柏油路上的一两棵栗子树散发的淡淡气味就使他痛苦不堪（在巴黎没有任何其他人的胸腔像他这样）。他像一具开始腐烂的尸体，躲在那里，越来越蜷缩起来。他一直卧床不起，费力地呼吸浑浊的、漫溢的、被药品毒化了的空气。直到很晚的时候他才振作起来，借助一线灯光，一丝光泽，才看到他那温馨可爱的优美居所，看到几副贵族的面孔。仆人逼他穿上礼服，围上围巾，给他那已经裹了三层衣服的身体再穿上皮衣。他乘车来到丽兹饭店，以便同几个人谈天，以便去看看他喜爱的活动场所，豪华的场面。他的车夫在门外等待，整夜的等待，随后把疲惫得死一样的主人重新带回到床上。马塞尔·普鲁斯特再不进入社交界了，但只有唯一的一次：他为了自己的小说，需要知道一个上层贵族举止的细节，于是有一次他拖着身子进入一个沙龙——这使大家感到惊讶——去观察沙冈公爵是怎样戴单片眼镜的。有一次夜里，他到一个有名的喜欢卖弄风情的女人那里，问她还有没有那顶她二十年前在布龙涅森林戴的帽子。他为了描绘奥黛特需要这顶帽子。他极为失望地听到，她是如何地笑他，她早就把它送给她的女仆了。

马车把这个疲惫得死一样的人从丽兹饭店带回家里。他的睡衣和护胸挂在一直燃烧的火炉上面：他的身体早就不能穿凉的内衣了。仆人给他穿好，带他上床。面前摆着托盘，他开始写他的结构宏伟的长篇《追忆似水年华》，二十本卷宗里写得满满的，全是草稿，床前的圈手椅和桌子，甚至床上堆得都是纸片和纸页。他就这样写，夜以继日，每个清醒的时刻，血在燃烧，手套里的双手由于寒冷在发抖，他就不断地写，写呀，写呀。有时朋友来访，他贪婪地问及社交场的所有细节，他还在暗中用好奇的触角去触摸失去的那个花花世界，像条猎狗一样，他追逐他的朋友，要他们讲述这一个和那一个丑闻给他听，这样他就能细致入微地知道这个人物和那个人物的情况。凡是人们告诉他的，他带着一种神经质般的贪婪把这一切用笔记了下来，这种狂热烧得他越来越憔悴。马塞尔·普鲁斯特，这个可怜的、通体火热的人越来越衰弱，越来越瘦骨嶙峋；而那部恢宏的作品，长篇小说，或者应称为长篇系列的《追忆似水年华》扩展得越来越长,越来越壮大。

这部作品始于1905年,1912年他认为已经完成。从篇幅上看共有厚厚的三卷(但在印刷期间由于扩版已不少于十卷了)。现在发表成了折磨他的问题。马塞尔·普鲁斯特,一个四十岁的人,毫无名气,不,比毫无名望还要令人恼火,这是因为从文学意义上来讲,他有一个很坏的名声:马塞尔·普鲁斯特,是沙龙中一个附庸风雅的纨绔子弟,交际场中的无聊文人,时而在《费加罗报》发表些沙龙中的花边新闻(那些教养差的读者总是把马塞尔·普鲁斯特读作马塞尔·普莱沃)。这没有带来任何好处。这样,他想走一条捷径是毫无希望的。于是,朋友们试图找些社会关系,以便使这部作品得以发表。一个有名望的贵族请来《新法兰西评论》的主编安德烈·纪德[①],把这部手稿交给了他,但《新法兰西评论》——它在这部作品上赚了十万法郎——直截了当拒绝了他,《法兰西水星报》和奥伦多夫同样加以拒绝。最终,一个出版界新人,他想冒这个风险,但还是花费了两年时间——直到1913年,这部恢宏的作品的第一卷才问世。然而,恰恰是在成功要展开它的翅膀时,战争爆发了,它的羽翼随即被折断了。

在战后,当第五卷发表之后,法国和欧洲才开始注意到我们时代的这部最为独特的、史诗般的作品,但马塞尔·普鲁斯特称之为荣誉的,早已只是一个人剩余下来的一种憔悴的、灼热的、不宁的断残而已,成了一个颤动的阴影。这个可怜的病人,他活着只是为了能够看到他的作品发表。他晚间依旧拖着身子去丽兹饭店。在这里,在摆满酒菜的桌旁,或者在门房里,润饰最后的

[①] 安德烈·纪德(André Gide, 1869—1951),法国作家,1947年诺贝尔文学奖得主。1908年,纪德与人一起创建了文学杂志《新法兰西评论》,这个杂志后来促成了伽利玛出版社的诞生。

校样。在家里，在床上，他感到就像在坟墓里一样，而只有在这里，在他看到他喜爱的堂皇富丽的环境在眼前熠熠发光时，他才感到还有最后一丝力气，若是在家里他早就瘫痪无力了。当麻醉剂使他疲惫乏力时，他就用咖啡因使自己振作起来，或与朋友们进行短时间的交谈，或重新工作。他的痛苦愈恶化，愈剧烈，这个长期以来一直懒散的人工作得就愈无所节制——只为在临死之前完成他的作品。他不愿再见医生，他们长时间地折磨他，从没有帮助过他。他自己照顾自己，直到1922年11月18日辞世而去。在他生命的最后几天，虽然他已意识到自己去日无多，但他依然用艺术家唯一的武器去对抗那不可避免的死亡，这武器就是观察。他清醒地分析他自己的处境，直到最后一刻：这些记录应该用于校样中他的主人公伯多特之死，使之更富有立体感，更真实可信，应该用于去表现一些非常神秘的细节，那些一个人生命最终的东西。诗人无法知道这些，只有垂死的人才知道。他最后的活动还是观察。在死者夜间用的桌子上，药品翻倒，脏兮兮一片，人们找到字迹难辨的纸片，上面是他用半冻僵的手写出的最后字句。这是为新一卷做的笔记，它可能耗去一年的时光，而现在属于他本人的仅有几分钟了。他就这样掴了死亡的耳光：艺术家露出最后的庄严表情，他战胜了对死亡的恐惧，他对死亡进行了窥视。

高中甫 译

向罗曼·罗兰致谢

从前我就已经认识他了。很早我就已经热爱他了。在无忧无虑的时间里我就已经崇敬他的著作,而且就像是为了一种不配得到的礼物那样,我为他的友谊暗自高兴,又很是感激和羞愧。但是我到了生平最黑暗的日子里才体会到他的精神参与所具有的全部无与伦比的重要意义。战争深渊里那些难以泯灭的、可怕的日子呀,我忘不了你们。在那些日子里,人们由于羞愧和厌恶都觉得自己的心就要炸裂了。在世界倾覆的时候,人们甚至都变得卑屈、怯懦和庸俗了。人们出于绝望都准备进行某种逃避。那时候从那干枯的肺里人们再也听不到呐喊的言语了。不,我不会忘记你们,不会忘记这些令人绝望和深感屈辱的日子。那时候一切都行将坠毁,但是有一个人没有发生动摇,那就是他,一个堪称典范的欧洲人。在边界上筑起围墙的那些日子里,他身在远方,我是无法到达他那里的,只有他的一些讲话和信件传到了边界这一边来。正如对于被掩埋在巨大坑道里的人来说,一星半点的亮光就是拯救性地保证了有个更高级的世界的存在,保证了有个光华灿烂的天空的存在那样,他的清醒认识,他那像星辰一样明亮地俯视动乱的目光,鼓起了人们内心深处的勇气。于是,这么一点亮光,这样一颗柔和的希望之星就照临到了许多被掩埋在坑道中的人身上。在那数不清的迷宫里,这颗希望之星就给人安慰,就令人振奋。于是,每个走上他的道路的人,每个受到他的引导的人,都慢慢地挺身奋争起来。要点燃起这样的信念就要求一种在内心里聚积信仰的热烈感情。在那些日子里没有第二个人具有他这样的热烈感情。到这个时候,我们大家才都认识到,这位长久隐居者乐于助人的重要意义。

现在如同当时一样,他最深奥的魔术一再表现为从众人中取出精英来,作为一种纯洁而且激情活跃的生活的公开榜样。他是我所认识的人中最能使人坚强的人。正如磁铁能从矿渣中吸出铁来那样,他的参与,他的无言的鼓励也能从我们混乱的心胸中吸出一切铮铮有声的东西,一切闪闪发亮的东西,一切贵重金属。历朝历代和种种书籍都传奇般地确保了一个奇迹,任何一个人,任何一个意志纯洁和信仰不受干扰的人,都会对跌倒在地的人说:"站起来,往前走!"他就是从这种富有创造性的鼓励魔术中取得了在品德伦理方面应得的一份。我不相信当代有哪位艺术家像罗曼·罗兰这样对如此之多的人产生过如此使人净化,如此使人坚强和如此令人感到鼓舞的影响。

每次遇到他,我都同时感到欣喜和羞愧。每次看到他的日常生活,我都重新感觉到,他生活中的一切紧密地聚集于他这样一个无与伦比的人身上是不可理解的。首先是工作,是不停顿的脑力劳动。这工作犹如一股取之不尽的泉水,在装水桶和给水桶中,在二十小时不停歇的转轮上转动。其次是包括对五大洲、一切时代和一切地区的精神文化的好奇心。他的这种好奇心永远不知疲倦，并且他以敏锐、明亮的目光细心观察着最隐蔽的东西。其次是他的友谊。他亲切体贴，精神专注地寻求各种建立友谊的机会，并且在意想不到的时刻给许多人以真正的愉快。他的友谊在任何时候都宽厚，但就是对最亲近的人的微小缺点也明察秋毫。再次是他那不可动摇的公正性。他的公正性常常被宽容缓和下来。他持续不断地正确评估各种罪过，但是没有进行判决，没有表示激愤。在这一切之上和贯彻于这一切之中的是热情，是永不停歇地关心各种事情，关心事物和人，关心把人和事联系在一起并环绕着看不见的东西的热情，以及关心音乐的热情。

除了出色的他，没有一个人令我怀有如此之多的感激之情。还有，我很高兴地知道，有这样激荡的感情的不仅仅是我一个人。

申文林 译

谈歌德的诗[①]

歌德的第一首诗是一个八岁孩子用笨拙的手涂写在祖父母寿辰的贺卡上的。歌德的最后一首诗是一个八十二岁的老人用苍老的手写就的,时在他逝世之前的数百小时。在如此漫长的生命期间,诗歌的光华自始至终地在他那不知疲倦的头脑的上方辉映。没有一年,在某些年代里没有一个月,在某些月份里没有一天,这个独特的人不是在用受到限制的言语自己去阐释、去确证他的存在的奇迹。

在歌德这里,抒情诗创作从第一笔开始,一直到他最后一息才告结束:就他而言,诗歌创作对他的生活的经常性解释是不可缺少的和不言自明的。犹如光的照射和树木的成长一样,诗歌创作完全成了可靠的、有机的发展过程,成了他的构成的一种功能,成了一种摆脱不开的,人们几乎不敢把它称之为"工作"的东西,因为工作是与意志相连在一起的,而在这位创作成为一种必然的人这里,冲击情感的诗歌反应就像化学反应和血液反应一样。对

[①] 茨威格为雷克拉姆出版社编了一本《歌德诗选》,出版于1927年,这是他为这本诗选写的前言。

歌德来说，从散文语言向韵文和诗歌语言的过渡完全是自然而然的：在书信中间，在戏剧中，在小说里，散文突然长了翅膀，直飞向这种受到高度限制的自由无羁的形式。每一种激情在这种形式中飘向高处，每一种情感在它的领域里消融。在他的存在的整个丰富的广袤里，人的任何本质性的事件几乎都会转化为诗歌。正如在歌德那里，很少有他没有经历而写出的诗歌那样，很少有某种经历是毫无诗歌的金色身影的。

有些时候这种抒情的激流也会停顿和遇到阻塞，如躯体会疲倦一样。在歌德这里，这种抒情的东西从没有完全熄灭。在他生命的最后一些时刻里，人们相信是这种从内心喷涌的源泉在生命的迟钝中被窒息，被习惯的瓦砾所淤塞。一次经历，一次感情的迸发就突然炸开了新的源泉：新的诗行从另一个深度，像是从另一些重返青春的血管里重新涌出，抒情的词不仅再度返回，而且带着一种异样的，还不熟悉的旋律，奇妙极了！他的每一首新作，他的每一种变化都改变了他的内在的音乐，使血的发酵得到冷却，使歌德的诗歌散发出新的芳香。那些总是不同的，按他自己的名言来说也总是同一的："亲爱的你们，我虽分裂，但始终是同一位。"

在上升和精力的最高阶梯上，抒情精神的持久性，在这位诗人身上是独一无二的：世界文学中还没有在持续性和强度上与歌德相提并论的。在他身上只有另外一种冲动是同样持久的，并主宰着每一个清醒的时刻：激情，它通过思想束缚精神，如在诗歌中通过形式来体验一样。两者是同一意志的结果，意志把分配开来的生活转换为形象和思想，并通过创作性的整理提高生活的总和。有如从同一底层涌出的天国般的激流直奔向世界的终点一样，从他的内心深处涌出的这两种激流沿着他的整个存在流动：这两者的联结和自始至终的共时性是他的独特性的秘密所在。

因此，歌德生活中的这两种主要表征，诗人歌德与思想家歌德相互渗透，精神和情感相互完全消融，所有这些时刻都是辉煌的。当这两个世界在它们顶峰处接触时，那些带有神秘色调的重要诗歌就出现了，这些诗歌既是人类思想领域的最高之作，也是抒情国度里的作品；但当这两个世界在它们起源的最深处相互接触时，语言和才智的最完美联合就形成了。《浮士德》或《潘多拉》，所有诗歌之上的诗歌：世界之诗。

抒情领域中这样一种向四面八方的展开，自然也要求抒发一种真正世界性的丰满。歌德为自己和为我们在德意志语言中创造了它，人们几乎可以说，在一无所有中创造了它。他从前人那里承受的抒情资源已经用旧了，蒙上了灰尘，失去了光泽，仅限用于诗歌艺术的、固定的服饰和形体。诗的风格根据机缘和源出被学究气、书卷气划分开来。德国的风格把十四行诗从罗曼语世界中抢救了出来，从古代诗中抢救出了六音步韵体（Hexameter）和颂歌体（Ode），从英国人那里拯救了谣曲（Ballade），而在自己这方面除了加上民族的松散分节诗体外，几乎再没有什么了。歌德，这位激流般的诗人，意味着材料和形式，内容和容器，"核与壳"，活生生的统一，他迅速地掌握了所有这些形式，使它们丰满，但同时完全感觉不到他的爆发的情感在这些形式中满溢过量，难以容纳。所有的限制对他的创作性的变化来说都太狭窄了，所有的束缚对他的语言的力量的挤逼都令他太不自由了。这样他就急不可待地逃开严格的形式，进入一种更高一级的自由之中。

循规本分的节奏当然诱人，

才能在此中感到欢欣，

但可憎的空洞面具，没有血和内容，

很快它们就引人憎恨。

甚至精神本身也不会喜悦，

如果不去思考新的形式，

去使每一种死的形式完结。

但歌德诗的这种"新的形式"既不是一次性的形式，也不是僵死固定性的。他那易冲动的语言力量把所有时代、所有区域的所有形式都好奇地吸引到身旁，在每一种形式里探寻，不满足于任何一种形式——从六步韵体的长诗行到头韵体的短诗行，几乎是跳动的形式，从汉斯·萨克斯①诗歌的多节短棍似的韵脚到自由流动的品达的颂歌，从波斯的即兴诗到中国的格言，他都得心应手，他以自己无所不包的可怖语言力量战胜了所有业已存在的格律。这还不够，他在德国诗歌里创造了上百种新的形式，没有名称也无法命名，符合规律的和无法重复的，只能归功于他，他的独立自主的胆量就是我们最年轻的一代也不能从本质上给予充分地衡量。有时人们几乎害怕他七十年的创作会几乎穷尽德意志语言的抒情形式和变化，正如他很少从先人那里继承一样，后人也很少能给抒情的表达加上什么本质的东西。他的无尽的业绩孤零零地耸立在前人和后来者之间。

形式的多种多样并不能保证成为抒情的优势，诗人只有在他的每一个作品中存在，他才会名播世界。在他多种多样的诗体中，

---

① 汉斯·萨克斯（Hans Sachs，1494—1576），德国著名民众诗人、工匠歌手。

每种单一的形式和每种外貌都带有统一和新颖的、隐而不见的特征,即同一的血液在神秘的流动和遗传中直接进入他诗行的最后一根血管,这是真正的奇迹。这种高贵渊源的标志,这种才智和语言上的阳刚气势赋予了歌德每一首诗十分鲜明的印记,不管形式如何变化,我们在每一首诗作里都无法拒绝地认出他是唯一可能的作者,甚至,那些真正知道他诗作的人从他的抒情果实的每一颗谷粒上能无误地区分出年份和时刻,人们从某种声调上,从某种语言的动态上,从某种无法衡量的诗行中几乎总能确定,这首诗属于哪个年轮:他的青年时代,他的古典时期或是他的晚年时期。从他十岁起直到八十岁,他的笔迹尽管有很大变化,却是不会被看错的,人们在千百种笔锋中仅从一个字上就能认出歌德,同样地,人们在每一页散文,每一行诗中能无误地判定歌德是其作者。歌德的宏观世界就在他的微观世界之中,这一点在他最短的诗作中也是清晰可见的。

当然,在歌德的抒情诗中认出有特性的歌德有多么容易,从事实上确定和从概念上去限定他本人的整体存在就有多么困难(即使是在一部厚厚的书中)。在荷尔德林、诺瓦利斯①,以及席勒的抒情诗那里,很少有什么困难去描述语言风格的特殊容貌,甚至可以用格律的和审美的形式去加以说明,因为这几位诗人身上存在着一种明显的、特殊的语言色彩,思想被界定在划出的范围内,节奏与气质以一种特殊的形式持续地联系在一起。而歌德的抒情诗,任何一种表述的尝试都不可避免地导向饶舌或隐喻。因为他的语言色彩是光谱的色彩,它总是在流动,是永恒繁杂、多

---

① 诺瓦利斯(Novalis,1772—1801),德国浪漫主义诗人、作家。著有诗歌《夜之赞歌》《圣歌》、小说《海因里希·冯·奥弗特丁根》等。

样变化的光，是一个语言太阳（如果人们敢于用这个形象的话），而不仅仅是一条被分离开来的光线。他的节奏也不遵守扬抑格和扬抑抑格，即不遵循那种一次性的安排，而是在充满感受的生活中根据自己狂暴的或安静的呼吸来加以处理。这样他的抒情方式就成为自然的了，只是他的天性本身，是包容万象的，不是文学解释得了的。对歌德诗歌中的特点的任何一种探求都超出了语言本身，已进入他的诗歌构成和他的世俗经历的感官世界。对他的统一性的最后解释一直不是艺术作品，不是它；一直只是创作性的，是变化中的固定，是不可分的，是他。

矛盾的是，除了歌德本人的丰富多彩，没有什么是与他本质中的这种"秘密公开"的统一性相对抗的了。对无限进行分解，对无法展望的加以把握都是困难的。如果说在那么多德国人中，很少有人找到进入歌德世界的入口和熟悉歌德的世界的话，那么这只能归咎于这副面孔的丰富多彩。也许把完整的生活展示出来是必要的，以便总览他的生活。为了理解他，要进行一种完整的研究：仅是他的论述自然科学的著作就组成一个宇宙，他的六十卷书信就是一部百科全书。甚至他的抒情诗以及一千多首诗歌所展示出来的丰富多彩就使得没有受过专业训练的目光无法接近，无法让人看成一个囫囵整体。那么对一个选本进行大量削减，以便清晰地加以鸟瞰，这样的愿望完全是可以理解的。

带着如此高的要求，让一个人从歌德的抒情诗世界中选出本质的诗行，这是一种大胆之举，面对取舍他会茫然失措的！只有谦逊的认识才能减轻他的责任感，在进行这样一种选择时不是他本人的感情价值刚愎地做出决定，而是他的整个同时代人的精神不自觉地在这项任务中有力地参与。因为歌德的面貌和成就——

我们不能否认这个事实——总是在不断地变化，以不同的形象出现，对不同民族，不同年龄的人，意义都不相同。1832年3月22日，我们称之为歌德的精神形态变化的链条仅是表面上终止了：事实上他的面貌和他的作用还一直在千秋万代中不断变化。歌德一直不是一个僵死的概念，不是文学史上的木乃伊形象：他赋予每一个种族新的意义，每种新的选择以新的形式。还是专谈抒情诗吧。仅是他的《西东合集》就有多少价值变化！老人的这部魔术般的、披露自己的作品以多么巨大的重量撞击着我们的感情！这同一部诗集，他的同时代人，还有19世纪却恰恰把它看作滑稽可笑的和打情骂俏的假面游戏！歌德、席勒时代的歌谣和某些民歌风的诗作使我们的价值判断感到那样的陌生，也许是因为谈论得过于频繁了！奥林巴斯派的歌德，一位自荷尔德林和尼采以来不再接近的、一种古代的、人人理解的古典主义艺术家，面对卓越的俄耳甫斯，这位创作出神秘诗歌和真正包罗万象的宇宙的塑形家，这个清晰具体的形象逐步退后，越来越模糊了。这样20世纪的阅读就必然是另一种样子——完全不计个人的价值观，与19世纪的诗集和选本的阅读完全不同。

只有最初的标准看来还是同一的，一定程度上说是编选者所必然想到的：今天和当时一样，首先试着把全集中绝对抒情的作品与完全是偶然和有缺欠之作加以分离。乍一看这是一项轻而易举的工作，把那些应制的和在宫廷活动场合产出的诗行以及纯游戏性和应景的作品去掉就够了，这些诗行和韵律的材料是一位魔术师的徒弟在师父不在场时制造出来的，就像他仅凭自身不断创作出来似的。不久后，挑选者就遇到了意想不到的困难：新的问题、新的判定，甚至原来的原则的改变。在这样的分离和净化的过程中,选择的情感经常遇到某些个别的诗作的抗拒,它们借助一种内在的、别样的理由的力量,对出于纯审美原因的压迫引人注目地进行自卫,要求存在和被选中,出于一种不同于纯艺术分量的权利。不久后,我就发觉了,如生活一样,艺术由于存在的持久和情感的作用也可能有着某种合法性:诗歌,不是因为它们珍贵才对我们有一种生命的价值,而且作为民族的一件珍宝而变得贵重,作为喜欢的物件,情感很不愿意与它分开,就如不愿同一件熟稔的,虽不珍贵却由于虔诚而早就变得神圣的东西分离开来一样。例如如何决定《野玫瑰》这首诗,从它本身来看,也许它对于我们今天的感情来说太过于无关紧要了,此外语言文学家还告诉我们,这首诗根本不应归于歌德名下,最好的情况也不过是一首早就著名的民歌的加工整理。严格采用的标准要求在这里把它弃掉,但是怎么能把我们从小学课本上第一次知道歌德名字的这首诗排除?它的旋律从我们的儿童嘴里几乎自然而然地哼出来,它的每一个词我们都念念不忘。或者举另一个例子,他的诗行《从父亲那里我有了形体》(每个人都能不由自主地把它补全——毕竟谁不熟悉它呢?)肯定是诙谐多于抒情,很少有什么意义,一个纯美学的审判官必然把它从一本精美的选本中删去。但是,怎么能把"巨幅自白"中的这一页去掉?歌德在这里清晰而难忘地描绘出了他的肉体和精神构造的本质和渊源的一幅略图。这样就又有另外一些诗,本身缺少足够浓烈的色彩,它们通过一些人物的处境反射出特殊的光度,某些给夏绿蒂·冯·施泰因[①],给莉莉和弗雷德里克的诗,与其说是诗,不如说是信笺,与其说

[①] 夏绿蒂·冯·施泰因(Charlotte von Stein, 1742—1827),德国女作家,歌德的情人,歌德曾为她写过一千七百多封信。

是艺术作品,不如说是叹息和问候,但它们对一幅自传性的整体图像来说却是不可缺少的。不久我清楚了,审美判断的绝对严厉性会奇怪地扯断神经,一个僵硬地不计其他的、完全从艺术价值着眼的选本必然会把抒情诗和生活,机缘和内容,艺术作品和传记在这样一个人身上分割开来,而我们感到他的逐次攀缘直上和有机的人的整体既是艺术作品也同样是艺术本身。于是在更广泛的选本中,风格,作为更高的衡量尺度,常被用来设定为最高秩序的规范,我们仍然认为这种规范是所有时代都存在的:歌德的生活即神秘的创造。

不仅是这个选本本身,就是诗的顺序也按照这种最终确定下来的信条来加以排定,歌德的作品和生活是一个不可分离的整体。它是一部编年的选本,按诗的产生年代的时间顺序,因而也是按自然顺序排列(H. G. 格雷夫①的出色工作是有益的)。这样一种编排表面上看与最权威的,即与诗人本人的"最后亲手编定本"相悖,他把抒情的全部作品以韵律的种类进行排定,并用简要的格言给它们加上题目:《自然》《艺术》《十四行诗》《接近古代的形式》《神和世界》。这些诗歌像花束一样按照它们的精神色彩,按照它们的韵律类别,按照它们的特点细心地归在一起并把这个巨大的抒情王国分成灵魂和思想的各个区域。我们的划分试图把这充满艺术性的花束重新分散开来,把每一首单一的诗重新排入它产生的时间和最初成长的位置,完全忠实于歌德对埃克曼所说的话,"我所有的诗都是应机缘而写出的,它们受到现实激发并从现实中得到基础和土地"。在这个"基础"②——在原因和对

---

① 此人按年代编了一部《歌德诗集》,两卷本。
② 此处的"Grund"在德文里既有基础、土地,也有原因、理由之意。

尘世土壤依存性的意义上使用这个词——上借助这种年代顺序把每一首诗重新植回原处。不是根据它们的存在和生存，而是依照它们生长的次序，把少年岁月和成年时代的诗歌以及老年时期的那些出色的、抽象的寓意诗集在一起。我相信，这样会使这股巨大的抒情激流获得一种唯一的鸟瞰，从源泉的第一次喷发直到汹涌地流入无限，每一个单一的机缘，肖像和季节，人物和事件都在这滚滚流动的波浪里得到反映。这个选本从那些狂暴的青年时代的诗行开始，到那首神秘的《神秘的合唱》结束，这不是偶然的。在他那些青年时代的诗行里，心灵的重锤捣毁了德国抒情诗的僵化形式，而用这首《神秘的合唱》，这位耆宿让《浮士德》，"他生命的主要事业"，也同时让他的生命本身在无限中消逝而去。在开始和结束中间，尘世之行的整个变化，血的咆哮和冷却，在晶体形式中诗的节奏感的生动活泼与大理石般的凝固，追逐的热情，逐渐变得高瞻远瞩的思虑——那种完全高尚的变化，充分地扩展开来。这里，一个人就以这种高尚的变化典范地活过了所有时代中的人所活过的一切。在这样的命运形式里，歌德的抒情诗不仅是他生命的伴奏，而且是他的整个存在的交响乐曲式的拥抱，在每一个单一的人的胸膛中作响并通过艺术的永恒魔力使我们永志不忘铭记于心。

高中甫 译

高尔基的《阿尔塔莫诺夫家的事业》[①]

伟大的俄国作家马克西姆·高尔基已沉默十多年了,那些炽烈热爱这位杰出艺术家的人担心,永远不会再从他塑造的形象身上享受愉悦了。作为无名无姓群众——他就是通过自己的力量从中崛起,成为一个完美的人物——的精神代言人和象征的代表者,高尔基多年来完全被裹进俄罗斯民族的巨大危机之中,不是以一个政治家的身份(因为这位完美的艺术家从没有完全地投身于政治),而是以一个人和同时代人的身份,为改变了他的祖国面貌的事件感到极度震惊。那些对个别人的回忆得归功于这段零星的时间,其中有薄薄的书和文章,被回忆的每一个人借助高尔基杰出的表现力和预见力而使人永远不能忘怀,也许在整个当代里,还没有比马克西姆·高尔基在那本薄薄的六十页谈托尔斯泰的和另一本谈列宁的小书里所创作的人物肖像更完美和更富有生命力的了。在书中,一种无可比拟的真正的观察力与极为深奥的直觉的能力连为一体,那些在此前和此后所写的所有关于雅斯纳雅·波

[①] 本文首次发表于1927年5月19日的维也纳《新自由报》,译自斯蒂芬·茨威格的《与书籍邂逅》,原题为《阿尔塔莫诺夫家的事业》。

良纳的悲剧性预言家的无所不包的大部头著作中，还没有一种有如此巨大的感性表现力，也没有一种有如此清晰的阐释性的理解魔力。在他长期沉默期间，在俄国或许有了新崛起的一代。那些耀眼的作家，如蒲宁①、斯米尔诺夫②、伊利亚·爱伦堡③和巴别尔④，可我们的健忘倾向让我们老是忘记了，自托尔斯泰闭上眼睛之后，除了马克西姆·高尔基，再没有人有着那种独特的表现力和洞察力了。直到他伟大的新作品出现，人们才又想起了他的伟大。

  高尔基的健康欠佳，他从不舒服的北地迁到南方。听到马克西姆·高尔基长时间勤奋地创作一部长篇小说，是一种惊喜，一种真正的高兴。这部作品囊括了一个完整的俄罗斯世纪，是一部以象征画面来展示社会发展的史诗。现在这部长久期待的作品终于出版了⑤，那些对他心怀感激的人，即使要求特别苛刻也不会感到失望。因为这部作品有着纪念碑式的轮廓，在他的自然主义的、严格的、实际的、强烈的、感性的形象后面，清晰地描绘出了整个俄罗斯当代的一种精神——象征的万有万象。马克西姆·高尔基在他的作品里以一个家族的命运为框架，用三个阶段和三代人表现了俄罗斯从抛弃陈规旧习的前夜到取消农奴制直至革命的进程，与左拉一度在卢贡–马卡尔家族系列中所做的相似。但事实上，

---

① 伊凡·阿列克谢耶维奇·蒲宁（1870—1953），俄国作家，1933年诺贝尔文学奖得主。
② 谢尔盖·谢尔盖耶维奇·斯米尔诺夫（1915—1976），苏联作家、历史学家、广播电视主持人、剧作家、社会活动家。
③ 伊利亚·爱伦堡（1891—1967），苏联犹太作家、新闻记者，他的回忆录《人·岁月·生活》被认为是其最杰出的作品。
④ 伊萨克·巴别尔（1894—1940），苏联犹太小说家、戏剧家。20世纪30年代苏联最引人注目的作家之一，其作品备受高尔基、罗曼·罗兰、博尔赫斯、海明威、卡尔维诺等文学巨匠推崇。1986年，《欧洲人》杂志选出一百位世界最佳小说家，巴别尔名列第一。代表作有短篇小说集《骑兵军》《敖德萨故事》等。
⑤《阿尔塔莫诺夫家的事业》，长篇小说，马利克出版社，柏林。

这个家族的中心不是个别人,不是主人公,而是俄罗斯人民本身,是异常猛烈的人民力量,它——几乎没有得到解放——显示出它力量的强度,并由于这种过强的力量而陷入灵魂的危险之中。

小说一开始就进入正题。一个外乡人,伊利亚·阿尔塔莫诺夫同他的三个儿子来到一个偏远的俄罗斯村庄。他曾是一个农奴,在他来到这个地区之前,他曾做过仆人。他以犀利的目光衡量了形势,认识了时代:这个时代工业已经成熟了,农村正是工业的用武之地,于是他同他的三个儿子用节省下的钱开办了一座亚麻布工厂。他把他的行动的意志侵进冷漠和未开化的农村,并在他的事业上加以贯彻,对一切低声和高声的反对都无动于衷。伊利亚·阿尔塔莫诺夫,这位创办者,杰出地展示了纯正的、不屈不挠的、古老的、俄罗斯人的这种力量。这种力量通过长年的工作使他学会克制自己,集中起意志并加以贯彻。开头时的不屈不挠在他身上表现为激烈、富有耐心的阳刚意志,锲而不舍的精神,意识到自己的力量,一步一步前进,如同跟在犁铧后面的农夫一样。在他的宛如由木头雕成的形体上奇妙地体现了不朽的、无名的人民力量的出色本源。

但在他的儿子身上,在彼得和尼基塔身上(第三个儿子阿廖沙本来只是他收养的侄子),这种粗犷的阳刚之气的本性已经减弱了。第一个表象是,他们都不再是女人的绝对主人了。他们不再能控制住自己了,因而他们也不再能用计谋和暴力来使人顺从。他们已经有了良心,有了细腻的、成长的神经、情绪和波动。在他们身上这种力量已经开始偏离原来的道路,不再像他们父亲那样僵硬地、单行道地和野心勃勃地集中于这些目标:土地、财富、金钱。第二个儿子尼基塔提早就跳了出来,避开令他感到无法适应的现实，而进了一座修道院。彼得和阿廖沙继续管理工厂并加以扩大，但工人不再有那种铁一般的不屈不挠的意志了。他们与动荡的生活既进行较量也对之规避，他们受情欲和衰弱的目力的引诱。他们像屈服于女人一样有时沉溺于醉酒，但无论怎样，几代人保留下来的能力和从父亲那里继承的力量依然是强大的，足够使工厂得到巩固和蓬勃发展。

直到第三代才开始解体。这不是表明巨大的、农民的、俄罗斯的力量已完全耗尽，而是它进入了一条古怪的道路。女儿们与富有的商人结婚，对在简陋农村中的繁重吃力的工厂生活强烈不满。儿子们读大学成了革命者，他们同样地把力量返归于自身，但不是用来巩固工厂，而是使它毁灭。环绕在他们周围的一度是沉闷和家长制的农村（现已变成一个工厂城镇），刺眼和不安地显露出了风俗的变化。道德的和社会的解体开始了，革命像风暴一样横扫业已摇摇欲坠的房顶。

这项计划在层层上升中完成得十分出色，人们在广阔的、充满人物的全景中依然清楚地看到艺术家塑造形象的意图。在这一个家族身上去表现俄罗斯民族，从保持下来的古老的农民性到无所顾忌的新事物的整个过渡，把这种危机理解为一种必然，正是这种危机才激起一种如此迅速的过渡。整个俄罗斯民族在细节上是以什么样的艺术站了起来！开头的婚礼场面，尼什尼－诺夫哥罗德年集上的狂暴纵酒宴乐，是高尔基迄今所创作的令人印象最为深刻和色彩最为绚丽的画面。这本书中人物众多，一再激起新的钦佩。和托尔斯泰一样，高尔基有着仅用四五笔就形象地描绘出一副面孔和一个人物的才能：宽度被完全填满了。得益于这一项观相术般的敏锐捕捉力，哪怕出场最短暂的路人甲都难以置信地栩栩如生起来,因而那种纯粹的插曲式人物实际上根本不存在。甚至最微不足道的角色也不似影子一般,每一个工人,每一个绣花女都有着一副清晰的轮廓,只需一秒钟就能认出他们了。此外,典型的、不可比拟的丰富多彩,这是每一位俄罗斯诗人从他的民族那里作为晨礼接受过来的。人们总是一再地感到,俄罗斯无产者和底层世界的农民在个性上是如此的色彩斑斓、纷乱庞杂、深不可测和丰富多彩,远胜过我们那个世界。俄罗斯资产阶级的灵魂中存在着一种适应性强、没有发酵的强大力量,也许在事件的搅拌中才会升到表层被看到。

马克西姆·高尔基本人不就是这种匿名力量的一个最出色的证明吗?这种力量来自俄罗斯世界的深邃和广袤,进而进入世界历史并凸现出来。他,曾是一个面包作坊的学徒,流浪汉,水手,在四十年前(1888年)由于饥寒交迫而绝望地把一颗子弹射进胸部,在医院总算活了过来。他还成为铁路守道人、啤酒搬运工、筏运工、纤夫,直到十五岁才以坚韧不拔的毅力学会书写,十年之后成了俄罗斯的伟大作家,成了我们现今最强有力和最不可少的艺术家之一。这部长篇小说用虚构的形象象征性地表现了,同样杰出地证实了他本人的存在:无法估量的丰饶,他像这个半是神秘的国家里没有开采的矿山和矿砂一样,存在于他的人民中间。正当我们西欧文学的想象力和塑形力越来越贫乏之际(当然在心理学上变得越来越透彻和丰富),当代的伟大形象的塑造者从欧洲的边缘地区出现了,克努特·汉姆生[1]、塞尔玛·拉格洛夫[2]、马克

---

[1] 克努特·汉姆生(Knut Hamsun,1859—1952),挪威作家,1920年诺贝尔文学奖得主。
[2] 塞尔玛·拉格洛夫(Selma Lagerlöf,1858—1940),瑞典女作家,1909年诺贝尔文学奖得主,也是第一位获得诺贝尔文学奖的女性。

西姆·高尔基在我们这个时代依然是神秘和自然的最后一批代表者。在他们身上还象征地集聚着一种没有发挥出作用的和阴沉的、滚滚流动的力量,它与无时性魔术般地连在一起,成为一种诗意的表述,在我们这个已完全屈服于技术的世界里,它依然不可思议地、传奇般地存在着。恰恰是一个出自无产者最底层的、创作艺术炉火纯青的马克西姆·高尔基的存在和崛起,蕴含着自然的某些基础性的出色品质,它自身贯穿于我们的文学之中,而我们的文学已然成了精神、科学和知识,这值得我们怀着特殊的赞赏去看待他的这部作品和他真正的英雄般的人物。

高中甫 译

乔伊斯的《尤利西斯》批注

［用法说明］首先要寻找一个支点，才不致读时非把这部巨型小说拿在手里不可，因为这本书几乎有一千五百页，一块铅似的搁在读者的关节上。事先还须用食指和中指小心翼翼地拈住插进来的"本世纪最伟大的散文作品"和"我们时代的荷马"之类的宣传品，把这些大吹大擂、夸大其词的广告传单从头撕到底，把它们扔进废纸篓里去，免得还没有读就被引发出千奇百怪的期待或抗议。然后，坐在一张靠背椅上（因为这样才会持久），拿出自己全部的耐性和公道（因为人也会生气），再开始读下去。

［体裁］一部小说？不是，完全不是。它是一次精神的女巫盛会，一首庞大的狂想曲，一次罕见的、大脑的瓦尔普吉斯之夜①。它是一部心理场面紧张的影片，以极快的速度呼啸着、闪动着，同时将充满绝妙的、超凡脱俗的、细节的巨大心灵风光令人晕眩地拖曳而过。一种双重思维，一种三重思维，一种所有感觉的相互超越、相互穿透和相互横贯，一种心理学的狂欢，具有一种技

---

① 据传女妖们5月1日前夜在德国布罗肯山上跳舞。参阅《浮士德》下卷。

术新奇的时间放大镜，能把所有动作和冲动化为原子。它是一种潜意识的塔兰台拉舞①，怒号的、咆哮的观念流逝，把它们途中遇见的一切搅拌着，毫无选择地裹挟而去，如最精巧和最平庸的，异想天开的和欢欣鼓舞的，神学和色情文学，抒情风格和马车夫式的粗笨劲儿等等。因此，它是一种混沌，但不是由一种醉醺醺的兰波式头脑昏昏沉沉所梦见的、蒸发着酒精味道的、浑浊得可怕的混沌，而是由一种精神敏锐的、善于讽刺挖苦的知识分子存心大胆配制而成的混沌。人因陶醉而呼喊，因怨恨而喧闹，疲惫不堪又重新醒来被鞭打，最后变得晕头转向，仿佛坐了十小时旋转木马，或者不停地听音乐，听那种令人眼花缭乱的、笛声尖叫的、鼓声狂擂而又如爵士乐般放肆的，但一直自觉是现代派的詹姆斯·乔伊斯的文字音乐，这种音乐在这里专心致志于所有语言中所仅见的那种最精致的语言狂欢。本书有某种英雄气质的东西，同时还有艺术以抒情方式加以戏拟的某种东西，是一次真正的女巫盛会，一次黑色的弥撒，魔鬼在这里以最放肆、最煽动的方式模仿和扮演神圣的精灵，同时也是一次性的，不可重复的、崭新的一次。

〔缘起〕某种邪恶就是根源。在詹姆斯·乔伊斯身上什么地方，从青年时代起就潜伏着一种憎恨，一种心灵创伤的初期浸润。他一定是在都柏林，他的故里，从他所憎恨的市民，从他所憎恨的牧师，从他所憎恨的教师，从所有人身上受到过这种浸润，因为这个伟大天才人物所写的一切都是对都柏林的报复，例如他的早期著作，那本简直毫无顾忌的斯蒂芬·迪达勒斯自传②，还有这

---

① 意大利南部一种轻快热烈的民间舞蹈。
② 即作者的另一部小说《一个青年艺术家的画像》，其主人公即斯蒂芬·迪达勒斯。

本分析得近乎残忍的、心灵上的《俄瑞斯忒亚》①。在这一千五百页中间，找不出十页欢快、奉献、善良、友好，全都是讽刺挖苦，而且具有一股飓风似的反抗力量，全都是爆发性的，以一种飞快的速度从燃烧的神经中弹跳出来，那种速度使人陶醉同时使人麻痹。一个人在这里不仅发泄于呼喊，不仅发泄于冷嘲热讽和怪模怪样，而且从他的五脏六腑中排空了他的嫉恨，他猛然呕出了他的真正使人毛骨悚然的感情沉淀。再巧妙的装腔作势也不能逐一掩饰这个人把他的书砸进世界时的这种颤抖的，这种振动的，这种唾沫四溅的几乎羊痫风似的气质之巨大的感情冲动。

[容貌] 我间或记起了詹姆斯·乔伊斯的面容：它很适合他的作品。一副偏执狂的脸孔，苍白、衰弱，一种细微而不柔和的声音，一双悲哀的眼睛，嘲弄地躲在磨得光亮的镜片后面。一个被折磨垮了的人，但又坚如钢铁，僵硬而顽强，一个颠倒的清教徒，以教友派②为祖先，一个为了信仰而甘被焚烧的人，把他的憎恨、他的咒天骂地正经八百地视为神圣的人，一如远祖之于他们的宗教信仰一样。一个长久生活在黑暗中，永远我行我素、沉默寡言、被人误解，仿佛一直被埋在时间和双重火焰下面的人。十一年柏利茨式的教学生涯③，这种最可怕的、踏磨式的精神劳作，二十五年的流放和贫困已使这门艺术变得如此尖锐而锋利。他的脸上有许多伟大之处，他的作品里有许多伟大之处。一种献身于精神、献身于文字的了不起的、无与伦比的英雄气概，但是乔伊斯的真正天才在于憎恨。唯有释放在讽嘲中，在一种闪烁的、伤人的和

---

① 《俄瑞斯忒亚》即古希腊埃斯库罗斯的最后一部悲剧，此处指《尤利西斯》。
② 清教、教友派，是17世纪英国基督教的两个派别。
③ 柏利茨教学法专门用外语授课。

折磨人的精神脚尖舞中,在伤痛、剥露和损害所产生的一种肉欲快感的猛烈程度中,一种精神拷问之托尔克马达①式的乐趣中。拿荷马来作比喻,比比萨斜塔还要偏斜。但是,在这个狂热的爱尔兰人身上,隐藏着某种但丁的强烈恨意。

〔艺术〕它并非按照建筑术和雕塑术表现出来,仅仅见诸文字。詹姆斯·乔伊斯乃是纯粹的魔术师,一个语言上的半芳蒂人②。我相信,他每说十句或十二句外国话,就会从自己的母语中取来一种崭新的句法和一种夸张的词汇。他控制着整个键盘,从最精致的超感觉的表达方式到一个醉妇躺在阴沟里的胡说八道。他把整本辞书的页子哗哗直响地抖落下来,并且给每个概念的场地布满定语的机关枪火,他以惊人的技巧在所有造句艺术的吊架上做腾跃表演,并得以在最后一章只写出一个我相信占六十多页的句子(整整一千五百页的大厚书只讲了一天,接着一本书想必要描写这一天的夜晚了)。在他的交响乐队里,掺杂着一切语言的元音和辅音乐器,一切学术的一切术语,一切行话和方言,英语在这里变成了泛欧罗巴的世界语。这位天才的杂技家飞快地从尖端跳到宽处,他在叮当作响的剑戟中间舞蹈,跃过一切奇形怪状的深渊。只有语言上的成就证明了这个人的天才。在近代英语散文史中,随着詹姆斯·乔伊斯揭开了特殊的一章,这一章由他开始也由他结束了。

〔总结〕是头朝下栽进我们文学中的一块陨石,是一种富丽堂皇,一种了不起的、只允许这一次的无与伦比,是一个大个人主

---

① 托马斯·德·托尔克马达(Tomás de Torquemada,1420—1498),西班牙天主教多明我会僧侣,西班牙宗教裁判所首任大法官。他的名字经常与宗教迫害、教条主义和盲信等联系在一起。
② 非洲加纳南海岸的原住民。

义者、一个怪僻天才的英勇实验。与荷马无关,完全无关,他的艺术在于线条的纯净,而精神地狱的这块银幕正以其呼啸与追逐迷惑了心灵。也绝不是陀思妥耶夫斯基,虽然奇幻的想象与越轨的洋溢有点接近他。事实上,对于这种独一无二的实验,任何比喻都只从旁一滑而过。詹姆斯·乔伊斯的内心孤立,不能容忍与既成物的任何联系,它无可交配因此也不能产生任何后裔。一个充满黑暗原始力量的、流星似的人,一部伞状流星似的作品,就像那中世纪巫师的符箓以较现代的方式将诗意因素同超感觉的胡诌连在一起,将心灵神秘主义同故弄玄虚连在一起,将最惊人的科学同辛辣的诙谐连在一起。一部与其说创造世界,不如说创造语言的作品,但是无妨于这样一个不可动摇的事实:这部书,一件绝妙的珍品,将像一块漂石,同肥沃的环境毫不相干。如果时代曾经适当地笼罩过它,它或许会像所有西比拉①占语一样使人类感到敬畏。无论如何,在今天,要向这个激烈到近乎固执的,而又带诱惑性的成果致敬,向詹姆斯·乔伊斯致敬,致敬!

刘半九 译

---

① 西比拉是西方传说中能预言未来的女巫。

霍夫曼斯塔尔[①]

胡果·冯·霍夫曼斯塔尔的逝世是我们不可估量的损失。"不可估量的损失",这比任何词语都更有说服力、更充满激情地说出了在那最初的悲哀时刻我们的痛苦,我们的震惊,我们的彻底的慌乱。算出每种损失的最高明的占卜者,甚至也永远是痛苦的。这损失以独一无二的、强有力的冲击挖开深奥的感情,随之而来的思想不能阐明它,渐渐想出的词句更不能描述它。在这次一致相约的聚会中,我们大家,即整个奥地利和整个德国知道,全世界知道,随他而去的是一种难以弥补的东西。现在我们才认识到,为什么他那榜样式的领导形象对我们来说从没有像今天这样必不可少。一种异常的精神或非精神现在统治着这个时代,它要求艺

---

① 本文是1929年茨威格在维也纳布尔格剧院举行的霍夫曼斯塔尔追悼会上的讲话。胡果·冯·霍夫曼斯塔尔(Hugo von Hofmannsthal,1874—1929),奥地利诗人、剧作家和作家。16岁开始发表作品,27岁开始专事文学创作。他早期受法国象征主义和格奥尔格的唯美主义影响,美与死是其作品的永恒主题。后期他放弃了唯美主义,转而接受人道主义和基督教文化传统,追求创作的社会性和伦理性。他一生创作的基本主题是变异与执着之间的冲突,认为变异是生生不息的自然本性,而执着(包括爱情和婚姻中的忠诚)则显示了人的尊严。代表作有诗歌《早春》《生命之歌》《歌颂往昔的三行诗节》,诗剧《提香之死》《傻瓜和死神》《苏贝德的婚礼》,歌剧《玫瑰骑士》《没有影子的女人》《埃及的海伦》,小说《第672夜的童话》《两对情侣的故事》《追忆美好时光》等。1920年,他与马克斯·赖因哈德(Max Reinhardt)、理查德·格奥尔格·施特劳斯(Richard Georg Strauss)一起创办"萨尔茨堡音乐节"。

术永远只是短暂的东西，只是其自身动荡不安的肖像画。它冷漠而心怀敌意，不去注意那些想要阐释持久的事物和世界的上层事物的伟大的、象征的形式。它摒弃了对诗歌的爱好，也从舞台上驱逐了有约束的演讲；它拒绝过去和神圣的传统，它只需要现在，灼热的今天，至多看到明天。但是他，这位胡果·冯·霍夫曼斯塔尔，却单单站在那里反对时代的这股潮流。追随着高贵的先人，坚持着他认为是不朽的形式，相信那些神秘的、表明诗意的征兆，他孤单而雄伟地站在德国古典主义传统的土地上。只是对待他人的吵吵闹闹的争辩，他的这种高尚的态度还有些摇摆不定。自从另一位高尚语言的捍卫者，亲爱的诗歌巨匠，另一位奥地利人赖内·马利亚·里尔克离我们而去以后，他便独自一人站在这里。这种几乎同时的星辰般的消逝提示我们：事实上对艺术重要规律的信仰好像现在就要远离我们的时代，在德语文学著作中仿佛要以纯粹的、与时间共存的诗作宣告永远终结。

但我们要记住事情本身的崇高意义，我们不要被表面现象所迷惑。总会看到，也必将看到一个时代，这个时代除了它自己的现实什么也不想听，什么也不想看，这是一个把抛弃固有法则传统看作草率的时代，一个相信能够挣脱规范和形式的永远束缚的时代。这样的时代在德国不止一次地出现过，当胡果·冯·霍夫曼斯塔尔以诗人的面貌出现在世界面前时，也正是这样的一个时代。弗里德里希·尼采的预言家的头已被蒙上一层黑云，最后的德国人的伟大诗作、使赞颂酒神之歌的语言演变成新的壮丽语言的声音已经沉寂下来。代之而起的是新的一代人，他们认为，语言为了变成诗作根本不需要有约束地严格培植。自然主义认为，人们只需要从大街上和从偶然的谈话中听到它就够了，而且有价值的作品已被创作出来。自然主义鄙弃纯粹的、完备的诗歌形式，说那是无所事事的女人的游戏，它干脆把按古典主义法则写成的戏剧从舞台上踢出去。就是在那时，一个时代也认为那些超越时代的古典主义作品已经入殓埋葬。

于是，产生了这样的作品——好像是非常不为人重视的作品。在布吕恩和维也纳的几个小杂志上发表了几首诗和几个戏剧的序幕，署名先后是奇怪的笔名"台奥菲尔·莫伦"和"罗里斯"，最后公开的真名是胡果·冯·霍夫曼斯塔尔。几首小诗，大体上也就五首或十首吧，是发表在不为人们记在心上的，好像是秘密的刊物上。但正如一种真正的、基本的爆发力，只需其凝聚的能量的一个微量，便可引发剧烈的震动。这几首小诗在极短的时间里在最广大的文学界引起了有目共睹的反响。诗的本质和影响永远是神秘的。千百万句话迅速传到我们的日常里，又返回虚空，只看见一点点被卷起来的松散的尘土。有时，在任何时代都很少会发生这样的事：一两句这样的话，这样的诗行，便可以组成一个活生生的作品，它的生命远远超过创造它的人，令世世代代的人赞叹不已。这样出色的诗歌在这里突然出现在一个使人惊异的时代面前。一个新的声音已开始在德国的诗歌界鸣响，人们饶有兴味地、愉快地倾听着这新兴起的调门。还在学校里读书的孩子们熟知并喜爱已被我们推崇的那些透着曙光的、甜蜜而迷人的《早春》的诗节，那些模模糊糊地向下望着自己铮铮作响的内心深处的《歌颂往昔的三行诗节》。我们都会背诵《生命之歌》那美妙的诗句和《提香之死》里的那些风景咏叹调。在这些诗歌里，德国语言具有融其丰富和真正的古代轻快为一体的、至高的华丽。每个人都会立刻感觉到，在这里所创造的是完美的作品，是在德国文学领域任何时代也不可忘怀的作品,这是凭此语言生活的全民族都不可丢弃的。面对这突然出现的大师艺术手腕,全民族都怀着崇敬的心情惊异不止。一位诗人恰好出现在人们以为古典主义诗歌不可能存在和已经陈旧的时候。他出现了,这个诗人能用最娇嫩柔弱的素材把感情的宇宙包罗无余。杰出的作品永远唤起人们的敬畏,它什么时候都以一种特殊的,一种善意的,一种令人恐惧的震颤充实心灵。它总是显现在一张脸的毫无瑕疵的美中,一个完美无缺的躯体的节奏中,一首诗的脉搏中,一支歌的曲调中,在任何地方人类都能感觉到这完美的作品,好像在人间突然有一只神明的眼睛注视着他们。

即使面对杰作的这种惊异也还是有它的发展阶段的,对完美作品的愉快心情也还是不断增长的。也许只有冷静清醒的思想才能明确地感觉到这一点,有时一位久经考验的成熟的艺术家的完美作品是无数的创作岁月的总和。当一个青年,一个缺乏预感的,还只由其守护神开导的青年,得天之助写出一部完美的作品时,它永远会表现为真正的奇迹,表现为连神都不理解的奇迹。在任何时代,在任何民族当中,人们都曾感到这样的青年唯一有效地证明了这点:诗人的气质来源于神,一切艺术中真正的最高的成就从来不可能是夺取的,不可能是苦学、苦干得来的,而是上天的恩赐。就是我们这个早已远离一切神话的时代也会承认,年轻的霍夫曼斯塔尔神奇地出现在今天只能算作一个奇迹。不论是当时还是将近四十年以后,今天怎样用清醒的头脑来理解或解释:一个少年,一个十六七岁的少年,他还坐在文科中学的板凳上往蓝色的学生练习本上写拉丁文、数学和德语作业,本子上还被教师的红笔改得一塌糊涂,却能用同一只手往另一张纸上涂写诗歌,写成德国语言的不朽的诗作？一个少年的嘴唇还没有碰过女人的嘴唇，仍以"高尚的语言跟一切事物的核心和本质相交流"，同时用他这个未成年人的高中毕业考卷写下了不朽的《提香之死》，刚刚离开学校就写了《傻瓜和死神》这个思想深邃的剧本，直至今天这个剧仍显示着它不曾减弱的美。应该怎样解释这一点呢？

在暴风雨般向前涌去的、壮丽的自我超越的年代，个人的卓越艺术才能跟最初的时刻一样令人惊叹。在从十七岁到大约二十七岁的这十年里，在抒情诗方面他是成就最大的诗人，他的成就几乎相当于整整一代人的成就，因为这些早期习作——不，不是习作，因为它们已经是成熟的作品了——在这些初期的作品中，具有光辉成绩的是《小世界剧院》和《白扇子》，那些高声发出回响的开场白，那些多彩而丰满的序幕，那第一篇以古典主义的克莱斯特散文风格写成的小说，那些堪与歌德相媲美的诗。那个秘密的流派开始向戏剧发展，向更紧张的幻象剧发展，向《苏贝德的婚礼》和《迷信与女歌手》这样一些描写财富与奢靡的作品发展。不，一位新的诗人，也许自歌德以来没有一个人像胡果·冯·霍夫曼斯塔尔在他的抒情诗创作的十年里一样，在幻象这样一个超高要求下，在如此丰富的飘飘然的和精神酣醉的状态中进行创作，自诺瓦利斯和荷尔德林以来未曾有过这样一个堪称上帝的赐物，堪称音乐的宠儿的抒情诗人，这个年轻人像是被语言的神圣的油彩涂成王国的崇拜者，他在我们的城市里，在我们的国家里，带着他的名字走出去，走进德国语言的整个帝国，走进语言的超时代的无限境界。

胡果·冯·霍夫曼斯塔尔的青年时代，是一个奇迹（我们并不拒绝使用这个字眼），一个无可比拟的超自然的事件。每个真正奇迹的意义都是一次性的，只是它很少沉落，它从来不长久地停留在我们的大地上，以便不被磨损和贬低，以便不因重复而失去它的可怖和神性。

这种神奇的情况，这种一部作品连着一部作品延续一生的陶醉状态，从一开始就是不可能的。这样一种愉快的感觉与他的基本要素即他的青年时代血肉相连。这样的时刻不可避免地会到来：这时，自己创作灵魂的这种丰富的幻象不再结出丰收的果实，这时，抒情的陶醉豪情不得不让位于一种有条理的自觉的清醒。但不能因此就认为，人们必须用拳头把这个误解撞回去，好像是守护神在年轻的霍夫曼斯塔尔心中已经不存在了，用他的话来说，好像守护神已经离他而去了。在许多别的诗人，如在兰波，在拉马丁，在乌兰特①那里一样，这些人都只是一个短时期里的诗人，在他们的诗歌生涯以后都变了一个人似的又生活了很久。不，所有被投进胡果·冯·霍夫曼斯塔尔心里的诗歌力量直至最后一刻在他心里也没有减弱，由于他具有越来越强大的精神，这力量甚至变得更加明亮、更加纯净。只是早年的那种陶醉状态，那种过分耽于享乐的心理，随着少年时代的结束而在他心里减弱了；只是那种心不在焉的行为和那种作诗与写作仿佛是根据超自然力量的口授进行的。再也没有任何东西比得上霍夫曼斯塔尔对艺术年龄固有的不可推翻的法则的敬畏了，这使他后来从未尝试过再一次人工地或以手工艺方式复制他初期的那种神奇状态，再一次为那意料之中的幼稚表现涂脂抹粉，模仿一种在他灵魂中不再存在、在他血液里不再跃动的陶醉状态。谁想弄明白拒绝做这一切的内

---

① 约翰·路德维希·乌兰特（Johann Ludwig Uhland, 1787—1862），德国诗人、剧作家、文学史家，以叙事谣曲和浪漫曲闻名。

心的决定和它的意义,谁就该去读一读那篇不朽的散文作品,即那封虚构的《桑多爵士的信》。在这封信里霍夫曼斯塔尔用奇妙的心理觉醒解释了一个类似的精神转换的现象。没有一位诗人像这位掌握并尊重更高法则的胡果·冯·霍夫曼斯塔尔这样老老实实地向年轻的胡果·冯·霍夫曼斯塔尔的奇迹告别,这奇迹本来就是他自己。

一个巨大的,简直是悲剧性的义务这时摆在这位三十岁的诗人面前。在别人还在踌躇不前的年龄上,他已经创作了完美的诗歌、空前的散文、无与伦比的梦幻格言剧。戏剧,这种最强有力的、最严谨的艺术形式,现在需要搏斗才行。现在对这个人的要求是,他也要给这种艺术形式压上大师技巧的神圣的印记。于是,一个真正非凡的要求在他心里浮现,那就是——不准许他自己满足于平庸的成就。胡果·冯·霍夫曼斯塔尔之所以这样严厉地向自己提出这个强烈的要求,是因为没有一个人像他那样了解艺术作品的法则和价值,恰恰是在我们这里,在他的故乡,这一道德上的成就被下面这个令人惋惜的事实给弄颠倒了:在我们这里,在这个寻欢作乐的、只注意微不足道小事的城市里,我们在舞台上几乎只能看到像《克里斯蒂娜返乡》和《困难重重》这样一些看不出创作意志中心的作品。只有这样的作品才是艺术类型的杰作:在作品里,它的思想是令人极不满足的、嬉戏般使占优势的力量松弛下来并停留在轻松愉快的事物上的思想;环境应该是南方的安乐岛,它既不同于北方的悲惨的世界,也不同于任何时代和地区劳动过分紧张的世界。拿他真正的作品意图跟它们相比,同样是不公正的,这就像从一个四乐章的交响乐中只剔出一个谐谑曲的乐章一样。霍夫曼斯塔尔本来的、使他的激情直至痛苦都绷得很紧的意志，一开始就向浮士德的精神靠拢，向着这样一个聚集着生活的力量和对抗力量的戏剧的世界靠拢。关于一个真正伟大的包罗万象的戏剧的梦想，关于世界剧院的梦想，从青年时代早期就伴随着霍夫曼斯塔尔。那篇《提香之死》，我们只把它看作浪漫主义的戏，大多数人错误地把它视为一部完整的作品，他却认为它只是一部巨大的生活交响乐的忧伤的、迷人的序幕。那个少年主人公在一个把高贵的美保护得极好的区域，在艺术的地面上的王国里，怀着纯洁的心开始唱美的赞歌。后来，在剧情的发展过程中他走出那王国，进入城市，混到另外的人群中，认识日常生活里普通的人和事，认识阴暗的和下流的激情。接着，在这个城市里发生了瘟疫，好像用一个巨大的火把点燃所有人间的热情，那是巨大的场面，那是多么宏伟的壁画呀！这个少年做了这样一个梦，这个十八岁的少年就已经写了这样一个剧本。它一直是一个片段，第二个大型的剧本也完全一样，这就是那个五幕悲剧《法伦的矿山》。剧中同样是表现一个人心中的浮士德式的要求，即决意撕破自己的肉体和宇宙之间的那层极薄的膜。到了他生命的夏天，他便计划把它完成，实际上过了好久才真正完成，霍夫曼斯塔尔花了十七年时间不间断地、一级一级地向上构筑才完成了他的伟大的剧作。我指的是那远远超出舞台的贫乏的《塔楼》，它的戏剧秘密在这里嵌入了一个完整的思想，这是很多人所缺乏的。他跟他的这部作品进行搏斗，正如雅各布跟天使进行搏斗一样，这使他——和那个人一样——遍体鳞伤。

也许在这个光辉的、不断向更高阶段努力的开始之后，在这些奋力搏斗的壮年时期的岁月之后，还有一个秋天，一个金色的丰收的秋天，也许将来在这部作品之后会再写另一部作品，也许会像歌德那样,在最后的晚年时期以其洞明世理的智慧完成青年时期的伟大的戏剧创作计划。但就在这最后的完成和我们的热情期望之间,他过早逝世的厄运来临了。

在创造精神试图以不间断的努力从戏剧中夺走他的秘密时,他那只对戏剧训练有素的手便开始运用陌生的、早已被创造出的形式了。我们的不可估量的充实全归功于他的这种摹仿活动,永远占据舞台也要归功于他的努力。用他的广阔人道主义的,他的真正有魔力的、使宝物失去魅力的目光通观一切时代的文学,霍夫曼斯塔尔正好看到那里的粗矿石里的黄金,而别人却认为是废物。于是,它便诱使他发挥自己的力量,使我们的时代和我们的剧院重新得到早已被冷落的世界文学作品。他在戏剧方面的这种具有献身精神的工作,为我们从时代里挽救了何等多、何等无限多的东西!欧里庇得斯的《厄勒克特拉》,它一直被埋在语文学的垃圾里,只有教授们还把它当作有学术价值的文字来阅读。它对我们的剧院和我们的时代来说几乎没有任何价值,但是他只需触动一下这部已淹没在往昔里的作品,阿特里代的形象便站立起来了!他从迈肯尼的王宫大门里走出来,巨人般进入我们的时代,以他命运的强大力量从各方面摇撼着我们的心。《俄狄浦斯》《克吕泰涅斯特拉》和《阿德墨托斯》,好像古希腊罗马的没有眼睛的雕像,从前它们呆望着我们,是那么远远超过真人的大小,那么可怕,那么陌生。由于他的努力,它们获得了新的、人的目光;自从他赋予他们他的语言,他赋予他们他的灵魂的力量,它们那石雕的嘴里便获得生命。或者,这里的奥特韦①的《被拯救的威尼

---

① 托马斯·奥特韦(Thomas Otway,1652—1685),英国剧作家。

斯》，它已被丢弃，甚至在莎士比亚的路旁被践踏，是一个被侮辱的、满面含羞的私生子，感情独特，在语言上难以接近，但他改造了它，他把漂浮在威尼斯诸多河汊上空的沉闷气息灌输给它，把文艺复兴时期的炽烈的、高度紧张的热情注入它，使它变成了一部如此强有力的戏剧，以致人们把他的某些场景同莎士比亚相提并论。或者，这里有一本题名"普通人"的古老英国的虔诚的神秘剧发了霉，谁也说不清它究竟是谁写的。在数百年前，人们就在教堂前的广场上把它演给平民，演给小人物看了。所有的文学的预言者一致认为，那是一种一去不复返的幼稚可笑的表演。他则把这被遗忘的戏剧，拾到他那只聪慧的语言大师的手里，把它锤炼得具有他的戏剧力量，改写成华丽的木雕式的诗体，跟路德和汉斯·萨克斯的作品相似。突然，这部《普通人》重新站立在世界的面前，它几百年来一直以最深刻的、震撼人心的力量压倒一切，现在又成为我们时代最纯粹、最持久的产物之一。这位魔术师，这位善于为僵化事物解除魔法的大师，只需一触动它，它就会活过来。卡尔德隆①的《精灵夫人》，他只用语言向她吹一口气，她便误以为自己美丽动人，年轻人似的重新飞旋到舞台上，以其纵情的流浪者之舞吸引住每一个观众。任何时代和地域，任何形式和内容，在他看来都神奇地明晰——从东方和《一千零一夜》中他撷取了星罗棋布之夜的陶醉心态，放入他的《索贝德的婚礼》中，让来自中国的神奇世界的秘密幽灵似的进入《没有影子的女人》。所有这一切都不是单纯的头戴假面、身披异服，而是完全彻底地渗透。他的语言变为她的语言节奏，他的灵魂变成她

---

① 佩德罗·卡尔德隆·德·拉·巴尔卡（Pedro Calderón de la Barca, 1600—1681），西班牙军事家、作家、诗人、戏剧家，代表作为剧作《人生如梦》。

的灵魂，水乳交融。

由于对世界戏剧的这一贡献，霍夫曼斯塔尔给德国舞台带来了巨大的益处，不仅在光泽、色彩和激情方面，还在更重要的方面：他教会了我们的整个时代去反复观察戏剧当日成绩的短暂性和永恒的优越性与经久不衰性。正像对待这些诗歌的兄弟一样，他也毫不畏缩地以语言大师的身份服务于音乐大师，并因此再一次给超越时代的歌剧形式压上诗歌的尊贵印记。《厄勒克特拉》《阿里阿德涅在纳克索斯岛》和《没有影子的女人》这些杰出作品诞生了，这个时代和未来时代的音乐界都要因此而感谢他，我们尤其要感谢他，我们的民族，我们自己的城市维也纳都要特别感谢他。表面上只是写一本歌剧的脚本，实际上霍夫曼斯塔尔利用《玫瑰骑士》创作了最完美无缺的奥地利喜剧，这个喜剧属于我们，是我们奥地利的《明娜·冯·巴尔赫姆》[①]，是真正的民族作品。它把这个城市的色彩和情调，上层和下层，贵族和平民，甘美和快活，整个巧妙地掺和在一起的性格表现得极富感染力。也许人们会不无保留地说：一个喜剧只是为音乐而写，如果它有生命力，那要归功于音乐！然而，一部真正的奥地利喜剧怎么能没有音乐呢？如果您从那些至今一直被视为杰作的作品中去掉了音乐，如果您从莱蒙德《挥霍者》和《农民百万富翁》中去掉刨刀之歌、灰之歌和"正直的小兄弟"之歌，如果您去掉内斯特罗伊[②]的欢乐的随想曲，那您就是削掉了它们的顶端，剥夺了它们的最精美、最柔和的光泽。《玫瑰骑士》永远是奥地利音乐灵魂的一部分，正因

[①]《明娜·冯·巴尔赫姆》，德国戏剧家莱辛的戏剧作品，以七年战争为背景，描写了普鲁士军人巴尔赫姆与萨克森小姐明娜的婚事纠葛，歌颂了男女主人公的高尚品格和纯洁爱情，讽刺了普鲁士的专制统治。

[②] 约翰·内斯特罗伊（Johann Nestroy，1801—1862），奥地利剧作家、歌剧演员。

如此，它在其永恒的联系中是我们的现实生活和昔日生活的绝对象征。这部作品还使霍夫曼斯塔尔多次获得荣誉，因为他以他包罗万象的作品向他的祖国献出了这个时代经久不衰的舞台剧本。

这是一个独一无二的生命中的多少事迹，多少作品呀，然而仍然不是全部作品，不是全部事迹！我们除了失去了诗人胡果·冯·霍夫曼斯塔尔，还失去了一个多么优秀的奇才，一个多么高瞻远瞩的思想家啊。他的散文作品可以清楚地向我们证实这一点。我们失去了一个奇才，一个永远意气风发的奇才，他永远在空中翱翔，他横越一切深渊，心目中没有不可企及的远方。一个这样的奇才，对他来说，不言而喻的故国是最高的要素，对别人则只不过是一掠而过而已。这精神作品，这杰出的精神作品，与他的诗作是分不开的，因为这些无与伦比的著作是用那种天蓝色的散文写成的。这些著作，他的这些著作，堪称唯一真正的散文！这种散文，它是那样的轻快，那样雄浑有力，把自己的话与普通的语言接通起来，像轻风吹过麦穗累累的田野。这样的散文——我用亲切友好的词来说出这一点——自歌德以来，在德国还没有一个人写出过。在德国文学界没有一处像在这些散文著作里这样以更高的尊严，从奇才的一种鹰的观察中，以这样一个震颤人心和世界良知的力度来谈论——或准确地说是来描写——艺术话题。这个杰出的奇才除了从上面以外不可能从别的地方去观察，除了在较高的秩序中以外不可能在别的地方活动。上层社会，对我们大家来说不可接近的上层社会，理应是他灵魂的真正的活动场所。因此，我们时代的艺术不仅失去了胡果·冯·霍夫曼斯塔尔这样一位语言强劲的诗人，还失去了这样一位最高的、最正直的法官。今天在德国还没有一个人获得这样高的声望。随着胡果·冯·霍夫曼斯塔尔的逝世，有序公正的最高法院便从我们这个价值紊乱的世界里消失了，同时，正义精神压倒反动精神，秩序压倒混乱无序，坚定不移的证人也倒下去了。这是他在人世间所担负之使命的最后且最大的意义：又一次把尺度指向上面。像他常说的那样，一个时代只处在滑动之中，最近又说一个时代总要返回持久和永恒。胡果·冯·霍夫曼斯塔尔曾经要求，并通过他的作品证实了：即使在今天也可能存在一种高尚的、贵族的艺术，一种为绝对真理服务的艺术。我们从他的生命中也感受到了这一点，伟大的义务便表现在这里。只要我们让胡果·冯·霍夫曼斯塔尔对永恒和完美的爱进入我们心中，并成为活的力量——当我们习惯再次仰望他在其中进行塑造同时也消失在其中的那个上层领域——我们就会真正地崇敬这位已经逝去却永恒存在的诗人，我们就能来隆重纪念胡果·冯·霍夫曼斯塔尔。

关惠文 译

弗洛伊德的新作:《文化中的不满》[①]

西格蒙德·弗洛伊德,一位七十岁的老人,这通常是创作能力逐渐衰弱的年纪,可他却通过他的观察中的一种移位和扩展而使他的朋友和敌人同样地感到惊讶,他用他精确的和专门的研究建造起了一种形而上学(或者不如说是反形而上的)宗教观的艺术穹顶(《一种幻想的未来》,1927)。现在一部新的著作《文化中的不满》(精神分析出版社出版)以最完整的方式对他的哲学的世界图像,也再次地对这种严格的和不屈不挠的精神之广袤与张力进行了证明,这是一部独特的、创造性的著作,与他过去激起轩然大波的著作一样。把问题抛给世界,也就是以苏格拉底的方法去展示难题,这是弗洛伊德的一种特殊的艺术和激情:在这个新奇的和意想不到的问题上也必然引起普遍的注意。

为什么当代人在文化中感到不满意?弗洛伊德用这个问题来加以表述。他达到了无限,他把他的感官极大限度地调动起来,由于他的技术上的发现,他已经成为——用一个独造的词来表

[①] 英译为 *Civilization and Its Discontents*(一译为《文明及其不满》)。

达——一个"神的代用物"(Prothesengott)。他的耳朵借助电话膜片能听到最遥远的大陆传来的声音,他眼睛借助望远镜能看到星辰,他的语言借助电报在一秒内能传达到万里之外,曾在留声机上稍纵即逝。我们捕捉住闪电,驯服了元素,由于我们手的按动,光亮源源不断朝我们射来,所有的元素都奴隶般地臣服于我们这些两足的哺乳动物。为什么尽管获得了群体的胜利,我们之中的每一个人仍没有这种胜利的快感?为什么有一种不满足,一种神秘的思念,宁愿返归,回到原始的、本来的状态?弗洛伊德对这些问题做了下面的回答——或者说不,他根本没有回答,因为他身上的精确研究家的成分太过于强大了,他不能在如此浓密的感情复合体上试图做出一种简单的"解决",他仅仅小心翼翼地暗示出这种不愉快的成分,他给个人衬上一种下意识,他为力量的增长和可靠性的增强付出了丧失个人自由的代价。根据从前已熟知的弗洛伊德的观点,自我的一个薄薄的表层染透了意识、文化和伦理的颜色——人原本的晦暝的、激烈的自我主体完全本能地停留在他的愿望和意愿上,他的不驯服的"力比多"对升华和精神化一无所知(梦暴露了这点),而高一级的、受到社会限制的自我早就习惯于升华和精神化了。人与人类的原始冲动在几个世纪以来的发展过程中越来越多地受到限制。从前性在两种性别之间是自由放任的,不仅有双性恋,还有多性恋,一系列的限制像乱伦的禁忌一样,都被置之不顾,可它逐渐地被国家和宗教的规则挤到与另一种性别的唯一一个对象的、单调的、婚姻的交媾上了。人身上其他的原始冲动,如侵犯欲,都被宗教的所谓的道德禁忌所克制了。这样一来,最内在的本性,Urich,感到它那过分强烈的情欲被剥夺了,所有生活的安定和秩序上最高成就的获得都是以放弃为代价的,于是就必然产生了"对冲动的控制而损失的一种幸福",本能的这种隐秘的无政府性和自我随意性(Selbstwillige)在我们这个业已井然有秩的世界上不再有排泄的管道了。因此它在所有文化上感到的永远只是越来越强烈的、隐秘的不满,弗洛伊德在这篇著作里正是要把这种不满从一种"隐秘的"变化为一种可理解的和易懂的(去说明、去强调非意识和半意识,这向来是这位杰出人物的特殊才能)。弗洛伊德精彩地提出了这个问题,这一问题的存在,可找出无数的证据,我这里仅提出一点。我们阅读的选择肯定表明自己冲动行为的一种幻想的满足替代物。我们今天的世界,在剧院和书本里除了反对常规之外不再有任何要求,这样他就可以把他的侵犯行动、得不到满足的冲动,转移到充满激情的战争读物上,把他的无政府的怨恨转移到夏洛克·福尔摩斯的故事上或罪犯研究上,这样他就可以对在书籍和戏剧里所有偏离正常婚姻的性大声地表示羡慕,所有这一切都是(在无意识的深层中的)一个征兆:我们文化上这种道德的、有秩序的、平和的、循规蹈矩的善是在反对我们本性中的某种原始本能。儿童的游戏,因为还没有道德上的限制,从他们对玩枪弄棒的喜悦上,从他们有时表现出的残忍上,更率直地显示出存在于我们身上的那个"它"[①]的"侵犯倾向",这个"它"顽固地拒绝变成道德的自我。在原始冲动与社会的、伦理的要求之间的平衡中,在对外在的法则和内在的黑色的投影之间,即良心的恐惧,根据弗洛伊德的观点,有文化的人把他的大部分力量消耗在纯粹的、无所顾忌的幸福享受上了。有时他感觉到,"文化"多少剥夺掉他最

---

① 即"本我"。

深层的"力比多",随后那种不满就袭上心头,在某些个别的地方,这种不满甚至导致神经症的表露,而它通常仅是偶尔导致悲剧性的、与世隔绝的不愉悦感。

如何帮助他呢?弗洛伊德没有回答这个问题,作为心理学家,我觉得他的根本任务是提出问题,而不是回答问题。他缜细的、毫不神秘的性格对一切没有证实的和并非绝对有效的怀有一种非常坦诚的畏怯。虽然还提及几个部分,如把死的冲动看作是爱的反冲动,但是这完全是假设,因为在他看来它们没有完全得到证实。作为研究者,这个人在他个人的领域里是权威的,甚至是顽固不化,不屈不挠,直至高雅的桀骜不驯的,可在每一个哲学的说明中,他在表达自己的见解时极克制,这一点是令人感动的。这是一种多么高尚的谦逊,特别是当他写道他对"这些事情所知甚微",或者写道他怕"这里说的是众所周知的"时,这确是少有的啊。这种表白终归是诚实的,他知道他能够带来的慰藉太少了!我们对那种职业的安慰者早就厌倦了,那些人把他人的生活总是弄得廉价和舒适,以此为己任。像这样一项大胆的诊断抵过成百种软绵绵的粉饰美化。这是一直深垂到一个时代重大课题底层的心理学测锤,一个无法解决的课题,肯定是的,那些轻而易举能得到解决的课题,又如何能被称作真正的课题呢。这关系到的不是乐观的或悲观的阐释,一个学院提出一项廉价的有奖竞答:进步是否使人变得更好?让－雅克·卢梭通过直截了当的"不"而赢得世界的欣赏,这样的时代已经过去了。恰恰是死板的,实事求是的,不被任何轻信和倾向所糖化的方式,像弗洛伊德提出他的例题的方式,才会给每一个认真思考的人以某种严峻感和坚韧性。极其珍贵的激励,充盈其间的思考物质,许多局部的令人惊异之处，这部著作（这里只是点明了它的基本问题）再次证明了弗洛伊德是一位何等严肃和渊博的思想家，我们不能不立即对这位天才的研究者表示钦佩。他的影响不断地拓展它的界限，并对所有的精神生产领域显示出创造性的推动，这对那些把他作为心理学家的成就总是推到单行的性的轨道上的人是一种怎样的嘲笑！

高中甫 译

书：通向世界的入口

世间的一切运动，从根本上说，都基于人类心灵的两大发明：空间的运动靠发明轮子，连在转得发热的轴上滚动；心灵的运动则靠发明文字。某个姓名失考的人，说不清在什么地方，也说不清在什么时候，第一个将坚硬的木材燥圆，做成轮子，教给全人类去征服阻隔国家、分开民族的远路。有了车子，货物运载四方，旅游增长见识，就都行得通了。某些水果、矿砂、石料和人工产品，受气候条件限制，产地偏于一隅，大自然这种施加限禁的意志也被抵消了。每个国家都不再单独存在，而是与全世界有了联系。有了这种构想新颖的车子，东方国家与西方国家，南与北、东与西，就增进了相互的了解。正如因技术提高而形式多样的轮子使汽车飞奔，在火车头下面滚动，在螺旋桨中间旋转，去克服空间的阻力一样，文字也不光是用来抄抄写写，也早已有了进展，由单页到成本的书，去克服不幸的经历和经验只属于个人的局限性。有了书，人就不再视野受限，孑然独处，而能分享古今所发生的一切，分享全人类的所思和所感了。今天，在我们的精神世界中，一切或者说几乎一切精神活动，都离不开书。我们称之为文化的，那种可向往的、超物质的生活形态，离开了书是不可想象的。在我们的个人生活、私生活中，书扩展心灵，建起世界的这种力量，除了往往被忽略过的瞬间外，我们一般很少意识到。因为在我们日常工作的圈子里，书总是太过于平凡，以致我们并不怀着常看常新的感激之情，去注意它生命中常看常异的新奇之处。这就像呼吸时吸进氧气，血液有了看不见的养分，就得到神奇的化学更新一样，我们根本没注意，也根本不去想，目不转睛地看书，接受精神物质，从而使精神的有机体得到更新或变得疲倦。对多少个世纪以来使用着文字的我们这些后代子孙来说，阅读差不多已经成了一种身体机能，成了一种下意识动作。书，从小学一年级开始，就摆在我们手边，早已是那种不言而喻与我们共生、伴我们共存的东西，以至于我们拿过一本书来，总那么懒洋洋地淡然漠然，就像拿过来一件上衣、一只手套、一根烟，一件随便什么成批生产的大路货一样。有价值的东西，凡是容易到手的，都引不起人对它肃然起敬；只有在真正创造性的，对我们的存在深思熟虑并从内心观察的时刻，平平常常和屡见不鲜的才重新化为神奇。只有在这样的思考时刻，我们才会敬畏地觉察到这种魔力般的和震撼灵魂的力量，这种力量从书本进入我们的生活，使我们在20世纪的今天，只要离开书的奇迹，就无法再思考我们内心的生活。

这种瞬间是很少有的，正因为少有，保持得才长久，往往会在记忆里留存许多年。那个地点、那个日子、那个时刻，我还记得一清二楚。当时我断然领悟到，我隐秘的内心世界，与书中看得见又看不见的另一个世界，是怎样对比鲜明又富有创造活力地交织在一起的。我看，我对这种心灵的顿悟并不算讲得过甚其词，因为尽管是个人的，但这种经历和认识的瞬间，远远超出了自我。

当时，我二十六岁的样子，已经写过几本书了，就是说，我已经懂得一些，将随便什么模模糊糊呈现出来的东西——梦呀，幻想呀——进行神秘的转换。这种转换必须闯过许多阶段，直到经过特殊的浓缩和提纯，终于成为装订好的长方块，成为我们所说的书，成为一种东西，标有价钱，可以卖，表面看来没有意志，像摆在橱窗玻璃后面的货物，但同时又头脑清醒，每一册都有灵魂，虽然可以被买走，但它属于自己，也属于好奇地翻翻它的人，特别是读它的人，而归根到底属于不只会读还会欣赏的人。对这种无法描状的输血过程，我总算有所经历了：把自己身上的东西，几乎是一滴一滴注入别人的血管，把命运注入命运，把感情注入感情，把灵魂注入灵魂。然而，这些印刷出来的东西，它们的全部魅力、特殊效应的广度和强度，我都还琢磨不出来，而只是模糊地在这方面左思右想，不认为都会烟消云散罢了。事情发生在那个日子，那个时刻，这正是我要讲述的。

当时我正乘船旅行，是一艘意大利船，在地中海，从热那亚到那不勒斯，从那不勒斯到突尼斯，从那里再到阿尔及尔。这得熬多少天？船上几乎是空的，于是我常常跟一个意大利青年船员聊天。他是个地道的低级服务人员，管扫舱房、擦甲板以及诸如此类的服务工作。从人类工作的等级序列来看，这类工作是微不足道的。这个能干的小伙子，棕头发，黑眼睛，笑的时候牙齿白灿灿露出唇外，看着他实在有趣。他爱笑，说意大利语伶牙俐齿，就像唱歌一样，而且绝不会忘记给这种音乐加上生动的手势。他凭着表演天赋，对每个人的姿势都进行漫画式的模仿，学船长满嘴没牙那样说话，学那个英国老人身子僵直、左肩前倾在甲板上行走，学那个人们一看腆着的大肚子就能判定的厨子，开完饭以后在旅客面前趾高气扬的派头。跟这棕发顽童，这额门凸出亮堂、臂上刺有花纹的小伙子聊天，是件开心事，因为他像小羊羔一样温良驯顺——据他告诉我，他在故乡利帕里群岛曾放过好几年羊。他立即看出来我喜欢他，跟他说话比跟船上哪个人都更乐意。他就把知道的一切都讲给我听，毫无保留。航行两天以后，我们怎么说都有点儿像朋友或是同事了。就在这时，我们之间突然耸起了一堵看不见的墙。我们这艘船在那不勒斯靠岸，装上旅客、煤、蔬菜、邮件和港口通常买得到的食品，就又重新起航。又看见傲然的婆西立普城蹲在那个小山冈上了，维苏威火山上的云轻细缭绕，像纸烟头上飘起的淡烟。这时，他蓦然急匆匆地向我蹿过来，笑容溢满唇齿，得意扬扬地给我看一封揉皱的信。这是他刚收到的，求我念给他听。

开头我还没反应过来。我以为，乔万尼这小伙子收到了一封外语信，法语的或德语的。信可能是一个什么姑娘写来的。他肯定为姑娘们所喜爱，这我理解。他可能是想叫我把这个佳音给他译成意大利语吧。然而不是这样，信是用意大利语写的。那他想干什么呢？叫我给他念个什么呢？可是不行，他一再重复，几乎是强行地，叫我给他念信，一定得念。我一下全明白了：这小子英俊机敏、风度翩翩、举止自然得体，可在他们国家的人口统计中，属于百分之七八那一类，不识字，是个文盲。我一下简直想不起来，在欧洲正在消失的这一类人中，我几时曾跟这样的一个人交谈过。在我打过交道的人中，这个乔万尼是第一个不会识文断字的欧洲人。我看着他简直惊住了，不再把他当成朋友，当成同事，而把他当成怪物。随后，我自然还是给他念了信。信是一个叫什么玛利亚或是卡罗丽娜的女裁缝写的，信中不过是各国的少男少女用各种语言写的那些话。念信的时候，他死盯着我的嘴。我发现他努力要记住每一句话。想听清楚、记清楚的紧张劲儿，使他眉上的皮肤皱起来，挤出一脸苦相。我把信念了两遍，念得很慢，很清楚。他每句话都往心里听，越听越满意，眼睛开始放光，嘴唇咧得像夏天的红玫瑰。这时，从船栏杆那边走过来一个当官的，他就赶紧溜了。

这就是一切，这就是全部缘由。这真实的经历，在我心里却刚刚开头。我躺到一把躺椅上，仰望着柔和的夜色。这个意外的发现，使我平静不下来。我头一回见到一个文盲，还是个欧洲人。我认为他机敏，还曾和他交谈，像对待同事一样。这么个不识字的脑子，怎么能反映这个世界：这件事迫使我深思，甚至使我痛苦。我试图设想，不识字该会是个什么样子，试图从这种文盲的角度去考虑事情。他拿起一张报纸，看不懂。拿起一本书，掂在手里比木头轻，比铁轻，长长方方，有棱有角，花花绿绿，是一件毫无意义的东西，于是他又撂下，不知道拿来干什么好。他停在书店门口，那些红黄绿白、漂漂亮亮、长长方方、脊背烫金的东西，对他来说，只是画上的水果，或是打不开瓶盖的香水，隔着瓶子闻不到香味。跟他提起歌德、但丁、雪莱，这些神圣的名字不会告诉他任何东西，只是些没有生气的音节，没有意义的声音，轻飘飘的。对一开卷顿时就会扑面而来的无穷欢畅，像银色的月光透出死气沉沉的层云，这个精神穷人是根本想象不出来的。他体会不到，在心灵强烈的震撼中，书中描写的人物命运，会突然与人自己的命运相契合。他用墙把自己整个围起来，过的是穴居人不见天日的生活，因为他不会看书。我问自己，从有联系的整体中分离出来，就算没有憋死，没有穷死，这种日子人怎么受得了呢？光知道眼睛偶然看到的，耳朵偶然听到的，除此之外一无所知，这怎么受得了呢？离开书里渗出的充塞于天地之间的大气，人怎么能呼吸呢？我越来越激动，试图去推想没有阅读能力、被关在精神世界之外的人，会是个什么样子。我白费精力，人为地去为他建立生活方式，因为这简直就像学者凭着木桩建筑的遗迹，试图去想象短头人或是石器时代的人怎样生活一样。我实在没法子钻进从来没看过书的人的脑子里去，实在没法子钻进从来没看过书的欧洲人的思维方式里去。我无能为力，就像聋子靠别人的描述，去想象音乐是什么样子。

正因为我不明白文盲的心态，所以我试着设想，离开书我自己的生活会是什么样子，这样来帮我考虑。于是我一开头就设想，在我的生活圈子里，把从文字传播中，特别是从书中得来的一切，暂时全部抛开，这样来思考问题。可是这根本行不通。因为借助知识、经验、感受能力——比亲身经历更进一层——借助来自书本和教育的世界的情感和自己的情感，所得来的一切，如果我试图把这一切都摆脱掉，那作为自我的这个我所感受到的，几乎就什么也不剩了。我考虑什么事情，考虑什么问题，随时随地都要靠从书里经历和记住的一切来进行。有了读来的和学来的一切，每一个词都会引起无数的联想。比如说，一想起我这回去阿尔及尔和突尼斯，不经意之间，就会生出百十种联想，捷如闪电，亮似水晶，集向"阿尔及尔"这个词。会想起迦太基①，想起对太阳神的敬奉，想起《萨朗波》②，想起李维③著作中那些事件，迦太

---

① 公元前8世纪到公元前4世纪西地中海的强国，阿尔及尔在其版图之内。
② 法国作家福楼拜取材于古迦太基的历史小说，写起义军首领马多与迦太基姑娘萨朗波的恋爱。书中的景物描写鲜明如画，享誉文坛。
③ 提图斯·李维（Titus Livius，前59—17），古罗马历史学家，所著《罗马史》记述了迦太基的有关史实。

基人、古罗马人,西庇阿与汉尼拔在扎马相遇①,同时会想起格里尔帕策未完成的剧本②中那些相同的场面。德拉克洛瓦③的一幅油画也色彩斑斓地切入,还有福楼拜的风景描写,还有塞万提斯在查理五世手下时,猛攻阿尔及尔受伤④。还有成百上千的其他琐事,只要我一说起或是一想起"阿尔及尔"和"突尼斯"这两个词,就会神奇地活跃起来。古代两千年的争斗和史实,以及无数与此有关的,都会从记忆里翻涌而出。我小时候读过和学过的一切,都会来丰富这做梦也记得的词。我知道,跳出个人的经验,把书中保存的来自各个国家、各个时代、各种人的一切,一下尽收心底,只有这样的人,才能视野开阔、广泛地去思考,才能多侧面地去观察世界。这是一种唯一正确的最佳方案,是一种赠品,或者说是一种恩惠。我也愕然地看到,被书本拒之门外的人,只能多么狭隘地去感受世界。再说,对这一切思之再三,我能有为别人意外的遭遇而感动这种性情,能如此强烈地感到,这可怜的乔万尼缺乏人世间高层次的乐趣,这不也该归功于我从事创作活动的研究吗?因为我们读书,不就是发自内心地去和陌生人一同经历,用他们的眼睛观看,用他们的脑子思考吗?由于这瞬间发生的事情生动而有意义,如今我总是会想起从读书得来的无数快慰,越想越激动,越想越心怀感激。这类事例我心里一个接一个,就

---

① 古罗马与迦太基为争夺西地中海统治权,曾进行三次战争,史称布匿战争。第二次布匿战争(前218—前201)初,迦太基统帅汉尼拔(前247—前183或前182)连败罗马军。后罗马统帅大西庇阿(前236—前183)反败为胜,于公元前204年攻入迦太基,在前202年扎马战役中击败汉尼拔。
② 格里尔帕策这个未完成的剧本叫《厄斯特》。
③ 欧仁·德拉克洛瓦(Eugène Delacroix,1798—1863),法国浪漫主义画家。他有一幅《阿尔及尔妇女》的画,表现了北非的风土民情。
④ 塞万提斯1570年入伍,第二年在作战中负重伤。1575年回国时遭遇海盗,被掳至阿尔及尔,当了五年俘虏,1580年才回国。作者记忆有误。

像天上的星星挨着星星。使我的生活从狭隘无知中扩展的，为我将有价值的东西按等级分类的，给小时候的我刺激和经验的，不是我当时尚未成熟的细瘦身量所能承受的：这一个个的事例，我都还记得。因此我现在懂得了，读普鲁塔克，读海军候补军官的海上历险，读皮裹腿打猎①，在我的市民家庭里爆出一个更加狂放刺激的天地，同时使我从这家庭环境中超越出来，尽管使我这个孩子的心绷得那么紧，但我也头一回借助书中得到的无限广阔，去想象我们这个世界，从而得到了令我陶醉的乐趣。我们企盼超越的激动，生命中这最美的部分，以及一切神圣的渴望，大半都要归功于书中的要义。是这种要义促使我们，反复把新的见闻吸入心中。还记得我做出的那些重大决定，那都是从书里学来的；还记得跟早已作古的那些诗人会面，这比跟朋友、跟女人会面还有意义；还记得与书相恋的那些夜晚，这比得上其他夜晚误了睡眠的尽情享乐。越是深思，我越是认识到，我们的精神世界是由千百万单个的印象构成的，其中只有极小一部分来自亲眼所见、亲身所历，而其他一切，本质的、交织一起的主体则应归功于书本、阅读、传播和学习。对这一切进行深思，是妙不可言的。读书得来的快慰，那早已淡忘的，会蓦地又泛起心头，泛起一个会使我又想起另一个，如同我想在头上丝绒一样的夜空中去数星星，总有漏掉的和新出现的冒出来，弄得我数不下去一样，透视内心世界的时候，我也看出来，我们还有另一个星空，明光透亮，由多得数不清的点点火花构成的、由我们能够享受到的智慧成果构成

---

① 美国作家詹姆斯·菲尼莫尔·库珀（James Fenimore Cooper, 1789—1851）的《开拓者》写海军候补军官的海上经历。他还有边疆五部曲《皮裹腿故事集》。

的另一个天地。它闪闪发亮，围着我们旋转，还溢出神奇的乐声。我与书还从来没有像这一瞬间这么贴近，由于没什么可做的，就光想着这件事，还是敞开心灵，集中全部感激来想的。乔万尼这个文盲，这可怜的精神阉人，长得跟我们一样，由于有这样的缺陷，就不能心向往之、精力充沛地闯入这个更高的境界。在与他短暂的交往中，我感受到了，书——把怀中天地永远向文化人敞开的书，所具有的全部魅力。

那些写下的、印下的、在文化人口头流传的，谁如果用无限广阔的整个胸怀，去对其中的价值进行再认识，从一本书里也好，从这一切所包含的全部生活也好，他都会对今天困住许多人甚至聪明人的悲观情绪，充满同情地感到好笑。这些人抱怨说，读书的时代结束了，如今轮到技术来发言了。留声机、收音机、电影摄影机等等在传播言论，传播思想上，都是更精巧、更方便的导体，已经在开始排挤书了，书传播文化的历史使命眼看就要过去了。可这看得多么近，想得多么窄啊！技术是创造了惊人的奇迹，可也无法跟书千百年来所创造的相比，更不要说是超过了！人们还从来没有发明一种化学爆炸物，像书那样影响深远，轰动世界；也没有锻出一种钢板、铁水泥，耐用的程度比得上这一小摞印了字的纸；也还没有什么电光源能为人祛疑解惑，像有些薄薄一本的书那样；也根本没有什么人工电流比得上书那样，一接触就使人心里充满印好的名言。书，被最大的压缩力压缩，形式最紧凑，最多样，不会随着时间衰老，随着时间变化，被时间毁掉。书根本不用害怕技术，因为技术本身除了靠书，还能从哪里学到东西，来改进自己呢？不光对我们自己的生活，无论在哪里，书都是一切知识的关键，一切科学的开端。跟书越接近，人对整个生活的见识就会越深,因为爱书的人不光用自己的眼睛,还用无数人心灵的眼睛去观照。靠书这个出色的助手去闯世界,就会事半而功倍。

樊修章 译

里尔克[①]

女士们,先生们!

在今天和在随后的几周里,你们将听到许许多多有关这位受到喜爱的诗人赖内·马利亚·里尔克的作品的最重要方面的报告,这使我本人感到做一个引导是多余的和冒昧的了。但也许我确有某种权利在这里讲话,一种非常宝贵同时是非常痛苦的特权,因为我在你们的国家里是认识里尔克本人的为数寥寥的人中的一个,也许是唯一的一个。一种诗人的现象从来就不可能完全被人认识,除非人们同时使这位诗人的肖像复活。正如人们乐于在一本书里的正文前面放上作者的一幅肖像一样,我也试着为你们描绘出这位过早辞世的诗人的一幅速写像。

在我们的时代,纯粹的诗人是罕见的,但也许更为罕见的是纯粹的诗人存在,一种完整的生活方式。谁有幸在一个人身上见到一种实现了创作和生活的典范似的和谐,谁就有义务为这种道德奇迹给他的时代和给此后的佐证做出贡献。多年来我有机会经

[①] 本文是1936年里尔克逝世十周年时,茨威格在伦敦所作的报告。

常见到赖内·马利亚·里尔克。我们在不同的城市里进行过很好的谈话，我保留他的书信和他最著名的作品《爱与死的方式》手稿，这是一件珍贵的礼物。可即使如此我也不敢在你们面前说是他的朋友，因为在我这里尊敬的距离是越来越大，并且在德语里"Freund"（朋友）这个词比英语"friend"（朋友）表达的是一种更为强烈、更为密切的关系。这个词很少使用，因为它限定了一种最内在的联系，一种里尔克极少对某一个人保持的联系。你们能在他的书信里看到，在二十年中间或许他只有两次或三次使用这个词来作称谓。这是他本性的异乎寻常的特征。里尔克对表述和袒露感情有着巨大的羞怯感。他喜欢把他本人和他的为人尽可能隐藏起来，如果我把我在一生中遇到的许多人在眼前过一遍，那我所记起的没有一个人能像里尔克那样做到自甘落寞，不求闻达。另一些诗人，他们为了抵御外界的挤逼，自己制造出一副面具，一副高傲的、冷峻的面具。有的诗人为了他们的创作而完全遁逃入他们的作品，离群索居，自我封闭，里尔克却不是这样。他看过许多人，他到许多城市旅游，但他的保护方法就是他的完全自甘落寞，不惹人注意，是那类无法描述的默默不语和轻手轻脚，这为他制造了一种令人无法与之接触的氛围。在火车车厢中，在饭店里，在音乐会上，他从不惹人注目。他穿着最简朴的却是非常整洁和得体的衣服，他避免任何让人看出是诗人标志的举止，他禁止在杂志上发表他的照片。他的不可动摇的意志是能有自己私人的生活，并成为众人中的一员，因为他不要被人观察，而是要观察别人。你们试想一下，在慕尼黑或维也纳的某个社交场合，一二十个人在一起谈话。一个温和的，外表看来非常年轻的人走了进来，在场的人根本没有注意到这个进来的人，这种情况就是典型的。他一声不响,轻手轻脚地突然出现了,他也许同一两个人握握手,随后他就微微地垂下头,以免左顾右盼,这是双神奇的和有灵魂的眼睛,只有它才会把他暴露出来。他安静地坐在那里听着,把手交叉地放在膝盖上。我从没有看到听众有一种极佳的和极投入的方式——像里尔克那样。他完全屏气静声地倾听,他讲话,极其轻微,人们几乎觉察不到,他的声音是那么优美和低沉。他从不慷慨激昂,他从不试图去说服或劝告别人,当他发现,人们听他听得太多了,他已成了注意力的中心,他便很快抽身退了出来。那些使人毕生怀念的真正的交谈可能发生在这样的场合:人们单独同他在一起,最好是在晚上,昏暗把他稍许遮掩起来,或者在一座陌生城市的街道上。里尔克的这种克制绝不是傲慢,绝不是畏怯。把他想象成一个神经质的,一个性格扭曲的人,再没有比这更错误的了。他完全能豪放不羁,以最最自然的方式同那些坦诚的人交谈,甚至兴高采烈。只是他无法忍受喧闹和粗俗。一个吵吵嚷嚷的人对他来说是一种人身的折磨,崇拜者的每一种纠缠或逢迎都使他明快的面庞露出一种畏惧的、惊恐的表情。看到他的安详有一种什么样的力量,使纠缠者变得克制,使喧闹者变得安静,使张扬自我者变得谦逊,这真是奇妙极了。凡是他所在的场合都会产生一种类似纯洁的气氛。我相信,在他在场的情况下,绝不会有人敢于口吐脏字和粗话,没有人有勇气去谈论文学上的流言蜚语和说些刻毒的言辞。他像动荡的水中的一滴油一样,围着自己创造出一个安静的圈圈,在任何一种环境中他都需要某种纯净,使环绕自己四周的一切变得和谐,使野蛮受到遏制,使丑恶消解在一种和谐之中。他身上的这种力量是令人惊奇的。他善于给他周围的人(只要人们能跟他在一起),甚至给每一个空间、每所他居住的住宅立即印上这种标记。他经常住在很糟的住宅之内,因为他穷,几乎总是在租来的房屋里住,一间或者两间,在他所居住的房间里都是些无关紧要的和平庸的家具。但正像弗拉·安吉利科①善于把他的斗室从简陋乏味变得秀美一样,里尔克懂得把他的四周立即变成他的私人空间。这只是些细屑的小摆设,因为他要的就是这样,他不喜欢奢华,木架上一只花瓶里插上一枝花,墙上挂着一两幅复制画,这都是用几个先令买到的。他知道如何安放这些东西,整洁而井然有序,使之完全与这样一个空间相配。他通过内在的和谐而使陌生变得协调。他拥有的一切并不是美的,不是贵重的,但是在形体上都必须是完整的,因为他作为一位形式艺术家在外在生活中无法忍受无形式的、混乱的、偶然性的、无秩序的东西。当他用他那秀丽、圆熟、工整的字体写信时,他不允许有任何改动,任何墨污。若是他的笔滑落,把信纸弄脏了,他会毫不可惜地把它撕毁,再次从头写到尾。若是有人借给他一本书,他归还的时候会非常细心地用棉纸把它包好,并用一条细细的彩带把它捆好,放上一束花或写上一句特殊的话。当他旅行时,他的衣箱是井然有序的艺术典范,他善于把每一个小物件放在一个隐蔽的、不显眼的地方,标上他自己的记号。给自己周围创造出一种协调的气氛,这是他的需要,就像自己四周有一层空气一样,没有人敢于触摸这样的人的衣袖。这只是一层非常薄细的空气,人们在这后面能感觉到他的本性的温暖,但它保护着他的纯洁和他个人的东西不受侵犯,就像果壳保护果实一样。它保护了对他来说最最重要的东西:生

---

① 弗拉·安吉利科(Fra Angelico,约1395—1455),意大利文艺复兴前的著名画家,绘有大量的湿壁画,代表作有《基督受难》《基督升天》等。

活的自由。我们的时代中没有任何有钱的和成功的诗人和艺术家像里尔克那样自由，他在任何地方都不受束缚。他没有习性，没有地址，他也根本没有祖国。他喜欢生活在意大利，就像喜欢生活在法国和奥地利一样。人们从不知道他在什么地方，如果人们遇见他，那几乎是纯属偶然。他会匆匆而来，出现在一个巴黎旧书商的面前或者维也纳的一个社交场合，向一个人露出友好的微笑，递出他柔和的手来，他也会同样匆匆而去。谁尊敬他，谁热爱他，那就不要问能在什么地方找到他，不要去探望他，而是要等待他的到来。对于我们年轻人来说，每一次看到他，同他交谈，都是一种幸福和一次道德教诲。你们可以想到，看到一位伟大的诗人，这对我们年轻人意味着怎样一种教育力量。他不会使人感到失望，他不忙忙碌碌，他不疲于奔命，他唯一关心的是他的作品，而不关心他自己的影响，他从不读评论文章，从不使人感到好奇，从不接受采访，他固执，直到最后会被一种对所有新东西怀有的奇妙的好奇心所左右。我听过他一整个晚上对一些朋友读一个年轻诗人的诗而不是读自己的诗，我看到他用他的秀丽的书法手抄一整页别人的作品，为的是把它们赠给别人。看到他对保罗·瓦莱里①这样的诗人是何等谦恭，看到里尔克为他进行翻译，看到他一个五十岁的人谈起一个三十五岁的人就像谈起一位不可企及的大师一样，是令人感动的。羡慕，这是一种幸福，这在他生活的晚年是必要的。我不需要为你们描述，这个人在战争期间和在战后的时代，那时世界充满血腥杀戮，变得丑恶凶残、粗俗野蛮，那时他要在自己四周创造出安静已不再可能，他遭受的是怎样的

----

① 保罗·瓦莱里（Paul Valéry，1871—1945），法国作家、诗人。

一种痛苦。我永远不会忘记,当我看到他身穿军服时,他是多么心慌意乱,惶惑无措。在他能够重新写出诗句之前,他不得不逐年地去克服他内心的瘫痪。这就是那部《杜伊诺哀歌》的完成经过。

女士们,先生们,我试图用一句话向你们说明里尔克纯洁的生活艺术,这位诗人在公众中从不抛头露面,在人群中从不提高嗓门,人们几乎听不到他的呼吸声。但是,当他离我们而去时,没有人不会感觉到我们时代失去了这样一位悄然无声的人。先是德国,随后是世界感觉到了存在于他本性中的那种一去不复返的东西。

有些时候,一个民族会出现这样的情况,当一位诗人逝世时,似乎创作本身也死去了。也许英国也有类似经历,那时,在十年之内,济慈、雪莱和拜伦都相继辞世而去。[①] 在这样悲惨的时刻,这最后一个人就像是成了他的时代的诗人的象征,人们会担心,这是我们所见到的最后一个。当我们今天在德国说起诗人时,我们还一直想到他,在我们还用目光在遇到他的地方寻找他那可亲的身影时,他正离我们这个时代而去,进入永恒,变成用大理石般的不朽之木雕成的塑像。

高中甫 译

---

① 拜伦死于1824年,雪莱死于1822年,济慈死于1821年。

作为宗教思想家和社会思想家的托尔斯泰

在1883年6月27日,当时还健在的屠格涅夫(除了托尔斯泰,他是最著名的俄国作家)把一封信寄往雅斯纳雅·波良纳①,给他的朋友托尔斯泰。几年以来他惊愕地注意到托尔斯泰(他把托尔斯泰尊为俄罗斯民族最伟大的艺术家)正离开文学,去接近"神秘的伦理学",并有沉溺于其中的危险。从来没有一个人像托尔斯泰那样描绘过自然和人,而今他的书桌上除了《圣经》和神学论文之外,别无他物。屠格涅夫担心他完全像果戈理那样,把自己重要的创作年华浪费在宗教的沉思上。于是身罹不治之症的屠格涅夫拿起了羽毛笔或者应当是铅笔②(因为他那无力的手再也握不住羽毛笔了)向他的祖国最伟大的天才提出恳切的请求。他在信中写道,这是一个行将就木的人的最后一次衷心的请求:"您回到文学活动上来吧!要知道您的才赋秉承自万物所来自的地方……俄罗斯国土上的伟大作家——听从我的请求吧!"③

---

① 托尔斯泰的出生地,也是他的最终归宿。
② 屠格涅夫确是用铅笔写的。
③ 这封信的片段据俄文译出。

屠格涅夫这封信只写了一半①,因为这位垂死的人已经没有气力了。托尔斯泰没有立即答复这封感人肺腑的来信,当他终于想回答时,业已迟了。屠格涅夫没有获知他的请求是否被接受就与世长辞了。托尔斯泰难以答复他的朋友,也许是因为驱使他陷进冥思苦索和寻求上帝这条道路的不是虚荣心,也不是出于对玄思的爱好,他走上这条道路并非出于自愿,或者毋宁说是违背了他的意愿的。没有任何一个人像托尔斯泰那样目睹并感受了尘世的情欲。他是一个世俗的人,在此之前他一生都没表现出对玄学的爱好。他从来没有由于不可抗拒的思想冲动或思想乐趣而成为一位思想家。在他的史诗的艺术里首先关心的是物的欲念而不是物的意义。他转向玄思不是基于他的自愿,而是因为突然感觉到来自黑暗中某处的一种打击,它使这个坚定的、壮健的人——迄今为止他的步伐一直是自信的、坚定的——一下子踉跄失步,用畏缩的、痉挛的双手去寻求一种支持,一个支柱。

托尔斯泰在他将近五十岁的时候所遭遇到的这种内心的震动既不可名状,也根本没有明显可见的原因。凡是人们称为幸福生活所应具有的条件,他在这个时期都得到了充分的满足。托尔斯泰是健康的,在体质上甚至格外强壮,他智力旺盛,文思充沛。作为大庄园主,他没有物质上的忧虑;作为极其高贵的贵族后裔,他受到尊敬;作为一位誉满全球的伟大的作家,他格外受到尊敬。他有妻子和儿女,家庭生活美满和谐,生活中找不到任何不满的外部原因。

突然从暗中来了这样一击,托尔斯泰觉察到他遇到某种可

---

① 这封信是写完了的,末尾说:"我不能再写下去了,我累了。"不过没有签名。

怕的东西。"生活停止了，变得令人厌恶而可怕。"他迷惑不解地自问，他这是怎么啦？为什么这种忧郁、这种恐惧如此猝然地袭击他？为什么不再有什么使他感到喜悦，使他感动的了？他只是感到，工作使他厌嫌，妻子使他感到陌生，儿女使他感到冷漠。对生的厌倦（taedium vitae）的情绪，攫住了他，他把猎枪锁在柜子里，以免在绝望时用它来打死自己。他在《安娜·卡列尼娜》的列文（他本人的一个形象）身上描述了这种状态："他现在才第一次清楚地认识到，在未来，等待着包括他在内的每个人的不是别的，而是痛苦、死亡和永远的灾难，因此他决定，他不能再这样生活下去，除非找到生命的意义，否则他必须杀死自己。"

要给这种使托尔斯泰成为一个冥思苦索者、成为思想家、成为人生导师的内心的震动以一个名称，是毫无意义的。它也许是一种更年期的状态，一种对衰老的恐惧，对死亡的恐惧，一种处于暂时的麻痹状态的神经衰弱似的消沉。但这是有头脑的人，主要是艺术家所具有的一种本性，他观察他内心的危机并设法去克服它。起初托尔斯泰只是把它作为一种无名的烦躁来理解。他要知道他这是怎么了，为什么他那一向如此富有意义、如此充实、如此旺盛、如此多彩的生活突然变得空虚和毫无意义。正如在他杰出的小说中所塑造的伊万·伊里奇一样，他初次感到死亡的利爪攫住了他的肉体，惊愕地自问："或许我从来就没有像我应该生活的那样生活过。"现在托尔斯泰开始每天诘问他的生活，诘问生活的意义。他成了真理的探索者和哲学家，可不是出于固有的思索乐趣，不是出于精神上的好奇，而是出于保全自己，出于绝望。有如帕斯卡尔的哲学，他的思想濒于深渊或来自深渊，来自

"gouffre"①，出于对死亡、对虚无的恐惧而探究人生。在那些日子里，托尔斯泰留下了一张奇怪的纸头，在这张纸头上他写下了他必须予以回答的六个"不明白的问题"：

1. 我为什么要活着？
2. 我和其他人的存在的原因是什么？
3. 我和其他人的生存的目的是什么？
4. 我感觉到的那种善恶之分有什么意义，它为什么存在？
5. 我该怎样生活？
6. 死是什么——我怎样才能拯救自己？

回答这些问题，即他和其他人怎样"正确"地生活成了托尔斯泰此后三十年——比他的创作时间还长——的生活意义和任务。

寻求"生活的意义"的第一个阶段是完全符合逻辑的。尽管托尔斯泰受到虚无主义的部分影响，这主要表现在《战争与和平》中的历史哲学上，但他从来不是一个怀疑论者。无论是从外观上还是从内心来看，他都是无忧无虑地、享乐而勤奋地度过了一些岁月，但现在突然做了一名哲学的信徒，开始去求教权威，去听取他们的意见：人为什么和怎样活着。他先是读种种不同的哲学书籍，叔本华和柏拉图，康德和帕斯卡尔，想从他们那里弄清楚"生活的意义"。但无论是哲学还是科学都没有给他答案。托尔斯泰烦恼地看到，在这些智者贤人的著作里，他们的见解只有在"与人生没有直接关联的问题上才是详细的、清楚的"。一旦人们要从

---

① 法文：深渊。

他们那里得到确切的忠告和帮助,他们就拒绝做任何回答。在他们中间没有任何一个人能够向他阐明对他来说唯一重要的问题:"我的生活有什么时间上、空间上和因果上的意义?"于是,他就离开哲学而转向宗教,到那里寻求慰藉,这是第二阶段。"知识"拒绝了他,他就去寻求一种"信仰",他祷告说:"主啊,给我一种信仰吧,让我帮助他人找到它。"

在那段内心混乱的时间里,托尔斯泰不是致力于一种超出个人的学说,他不是一个首创者,不是一个精神上的革命者,他只是要为自己、为变得茫然的列夫·托尔斯泰这个人寻找一条路,寻求一个目的,为了重新获得心灵上的安宁。用他自己的话来说,他要在内心的虚无主义中"拯救"自己,为一个毫无意义的生存寻求一种意义。他当时绝没有想到去宣扬一种新的信仰,也从没有想到脱离流传下来的宗教,脱离正统的基督教。恰恰相反,他十六岁中断了祈祷、做礼拜和领圣餐之后,现在又重新接近教会了。他努力做一个虔诚的人,他遵守所有的戒律和信条,他禁食,去修道院朝圣,匍匐在圣像面前,同主教和神父以及分裂教派的人辩论,而最重要的是,他研究《福音书》。

于是在不安静的寻求真理的人身上发生了总要发生的事情。他发现《福音书》和它的戒律、信条都不再受到重视了,而俄国东正教教会所宣讲的基督学说根本就不是原始的、"真正的"基督学说。于是他发现了他的第一项任务:阐明《福音书》的真正意义,向他人传布这种"是一种新的人生观,而不是一种神秘学说"的基督教。他从一个探索者变成一个信徒,从一个信徒变为一个先知,而从一个先知到宗教狂之间的距离是微乎其微的。由个人的绝望开始形成一种权威的学说,一种针对所有精神思想和道德思想的宗教改革，同时还是一种新的社会学。"我为什么活着，我该怎样活？"这样一个原始的、令人畏惧的问题逐渐变成了对整个人类的一个要求："你们应该这样活着！"

出于千年的经验，教会特别敏锐地嗅到了对《福音书》的任何一种专断的解释所带来的危险。它知道，每个按照《圣经》的条文来安排自己生活的人，必然会与官方教会的规定和国家的法规发生冲突。托尔斯泰第一部阐明自己原则的书《忏悔录》就立即被官方的审查机构所禁止，他的第二部书《我的信仰》也被宗教会议查禁了。教会当局虽然敬重这位伟大作家，起初还怯于采取极端的措施，但最终不得不把托尔斯泰开除教籍。因为内心深深激动的托尔斯泰开始去挖掘宗教、国家和现存秩序赖以存在的基石了。如同瓦尔多派①、亚尔比根派②、再洗礼派③、宣扬革命的农民布道者，以及所有使基督教回归原始的基督教并完全按照《圣经》的字句生活的人们一样，托尔斯泰从现在起变成最狂热的无政府主义者。他以他全副精力、决心、毅力和不屈不挠的勇气走下去。一方面他走得比最激烈的宗教改革家路德和加尔文更远，另一方面，在社会学的意义上他远远超出了最大胆的无政府主义者，超出了施蒂纳④和他的那一派人。不久，现代文明、当代社会发现，不管它们的理由正当与否，在19世纪

---

① 瓦尔多派，也译作瓦勒度派、韦尔多派，是约从中世纪兴起的基督教教派，以上帝的圣言为信仰和生活的唯一准则，一度被罗马天主教会视为异端，并因此受到迫害。
② 亚尔比根派，又叫迦他利派，与罗马天主教敌对，认为真正的教会是永恒的，无须以高压手段来维持其存在。他们实行严谨的苦修主义，渴望以苦修来脱离灵魂之不洁。
③ 再洗礼派是从瑞士苏黎世的宗教改革运动中分离而出的教派，反对政教合一，主张信徒重新接受洗礼，是"宗教改革运动的左翼"。
④ 马克斯·施蒂纳（Max Stirner, 1806—1856），德国哲学家，其思想影响了后来的虚无主义、存在主义、后现代主义和无政府主义，特别是个人无政府主义。

里再没有比当代这位最伟大的诗人更可怕、更危险的对手了,也没有任何一个人比当代这位伟大的艺术创造者在社会批判上有更强烈的破坏作用了。

教会和国家看到了这样一个坚韧不拔的"单干户"的危险,它们知道,就是最纯粹的意识形态上的探索也会慢慢地侵入实践领域;而引起尘世混乱的,恰恰是世界改革者中间最诚实、最有才能的人。你们知道,早期基督教的目的是建立一个天国,而不是建立一个尘世的国家,它的戒条的一部分从国家的观点来看是颠覆性的,是否定国家的,因为信徒们的义务是把基督置于皇帝之上,把天国置于帝国之上,这样就必然同"臣民"的义务,同国家的法律和机构发生冲突。托尔斯泰逐渐地意识到他的追求、他的探索会把他引到一座满是问题的丛林之中。起初他只不过是想整顿他本人的私生活,使他的灵魂得到安宁,使他个人的举止尽可能地符合《福音书》上的戒条,除此以外并没有别的想法:除了与上帝、与自己一道平静地生活之外,他也没有别的意图。但是在不知不觉之中,"我的生活中有哪些是错的?"这样一个原有的问题就扩展成为一个普遍性的问题:"我们的生活中有哪些是错的?"他通过这个问题对时代,对当前的形势进行了批判。他开始观察四周并且发现——这在当时的俄国是特别不难发现的——社会关系的不平等,贫富之间的对比,奢侈和困苦的对比,除了他个人的错误之外,他也看到了自己与同阶级之人的那种普遍的不义,因此他认为用自己的全副力量去纠正这种不义是他的第一个义务。但是他在这件事上开始是很迟缓的。虽然这条路将一直把这个十分顽强、特别敏锐的人引向前去,可是当他在成长为一个初步的革命者之前,他先成了一个慈善家和自由主义者。

1881年他偶然到莫斯科居住，这使他初次接触了社会问题，他在《那么我们该怎么办？》这本书里以令人震惊的方式描绘了他同这座大城市里贫困大众的初次接触的情形。毫无疑问，他在旅行和漫游期间曾以清澈的目光千百次看到了贫困，但那只是城镇和乡村中的个别人的贫困，而不是工业都市中的集中的、无产阶级的贫困，时代所产生的贫困，这种贫困像是一种机器文明的机械产物。根据他对《圣经》的态度，起初他试图通过贻赠和捐款，通过组织慈善事业来消除困苦，但不久他就认识到任何一种个人的作为都是无效的，"单靠金钱无法帮助这些人改变其悲惨的生活"。只有对整个现存的社会制度进行全面改革才能实现一种真正的改变，于是他在时代的大墙上写下了火一样的警告言辞："在我们之间，在富人和穷人之间，矗立着一堵虚伪的教育墙，在帮助穷人之前，我们得先将这堵墙推倒。我不由自主地得出这样的结论：我们的财富是穷人贫苦的真正原因。"现存社会秩序中一定有什么地方是荒谬的，这一点在他灵魂最深处是再清楚不过的了。于是从这时起，他就有一个唯一的目标：对人进行劝导、警告、教育，使他们自愿地努力纠正由于把人分成相互隔绝的阶级而造成的巨大不义。

出于个人意愿和纯粹的道德洞见——这是托尔斯泰主义的起点，托尔斯泰的目的不是一次暴力的革命，而是一次道德上的革命，这种革命能尽快地完成社会的"均等化"，借此使人类得以避免流血的叛乱。这将是一场良心上的革命，一场通过富人自愿放弃其财富、不劳动者放弃其安逸来完成的革命，并按照自然的、神的意旨，尽快地重新创造一种劳动分工，使任何人都不能侵占别人的劳动所得，所有人都只有同等的需求。从现在起，奢侈对于托尔斯泰来说就是生长在财富的泥淖中一朵有毒的花,而为了人类的平等必须把它连根拔掉。基于这种认识,托尔斯泰对私有制进行了远比马克思和普鲁东[①]猛烈上百倍的攻击。"在今天,财产乃万恶之源。它使财产的拥有者痛苦,也使一无所有者痛苦。生活在穷困中的人同骄奢淫逸的人,他们之间发生冲突的危险是不可避免的。"万恶都源于财产,只要国家还承认财产占有的原则,那在托尔斯泰看来,它的所作所为就既是非基督的,也是非社会的,因为托尔斯泰认为财富的占有对别人是一种罪过。"国家和政府在搞阴谋,它们时而为了莱茵河两岸、非洲土地,时而为了中国和巴尔干地区去进行战争;银行家、商人、工厂主和地主,他们的所作所为,他们的谋划算计,他们折磨自己和折磨别人,这一切都只是为了财产。官吏们钩心斗角、尔虞我诈、压迫别人和自己受苦都只是为了有利地占有财产。我们的法庭、我们的警察在保护私有财产;我们的流放地和监狱,所有我们称之为镇压犯罪的恐怖行为,其存在只不过是为了保护私有财产而已。"

这样,在托尔斯泰的心目中,国家是一个罪犯,它保护了现存社会的所有邪恶,是唯一的一个强有力的收存赃物的窝主。在托尔斯泰看来,国家仅仅是为了保护财产而建立起来的,为了这一目的,它建成了一个机构庞杂的暴力体系,有法律,有国家检察官,有监狱、法官,有警察、军队。而义务兵役制,托尔斯泰把它看作我们世纪所能找到的、国家所犯下的、最可怕、最亵渎神明的罪行。强求"基督的人"服从国家的命令,为了一个偶然想到的口号去手执武器,杀害一个全然陌生的人,这对托尔斯泰

[①] 皮埃尔-约瑟夫·普鲁东(Pierre-Joseph Proudhon, 1809—1865),法国互惠共生论经济学家。

意味着对基督的教义和《福音书》的戒条的背叛。至于这些口号，正如托尔斯泰所痛加斥责的，在它们里面别无其他，只不过隐藏着一种意志：保护不属于自己的财产和用暴力把财产的观念提升到一种高一级的、符合道义的法律地位。托尔斯泰写下了成千张稿纸的文字来阐明这样一种矛盾：在现阶段，一个有文化的人（托尔斯泰把这种文化看成是精神堕落的一面遮羞布），竟能被迫按照国家的命令去相互厮杀，这违反上帝的规诫，也违反内心的道德律条，"一个人违背自己意愿，被置于一种其意识受到压抑的境地"。

托尔斯泰得出了这样的结论：每一个有廉耻心的人，如果国家要求他做"不符合基督教义的事"，即履行军队义务时，那反抗国家就是他应尽的本分，可这种反抗不是通过暴力，而是通过不抵抗，除此，他应当自愿放弃那些基于利用和剥削他人劳动的事业。诚实的人应当是不爱这种国家的，他的所思所想、所作所为则应当是符合人道的；托尔斯泰反复不断地证明的，一个人依据自己内心的信念去拒绝那些在法律上被认可或竟是被规定的种种事情，以及成为一个违抗所有他认为不道德的法令条文的人，是个人最神圣的权利。为此，他劝告"基督的人"尽可能自己退出所有的机构和官府，不为司法当局服务，不接受任何公职，以保持自己灵魂的纯洁。托尔斯泰一再鼓励每个人，不要为错误的、违反道义的暴力原则所吓倒，尽管这种暴力称自己为国家暴力，因为国家在当前的形势下，已成为一种潜在不义的保护者、律师和执达吏；甚至个别人所犯下的无政府主义罪行，在托尔斯泰看来也不比国家这个死敌所拥有的那些道貌岸然、冠冕堂皇的机构所犯下的罪行在道德上更为堕落。"窃贼、强盗、杀人犯、骗子都是人们不该做的，这类人引起人们对邪恶的憎恶。但是那些犯有盗窃、抢劫、凶杀等罪行的人，他们用宗教的、科学的和自由主义的理由对此加以美化——他们以庄园主、商人和工厂主的身份来从事这一类事情，并号召他人效仿他们的所作所为。他们不仅使直接受他们伤害的人受苦，而且他们使人们心目中丧失了善恶之分，使千百万人道德堕落……那不受激情驱使的人所执行的唯一一次死刑宣判——这项判决得到受教育的有钱人的赞同，并且基督教教士也参与其中——使人腐败和兽化的程度远比没受教育的劳动者在感情冲动下所犯下的千百次谋杀要严重得多……每次战争——哪怕是最短暂的战争——以及随之而发生的损失、盗窃、被纵容的暴行、抢劫、凶杀，连同说明这些行为的必要性和正义性的那些卑劣的辩解，对穷兵黩武的赞美和颂扬，为军旗、为祖国的祷告以及对受伤者的伪善的关怀，这一切在一年内使人在道德上的沦落，远远超过个别人在数百年内因受激情的驱使而犯下的千百万桩抢劫、纵火、凶杀等罪行。"这个国家，即现在的社会制度，是主犯，是真正的反基督者，是恶的化身。于是托尔斯泰朝着它喊出了极端愤慨的一句话："Écrasez l'infâme!"①

当作为人类共同生活承担者的国家成为一种"邪恶"，成为尘世间反基督的一种最明显的形式时，在托尔斯泰看来，逃避国家的种种要求——魔鬼的诱惑，是"基督的人"不言而喻的义务。对自由的基督教徒来说，俄国和法国或者英国毫无二致，一个基督教徒不应当从民族的角度，而只应当从全人类的角度去思考。这样，托尔斯泰就像退出正统的教会一样，也从精神上摆脱了国

---

① 法文：消灭臭名昭著的东西！

家的束缚，他声称："我既不承认国家和民族，也不参加它们之间的争斗；我既不用文字为它服务，也不直接为一个国家效力。我不参与任何基于国家之间的对立的事务，诸如海关、征收税款、弹药和武器的制造或任何一种备战活动。""基督的人"不应当从国家的设施中得到益处，他不可以在国家的庇护下发财致富或由于国家的赞助而飞黄腾达。他不应当向法庭申诉，不应当使用工业产品，不应当在自己的生活中享用他人劳动所创造出的一切。他不应当拥有私人财产，应避免捞取金钱，他不应当乘坐火车、骑自行车，且永远不应当参加选举或担任官职。他不可以宣誓效忠，不管是对沙皇还是任何其他部门，因为除了上帝和上帝在《福音书》中所说的话之外，他没有义务对任何别人表示服从，除了他本人的良心之外，他不应当承认任何其他审判者。从托尔斯泰的观点来看，"基督的人"——人们可以视其为"纯无政府主义者"——是必定否定国家的，他必然是自己合乎道德地生活在这个不道德的机构之外的，这种纯属消极的、否定的、冷漠的、自愿受苦的态度使他与一个仇视而不是无视国家制度的政治革命者截然不同。

人们不应忽略托尔斯泰和列宁之间的原则性的对立。正像托尔斯泰主义如此严厉和坚决地反对现存社会制度一样，它也同样反对任何一种用来反抗社会制度的暴力，因为革命必然是用暴力来反对邪恶。依据托尔斯泰"勿以暴力抗恶"学说的最高和最内在的原则，它用消极的、个人的反抗来同积极的、革命的反抗相对峙，并把前者作为唯一被允许的战斗形式。"基督的人"必须受苦，忍受国家施加于他的种种不义之举，但从不因此而承认它。为了同暴力对抗，他绝不应当诉诸暴力，因为这样一来他就会通过自己的暴力行为使邪恶的原则和暴力得到允许，得到承认。托尔斯泰式的革命者从来不应当去打别人，他宁愿自己被打，他不追求任何形式上的达官显宦，也不使自己内心的非暴力的立场受到暴力的损害。他拥有的"权力"不是去征服"国家"，而是把这些视为草芥，弃如敝屣。这些东西与他格格不入，没有人能逼使他违反自己的良心，成为它们的"臣民"。

这样，托尔斯泰就在他的宗教，即他早期的对一切权威的基督教式反叛，与职业的、积极的阶级斗争之间划出了一道十分明确的分界线。"当我们遇到革命者时，经常会误认为我们和他们之间在观点上有共同之处。他们和我们都要求：不要国家、不要财产、不要邪恶，以及其他，等等。但是这中间有一个巨大的差别：对于基督教徒来说，国家不存在，而革命者则要消灭国家；对于基督教徒来说，财产不存在，而革命者则要废除财产；对于基督教徒来说，人人都是平等的，而革命者则要消除不平等。革命者从外部同政府进行斗争，基督教却不进行斗争，它从内部去摧毁国家的基础。"如果越来越多的人出于信念，宁愿被送往西伯利亚，遭受鞭答，被投入监狱，都不屈服，那么，根据托尔斯泰的见解，他们通过自己英雄般的消极反抗所取得的比革命者通过暴力所取得的多得多。基于这个理由，完全遵照不抵抗原则所进行的宗教革命对国家存续所造成的危害和破坏远甚于起义和秘密结社。要改变世界秩序，必须改变人本身。托尔斯泰梦想的是内心的革命，革命需要的不是武器，而是毫不动摇的、准备承受任何痛苦的良心。这是一场灵魂的革命，而不是拳头的革命。

托尔斯泰的这种"反国家学说"——使人联想到路德的宗教论文《论基督教徒的自由》——本身是极为明确和富有冲击力的。

但是当他试图把他对自我的要求转向一种积极的国家理论时，这种思想体系内部就开始破裂。人毕竟不是生活在真空之中或自己所处的时代之外。在成千上万个个体熙攘相处的地方，在人们的职业和才干在日常的交往中重叠的地方，人们就算排除"国家"这个罪犯，也必须找到某种生活秩序的规则，以便用"正确"来取代迄今一直存在的"错误"，用善来取代恶。人类历史已千百次地表明了，在社会学上，建设比批判要困难许多倍。当托尔斯泰由诊断转向医治时，当他不再否定和诅咒现存的社会制度，而是建议创立一个美好的未来的人类共同体时，他的概念就变得模糊不清，他的思想就乱成一团了。因为托尔斯泰提倡的不是一个稳固的、规范化的、有着权威和法律以及职能机关的国家秩序，而只是简单的"爱""博爱""信仰""生活在基督心中"，以此作为各种相互冲突的利益之间的内聚力。从这样一个如此了解人的人那里——几乎没有任何一个人像他那样探究过世俗灵魂的深度——听到这样的话，真令人讶异。至于有产阶级——文化上堕落的人——和无产阶级之间的巨大鸿沟，在托尔斯泰看来，只要有产阶级自愿放弃他们的所有特权，并且不再像以往那样对生活提出巨大的需求，这种鸿沟是能够填平的。富者应交出他的财富，知识分子应放弃他的优越感，艺术家创作时应完全以广大群众能理解为目的，每个人应仅仅依靠自己的劳动为生，除了他简陋的生活方式所必需的之外，不应领取更多东西。这种社会的均等化——托尔斯泰的中心思想——不应当自下而上地进行，如革命者通过暴力剥夺有产者的财富，而应当自上而下通过有产者自发地让步来完成。托尔斯泰完全清楚，这种均等化，即将人们的生活水平拉到农民和原始的级别，会使我们的许多文化珍品丧失殆尽，于是他在文章里贬低我们最伟大的艺术家——甚至包括莎士比亚和贝多芬——在文学上和音乐上的成就，好让我们放弃这种艺术。托尔斯泰贬低他们，因为人民不能充分理解他们。对托尔斯泰来说，没有比清除穷与富之间的对立更为重要的了，这种对立在毒化着今天的世界。当这种同样的需求，或者说同样的无所需求，重新创造了人与人之间的团结之后，根据托尔斯泰的观点，嫉妒和仇恨的邪恶本能就再也找不到攻击的目标了。树立权威和使用暴力以维持其存在，就成为多余的了。当所有的尊卑上下都被清除，人们重新学会建立一个唯一的博爱的集体时，真正的天国就在尘世开启了。

这些主张在一个社会对立极为严重的国家里如此诱人，托尔斯泰的威望在他所处的时代如此之高，以至激起许多人的愿望去实现托尔斯泰的社会学说。有些人在一些地方做了试验，按照没有私有制和非暴力的原则建立自己的"移民区"。但是所有这些尝试都可悲地失败了，就是在他自己的家庭之内，托尔斯泰也从未成功地贯彻托尔斯泰主义的原则。他多年的努力使他的个人生活能符合于他的学说：他放弃了他所爱好的狩猎，以免杀死动物；他尽可能避免乘坐火车；他把写作的收入交给他的家庭或用于慈善；他拒绝任何肉食，因为这些肉都是用暴力杀害生物所得到的；他亲自耕田种地，穿农民的粗劣服装，亲手给自己的鞋底钉掌。

但是他无法克服现实对他的思想的反抗，他的亲属、他的家庭对他的思想的反抗尤为激烈，这便成为他生活中最深刻的悲剧。他的妻子疏远了他；他的子女不理解，为什么为了践行父亲的理论，他们就要像女仆和农家子弟那样受教育；他的秘书和翻译者，像醉酒的车夫一样,为把托尔斯泰的著作占为"财产"而相互争吵。在他的周围,没有一个人把这个神圣的异教徒的生活看作一个真正的基督教徒的生活。最终,个人的信仰和周围环境对他的反抗之间的对立使他痛不欲生,于是他逃出了自己的家庭,在一个小小的火车站里,孤独地——对自己的神圣意愿充满绝望之情——死于一个陌生者的床上。正因为他的信仰不动摇、他的信念不屈服,他想一下子改变世界秩序的愿望才必然破灭。人世间的美好思想向来如此。

尽管如此,傲慢地声称托尔斯泰的社会思想和宗教思想就像柏拉图的理想国或让-雅克·卢梭的社会制度一样,在我们整个现实世界里无法实现,不过是一些廉价的后话罢了。认为他的理论文章只有个别段落才闪烁着光辉且像他的艺术作品那样富有说服力,这种发现也同样可笑。人们只消将他一两篇阐发同样思想的民间故事与他那些似大声疾呼的理论文章做比较,就能感觉到它们之间的差异。这些民间故事——其中最好的故事实际上可与《圣经》中记述的约伯和路得①的传奇相媲美,托尔斯泰写得紧凑、形象、富于独创性,而他写的哲学文章却易陷于漫无边际和武断。除此之外,他的那种专横、自负有时令人感到痛苦,仿佛他,列夫·托尔斯泰,是一千八百年来第一个"正确地"阅读《福音书》的人,在他之前没有人批判性地深思过人类社会的问题。人们常常倾向于同意屠格涅夫的恳求,他要求托尔斯泰从漫无边际的神学论文,诸如《那么我们该怎么办?》《天国在您心中》,以及那些毫无用处的圣经训诂中回到艺术创作的

---

①《约伯记》《路得记》,见《圣经·旧约》。

领域里来。在艺术领域中，他不仅是众多冥思苦索者之一，而且是一位无可争辩的大师，在他所处的时代，他是他的子民最崇高的造物主。尽管如此，忽视托尔斯泰的人生哲学对世界所起的巨大的，甚至是历史性的作用，是不对的。当然人们决不应夸张地、武断地说，在他的时代，没有一部思想著作像他的著作那样引起千百万人如此的震惊——这自然是引向了极不相同的方向。正如激流自天国的中心流向各种相反的方向，托尔斯泰的思想以一种奇怪的方式孕育了20世纪的各种极端敌对的精神运动。恐怕没有比系统的布尔什维主义与他更大相径庭的了。布尔什维克把粉碎敌人作为第一个要求，而托尔斯泰要求通过爱来加以调解；布尔什维主义赋予国家（托尔斯泰心目中的魔鬼）一种高于个人的难以想象的权威，用它的中央集权化、无神论、集体化和工业化，用它的意志使广大群众从浑浑噩噩中走出来，这与他在《你们应当这样生活！》一文中所确立的原则截然相反。尽管如此，在19世纪，没有任何一个俄国革命者曾像这位反对革命的伯爵那样给列宁和托洛茨基扫平了道路，托尔斯泰是第一个公然反抗沙皇的人，他受到至圣宗教院的迫害，被开除了教籍，他对任何现存的权威都加以猛烈的抨击，却把调和社会视为一种新的更为美好的世界秩序的前提条件。他的著作虽然被禁止，手抄本却广泛流传。在一段时间内，他提出的废除私有制的思想已经成为一宗公共财富，而当时最激烈的社会革命家还只满足于自由主义的改良和改革。没有一本书，也没有一种思想，像托尔斯泰的激进主义思想那样对俄国的激进做出如此大的贡献；没有一个人像托尔斯泰那样鼓励他的同胞去做任何无法无天之事。尽管他的内心会竭力反对，但人们应当在红场上为他树立一座纪念碑。就像卢梭是法国大革命之父一样,托尔斯泰是俄国革命、世界革命的"先行者",是真正的先祖(这可能全然违反他的意愿,与另一个最重要的个人主义者卢梭一样)。

但令人感到奇怪的是,与此同时,他的学说在相反的意义上对另一个民族的千百万人产生了影响。当俄国人从托尔斯泰的学说中继承了激进的东西时,在世界的另一处——印度,非基督教徒甘地却从其中继承了原始基督教的布道使徒之职,接受不抵抗主义的信条,第一次把他的三亿同胞组织起来,领导他们运用消极抵抗的手段。在这场斗争中,他使用了托尔斯泰所推荐并认为唯一可以被容许的各种不流血的武器:离弃工业,进行家庭劳动,通过极端限制对外界的需求来取得内心的和政治上的独立。千百万人,无论参加的是俄国的积极革命还是印度的消极革命,都把这位反动的革命家或者革命的反动分子的思想化为己有,并付诸实现,尽管是在他们的创造者托尔斯泰会谴责或拒绝的那种意义上实现的。

思想本身是没有方向的。当时代掌握了它,它就会被时代所牵引,有如船帆被风吹动。思想本身只具有动力,能发动起来,却不知道这种运动会导向什么目标。不管托尔斯泰的思想中有多少东西受到攻击,都无关紧要,因为他的思想在极大的范围内造就了时代的历史、世界的历史,这是无可置疑的。他的理论文章连同其所有的矛盾都成为我们时代极为重要的精神上和社会上永远的遗产,哪怕在今日它们都能给予某些人许多教益。谁要是为和平主义、为人们之间的友好谅解而斗争,那他几乎不会有另一个如此丰富和系统的反战武器库了。谁要是在内心反抗今天普遍流行的对国家的神化,把它当作我们思想和斗争的唯一有效的目标，谁就能奇怪地从所有国家的"Fuoruscito"[①]身上汲取力量。每一位政治家，每一位社会学家，都会在托尔斯泰对我们时代所进行的深刻批判中发现先知先觉的洞见。每一位艺术家都会被这位伟大作家的榜样力量激发。他为众人而思想，他用他文字的力量去反对人世间的不义，为此折磨自己的灵魂。一位杰出的艺术家同时还是一个道德的榜样，是一个不沽名钓誉的人，是一个使自己成为人道仆人的人，是一个为了真正的伦理，除遵从他本人廉洁的良心外，决不服从人世间任何权威的人，这总是一件乐事。

高中甫 译

---

① 意大利文：所驱逐的人。

艺术创作的秘密

自世界肇始以来，在所有的秘密之中，创作的秘密是最最神秘不过的了。为此所有的民族和所有的宗教都异口同声地把创作的事情与神的观念连在一起。我们能够理解所有的存在之物，把它们作为事实去把握，每当在某处先是一种无突然变成一种有，一个孩子生了下来，当一朵鲜花在光秃秃的地里一夜就绽放时，我们就有了一种超凡入圣的情感。然而我们的惊异之中最最巨大的，最最敬畏的，我几乎想说，最最神圣的是，这种新的和突然形成之物不是一种转瞬即逝的东西，它不像花一样会凋谢，它不像人一样终究会死亡。在我们时代产生的某种东西，它经历当世，并延续千秋万代，像天空、大地、海洋、太阳、月亮和星星那样永恒。这不是人的事业，而是神的事业。

这种从无到有的奇迹，它千秋万代长存，我们有幸偶尔能在艺术的领域里经历到。我们知道，每一年都出版成千上万种书籍，画出成千上万幅图，谱出数以百万计的音符。所有这些毫不使我感到惊奇。书由作家或者诗人写出来，这对我们来说是自然而然的事，就像这些书由排字工人排版，由印刷工人印刷，由装订工人装订，由书商出售一样。这是一种纯粹的生产现象，如同烤制每天的面包，缝制鞋袜一样。这些书中的一本，这些画中的一幅，由于其完美，千秋万代经久不衰，奇迹便始于此际。在这种情况下，而且只有在这种情况下，我们才感觉到，天才再一次在一个人身上显现出来，再一次在一部作品里重复了我们世界的创作的奥秘。这个想法令人激动不已：这是一个人，和我们大家长得一样，他睡在床上，他在桌旁吃饭，他与你我以及所有人一样穿着衣服。我们在路上从他身边走过，在学校也许与他坐在同一条长椅上，他在外表上与我们没有什么不同。可突然这个人完成了我们大家完不成的事，他突破了束缚我们这些人的金科玉律，他战胜了时间，因为在我们这些人死去和消逝得无影无踪时，他的某些东西却能永远存在下去。为什么呢？唯一的答案是，因为他完成了那种神圣的创作的行动，借助这种行动，无中生成了有，易逝的变成永存。我们世界最深沉的秘密在他的作品中展示了出来：这就是创作的秘密。

这样一个人都做了些什么呢？让我们单纯从表面上去看。如果他是一位音乐家，他把音阶里的一些音符用一种特殊的方法合在一起，使之生成一个旋律，它使千百万人，即使是地球上最偏远地方的人都为之倾倒，灵魂为之激动；如果他是一位画家，他用光谱上的七种颜色，用明与暗的两种色调，创作出一幅画，我们一看到它，它就投射进我们灵魂的深处；如果他是一位诗人，他从我们语言里五千或一万个词中，把一二百个词用一种特殊的方式组合在一起，使之成为一首不朽的诗；或者，他作为戏剧家、小说家塑造出形象，这些形象与我们那样贴近，宛如一个就在眼前的兄弟、朋友，这些人物像他一样，自身有着一种神圣的力量，千秋万代长存。他用这种外在的行动推翻了自然法则：他创作了一种抗拒易逝性的实体。他用空气中的一种声音形成了一种比我们触摸得到的木头，比承受着我们房屋重量的石头还要持久的东西。永恒和神性——我们有信心这样说——通过他在世间表现了出来。

这样一个人用什么方法创造出了这样的奇迹？在千百万人之中他借助了什么方法，用我们大家都能支配的材料——语言、颜色、声音——创作出了他的艺术作品？他具有的神秘力量是什么呢？真正的艺术家用什么样的方法创作呢？在我们这个不信神的世界，这种奇迹是怎样实现的呢？

我相信，当我们中的任何一个人，站在画廊里那些大师们不朽的绘画前面时，当他在灵魂的深处被一首诗引起震颤时，或者由于听到莫扎特或贝多芬的一首交响曲而感到强烈的震荡时，都会有意无意地向自己提出这个问题。我相信，每个人都会怀着敬畏的惊奇，而也恰恰出于这种惊奇而扪心自问：一个单一的人怎样就创作出了超人的作品呢？我甚至敢说，若是有谁欣赏了伟大的艺术作品而没有提出这个问题，这个秘密没有使他激动，那说明他从来没有和艺术有过真正的关系，而且将来也不会有这种关系。对强力和充满神秘的东西感到敬畏且惊奇不已，这是我们人的心灵的最为可贵之处；凡是发现秘密就要穷其究竟，这是人的精神的最为可贵之处。谁试图同艺术产生一种真正的关系，面对伟大的艺术作品时，就必然怀有一种双重的感情。他必然毕恭毕敬地把它们当作某种超越自己能力的东西，把它们当作超越他的短暂生命的一种不可理解的东西。但与此同时他必然也怀着清醒的思想，竭力去弄清楚，这种神圣的东西在我们人世间是怎样生产出来的，他必须设法去理解不可理解之物。

这可能吗？我们能够窥到一部真正的艺术作品产生的过程吗？我们能够成为孕育艺术作品的见证人、艺术作品诞生的见证人吗？对此我可以准确地回答：不能。一部艺术作品的构思是一种内心的过程。它在每一种情况下都处于黑暗之中，就像我们世界的诞生一样，是一种不可窥视的，一种神圣的现象，是一种神秘。我们唯一能做的是事后为我们自己复制这种行动，而我们也只能达到一定的程度罢了。无论如何我们至少能向这座神秘莫测的迷宫靠近几步。我区分得很清楚：我们不能够解释创作本身的秘密，如同我们很少能成功地表述电、重力、磁的概念。我们只能够确立几个基本的法则，使艺术作品的构思在法则中着魔般地显现出来。我们必须在进行探索时保持高度的敬畏，并且总是要意识到，这独特的事情发生在一个我们无法接近的空间里，以及，我们在幻想和逻辑上消耗了巨大的精力而显示的只是这个过程的一幅阴影图像，但它毕竟是一幅图像。我们不被容许与艺术家同时经历他创作的那一时刻，而只能试图事后去经历它。

为了复制这个神秘的过程，我要借助一种方法，这种方法乍看起来并不太令人有好感，这就是犯罪学的方法，它是由千百年的经验所形成的一种特殊的技巧。我知道这样的比喻是难堪的。犯罪学是为了对坏事或罪恶做出解释，一桩凶杀案，一次盗窃；而我们的情况正相反，是为了探究人类所能从事的最高贵的、最愉快的事业。但总的来说，任务是同样的：去解释一件秘而不宣之事、一个秘密。由于我们本身无法在场，我们只好借助一种思虑缜密的、可多次尝试的体系去复制出来。

在犯罪学中什么是理想的案件呢？理想的案件是作案者——

我们这里指的是凶手和盗窃犯——自己在法庭自首，并解释他是出于什么样的动机和用什么样的方法，在什么时间和什么样的场合进行犯罪的。借助这样自发的坦白，警察局和法庭就不再花费任何力气了。同样地，如果创作者本人向我们解释了他创作的秘密，如果他向我们描述了作品产生的全过程，向我们透露了他的技艺，使我们理解了原本不可理解的种种过程，那么在我们的探讨中，这就是理想的案件了。也就是说，如果诗人向我们讲述了他是怎样作诗的，音乐家讲述他是如何作曲的，他们描述创作每一部作品时灵感是如何涌现的，创作的思想是如何转化成形的，那么对我们说来，所有进一步的探索都会是多余的。

现在我们面对的是一种独特的现象，这就是那些创作者——诗人、音乐家、画家——仿佛是些顽固的罪犯，对他们内心深处的创作时刻缄口不语，只字不吐。美国诗人爱伦·坡早就注意到了，在几百年的艺术创作中我们看到诗人、画家和音乐家写的这方面文章很少是清晰明了的。他在描述《乌鸦》这首诗的诞生的文章开头就提出了这样的意见："我常常想，如果有一位作家，他将——那就是说他能将——他作品中任何一篇文章细致地、逐步地描绘其形成直至完善的过程，那么它将是一篇极为有趣的杂志文章。为什么从来没有这样一篇文章呢？我实在不知道为什么。"

当我对这位伟大诗人提出的问题——为什么我们很少看到诗人描述他们自己进行创作的文章——给予一个他们不知道如何回答的答案时，我恳求他们不要把此看作狂妄之举。我们很少占有诗人描绘他们创作进程的文献，这个事实本身就令人感到奇怪。毕竟，诗人与作家的才能除了去叙述、去解释，还能是什么呢？每一次旅行，每一次险遇，每一次内心的震动，他们都在他们的书里迫不及待地给我们留了下来。若是他们同样能把他们描绘内心经历的详细而可信的文章给我们留下来，讲述创作是如何攫住他们，以及他们在那一时刻所感受的快乐和痛苦，那这样的书是再自然不过的事情了。作为知情者和解释者的诗人泄露、坦白甚至交代内心深处的东西，对我们来说是极为重要的。艺术家是那样罕见地谈论他们灵感的时刻，原因很简单：他们在进行创作的那个时刻完全不是处于一种清醒的状态。这就是说，在独特的创作期间他们不能进行精神上的窥探，就如同他们在书写时无法看到自己的肩膀一样。还是用犯罪学中的例子来做说明，艺术家与那种罪犯——我们说的是杀人犯——"相似"，对于他在情绪冲动时干下的事，在面对法官和国家检察官时他说："我不知道我为什么干下这种事，我不知道我是怎样干的。我控制不住自己，我不知道我在想什么。"这说的完全是老实话。

我知道，艺术家在创作时这种"不在"的状态最初也许是不合逻辑的。我们要考虑一下，实际上创作对艺术家而言，只有在某种"自我不在"的状态，一种"ekstase"①状态下才有可能。"ekstase"这个希腊词汇翻译过来不是别的，只能是"自身不在"。

但如果说艺术家在创作的时刻"自身不在"，那他到底在哪儿呢？非常简单：他在他的作品里，在他的旋律里，在他的人物形象里，在他的幻象里。他在创作期间不是活在我们的世界里，而是活在他的世界里，因此他不能成为证人。诗人在灵感涌来的时刻，依记忆去描述一处风景，春天里的草原、天空、树林、田野，那这个时刻他不在自己的房间里。他在四面墙之中，看到了绿色，

---

① ekstase：本意是忘我的境界，转意为入迷、狂喜、心醉神迷。

呼吸到空气，听到吹拂青草的风声。莎士比亚让他的奥赛罗说话的这一刻，他就从莎士比亚这个人的躯体，从他本人的灵魂中脱离，从而进入被嫉妒主宰的奥赛罗的灵魂之中。因为在这个时刻，艺术家把他全部的感官都集中在另一个人身上，集中在作品上，似乎他必然阻断了其他外部世界所有印象的通路。为了完全弄清楚精神集中时刻是怎样的状态，我想只需回忆一下我们在学校听到过的古代例子。在攻占叙拉古城时，城垒业已陷落，士兵们在城里烧杀抢掠。有一个士兵闯入阿基米德的家里，看见他在院子里正用木杖在沙子上画几何图形。当这个士兵抽出宝剑冲向他时，他全神贯注，没有转身，说道："别碰我的圆。"在精神集中的美好状态下，他看到的只是一只陌生的脚要踏进他在沙地上画好的圆。他不知道这只脚是一个士兵的，也不知道敌人已进了城，他没有听到攻城木槌的撞击声，没有听到逃难者和被杀者的喊叫声，没有听到喇叭的吹奏声。在这创作的时刻，他不是在叙拉古，而是在他的作品里。再举一个近代的例子来说明创作时精神集中的状态。一个朋友采访巴尔扎克，巴尔扎克眼里饱含泪水，神情激动地对他说："您知道吗，朗加依公爵夫人死了。"来访者为之愕然。他不认识朗加依公爵夫人，在巴黎根本没有这样一位夫人。原来她是巴尔扎克剧作中的一个人物，他刚巧在他的书里描写了她的死亡，还没有从他的幻梦中清醒过来，还没有返回现实世界，直到看到来访者的惊讶神情，他才发现他的错误。

或许从这两个例子就已足够想象，每一种真正的创作必然伴随一种内心的和整个精神集中的、异乎寻常的状态。真正的艺术家在创作期间是存在于他的创作之内的，如同虔诚的教徒存在于他的祈祷之内，做梦的人置身他的梦境之内一样。这就是说它是强制性的——从内心观照，外界可以觉察到他，而他本人则什么也觉察不到。因此艺术家、诗人、画家、音乐家在他们创作时是不去注意自己是如何进行创作的，在事后能向我们解释的就更少了。他们是自己创作过程的最糟糕的、最没有用处的证人。作为"犯罪学家"，我们若盲目相信他们的"证词"，我们便是轻率的。

当最重要的证人拒绝作证，或他们是不可信任的，那这种情况下警察该怎么做呢？他们搜集所有可能得到的材料。我们同样这样去做，去询问那些同时代的人，为了完全揭露事实真相，最终要到现场去，并试着在那里用找到的蛛丝马迹去复原"犯罪现场"的情景。我们现在也试着这样做！

但艺术家的现场在什么地方？有人会提出异议说，艺术创作过程是没有这种现场的。创作是一种不可见的行动，它是在大脑里进行的，"Inspiration"①——"Inspiratio"——这个字的本义就已清楚地表达出了，它指的只是一种"吸气"，也就是一种非物质性的过程，它无法用眼睛、耳朵或触觉来窥探。就事论事，这样说是正确的。独特的创作、幻象、灵感活动，在艺术家那里都是不可见的。但我们是人，生活在尘世，而人只能用我们的感官去理解。对我们来说，花的种子埋在土里并不是花，只有当它具有形状和颜色时才是花；蝴蝶只有从蛹和毛虫蜕变成带有色彩斑斓的翅膀的奇妙生物时才是蝴蝶。一段旋律，当它在创作者的内心第一次响起时，对我们来说并不是一段旋律，它只有在我们能听到时才是；一幅画只有它完成了和被看到时才是一幅画，一个思想，只有人们将其说出来时才是一个思想；一件雕塑只有最终成形时

---

① Inspiration，拉丁语 Inspiratio 本意为吸气、吸入，转意为灵感。

才是一件雕塑。为了从艺术家的灵魂进入我们的生活，灵感必须每一次都表现为一种形体，能触摸到、听到或看到。这种形体必须借助物质形式的媒介来完成。甚至最最精致的诗歌，为了流传到我们这里，首先也只有用一种物质材料（用墨水或铅笔）在另一种物质材料（纸）上写下来才能固定下来，一幅画需用颜料在画布上画下来，一件雕塑需用石头或木头来塑造成形。艺术创作过程——我们再前进一步——不是纯灵感，不仅仅在大脑里发生，也不仅仅在瞳孔的视网膜上发生，而是从精神世界进入感官世界，从幻象进入现实的一个逆转行动。正如我们刚才指出的，由于这个行动大部分是在可感受的材料中进行的，它就会留下物质的痕迹，它们满布于摇曳不定的幻象和最终完成之间的那种中间状态。我这里指的是音乐家的先期工作、草稿，画家的素描，诗人的各种不同的草稿，工作室里的手稿、习作，完整保存下来的资料。恰恰由于这些保留下来的先期资料是哑巴证人，它们才是最客观的证人，是能够支持我们的唯一证人。犹如凶手匆忙中留在现场的物品，犹如他留下的指纹，这些东西是犯罪学中最可信的证明材料。艺术家在生产过程中留下来的习作和草稿，是唯一的复制内心过程的材料。它们是阿里阿德涅[①]的线团，借助这个线团我们才能摸索着走进那否则是神秘莫测的迷宫。如果说我们有时能接近创作的秘密，那也仅是由于这些遗留下来的痕迹，它才成为可能。

我是说，我们有时能接近创作的秘密。因为我们并没有像这样占有所有伟大艺术家自己透露的真实材料，甚至不幸的是恰恰

---

① 阿里阿德涅：古希腊神话中弥诺斯和帕西淮之女，她用一个线团帮助忒修斯走出迷宫。

没有那些最伟大的艺术家的。我们没有荷马的一页东西，没有原始形式的《圣经》的一行文字，没有柏拉图或索福克勒斯或佛祖的任何东西，没有宙克西斯和阿佩莱斯①留下的一笔或一画。这是可以理解的，因为他们出之远古。奇怪的是连乔叟、莎士比亚、但丁、莫里哀、塞万提斯和孔夫子也没有留下关于他们作品的一页。也许这是天意，它告诉我们："恰恰是通过人的精神所创作的这些伟大作品，才不应当有尘世的证据。对你们而言，它们应当成为所有时代的一种无法理解和违反理性的奇迹。"但我们终究还保留着人类的另一些天才——贝多芬和雪莱，卢梭和伏尔泰，巴赫和米开朗琪罗，沃尔特·惠特曼和爱伦·坡——曾经居住过的房子，还保存着他们用过的物品、他们的手迹和原稿，由此我们能观察这些艺术家的工作，有胆量向他们的工作场地投去勇敢的一瞥，因而能对创作的秘密有所了解。

我们来试试吧。我们进入一座博物馆，一个图书馆，进入那些保存他们物品的场所。在这些物品上，创作过程显示为视觉上的印记。让我们来翻阅莫扎特、贝多芬、舒伯特、巴赫的乐谱、速记，伟大画家的先期素描，诗人最初的手稿，试着让这些物证来讲述这些艺术家在他们的极为神秘的时刻经历的事情，这个时刻同时是他们最幸福和最痛苦的时刻。

那么，让我们在那座博物馆或收藏室先翻阅莫扎特的几页手稿，以便从纯视觉上看看作曲家是如何谱曲的。让我们翻阅他亲手写下的一份手稿，一首奏鸣曲，同时我们再请求拿出乐曲的草稿，以便亲眼看看这份已完成的作品是如何逐步成形的。令我们

---

① 宙克西斯（Zeuxis，活动于公元前5世纪末），古希腊最著名的画家，作品已失传；阿佩莱斯（Apelles，活动于公元前4世纪），希腊早期画家，作品已无真迹在世。

惊奇的是，根本没有草稿，有的只是他的完成稿，是以独特的风格用一种轻松的、毫不费力的、快速的笔法一挥而就的。我们对这些乐谱的第一印象就是，它们是抄写下来的手稿。有某个人向他口授，而他匆匆忙忙地记录下来。他仅是一个抄字者，一个笔录人而已。我们在海顿或舒伯特的手稿那里遇到的也是同样情形。在他们那里，我们找不到这些深思熟虑的作品的任何草稿，没有什么迹象可寻。事实上，我们从与他们同时代的人的文章里知道，莫扎特在玩弹子戏的同时，一个音乐主题就在他的脑子里形成了；舒伯特在与朋友们闲谈时顺手翻阅一首诗，随即他走到隔壁房间，迅速在谱纸上记下来，于是一首歌，一首不朽的歌曲就诞生了。我想说：那样迅速，如同人擤鼻涕那样。在沃尔特·司各特①的手稿中，我们同样看到这种挥洒自如、一蹴而就。在他的四百页、五百页的手稿上，没有错误，没有改动，绝对是同样的印象：不是撰写，不是创作，而是根据一种看不见的口授进行的笔录。在某些画家那里也有同样的情况，弗兰斯·哈尔斯②和凡·高就没有速写和草图。他们用富有魔力的眼睛观察他们要画的对象，于是画笔就飞快而灵活地挥动起来。他们不需排列，不需组合，不需整理。对于他们来说，创作是激流，是活力，是轻而易举之事。

  对这样一些手稿，一瞥就够了，我们业已对我们的秘密获得了初步的了解。我们从这些手稿上觉察出，艺术家若是充满了灵感，那么在相当大的程度上，他会显露出创作时的轻松、潇洒。一种梦游人般的准确性在支配着他，带他跨越所有的困难，同时，无须引导和控制他的才智。创作的激流在他身上流动，穿越他，

---

① 沃尔特·司各特（Walter Scott，1771—1832），英国历史小说家、诗人。
② 弗兰斯·哈尔斯（Frans Hals，1581—1666），荷兰著名肖像画家，代表作为《吉卜赛女郎》。

如同空气穿过笛子就变成了音乐一样。就最初的形式和最初的印象来看，艺术家是一种更高级的意志催眠化了的媒介，他本人除了忠实地去再现这种更高级的意志所要求于他的，把一种内在的幻象毫不改变地外化，此外他是什么也不做的。这就是说，从这些手稿来看，创作的状态是一种纯被动的状态，与人类个人的多种多样的努力毫不相干。

我们不要过于匆忙地得出结论。艺术创作的过程实际上复杂得多，创作的秘密神秘得多。我们最好在同一座博物馆或同一间存放手稿的房间里翻阅一下其他人的手稿。现在，我们在翻阅莫扎特手稿之后再看一份贝多芬的手稿。

我们的印象立即完全变样了。贝多芬的工作方法所呈现出的图像与上面提到的迥然不同，犹如挪威的狭窄海湾与意大利海面之间的不同。我们刚刚从莫扎特那里得到结论：创作的状态是被动的，个人的意志在这种状态下是不参与的。这一切都显得是错误的了。我们发现，先前我们看到天才在工作时是轻松的和敏捷的，现在艺术家一下子成了痛苦地进行搏斗的人，成了费尽力气进行形象塑造的人了。

起先这只是一本速记簿里的一两页罢了，是用铅笔在匆忙中记下来的一两个节拍，是在极为迫不及待的情况下草草写下的。在旁边可以找到一些与此毫不相关的节拍。没有什么是完全的，没有什么是安排好的。这就像一个巨人投掷出的岩石上的碎石一样。从口头流传下来的材料中我们知道贝多芬是怎样谱曲的。他在田野里来回奔跑，对任何人都不理不睬，大声地吼着，哼着和唱着，用双手打着拍子。他不时地从他大大的上衣口袋里掏出一个速记本，用铅笔记下他的乐思。回家后他在写字本上把这样一些零星的主题写了下来。现在我们看到另一种形式的速记本，更大一些的，多半是用墨水写的，他在这样的速记本中把主题从结构上加以发展，但是他现在绝没有立即找到恰当的形式。他粗暴地挥动羽毛笔，弄得它裂成两半，墨水玷污了纸头，他整行整页地涂掉，再次从头开始。但是不行，依然不对。他再次修改。他十分恼火地涂掉，把纸画个乱七八糟，有时纸都被划碎了。人们看到的简直是个工作时火冒三丈的人，看到他在跺脚，在叹气，在咒骂，因为乐思还一直没有用理想的、在他内心中浮现出的形式表达出来。在打过无数次这样的草稿后——每一次都是一场战斗——才写下初稿，随后是第二稿。在一次又一次誊清时，甚至在校样上还要进行修改。在莫扎特那里，我们感到创作是一种充满快乐的、轻而易举的行动，而在贝多芬这里是一种痛苦，使人想起女人分娩时的痉挛和艰难。莫扎特玩弄艺术有如风玩弄树叶，贝多芬与艺术的搏斗有如赫尔库勒斯与九头蛇进行的战斗。

为了清楚起见，我还要举另一个领域里的例子，即诗歌的领域，以表明艺术作品的产生过程存在何等的反差。如同刚才我选择莫扎特和贝多芬作为对照，我现在提出世界文学中两首最著名的诗歌：《马赛曲》和爱伦·坡的《乌鸦》。我们来比较一下这两首诗的产生过程。写出《马赛曲》的鲁热·德·利尔原本不是一位诗人，而是一个搞技术的军官，法国大革命期间在斯特拉斯堡军队供职，1792年4月25日中午传来消息：法兰西共和国向欧洲各国的国王宣战，整个城市陷入狂热之中。傍晚，市长为军队的军官举行了一场晚宴。在晚宴上，市长对鲁热·德·利尔说，若是他能为慷慨激昂的军队写一首战歌并谱上曲子，那可就太好了。市长知道他曾经写过一些很美的诗行。为什么不呢？军官们兴高采烈地一直欢聚到午夜，随后鲁热·德·利尔回到家里。他仍然兴奋不已，也许是酒喝得多了，脑子里嗡嗡作响，那些祝酒词、讲话、发言，如"起来，祖国的孩子们"和"光荣的时刻到来了"还一直萦回脑际。他坐下来开始写，这个向来不是一位真正诗人的人现在几乎一气呵成写了一两节。随后他从琴架上拿起了他的小提琴，试着谱上一段旋律。在两小时之内，一切顺利完成。翌日清晨六时，他去拜访他的市长朋友，把写好的歌和谱好的曲交给了他。他就这样既非有意亦非自觉，毫不费力也不经意地创作了世界上不朽的诗作之一和不朽的旋律之一，且纯粹出自灵感。他不是带着清醒理智进行创作的，而是在一种昏迷的状态。那个时候根本不是他在写诗，而是天才在写。

现在我们翻阅几页相反的例子，在这里面爱伦·坡讲述了他如何创作他那首最著名的诗歌《乌鸦》的情形。人们读到，如他自诩的那样，他用数学逻辑计算出了每一种效果，每一个韵脚和每一个词。如他所强调的，是在完全冷漠的道路上，没有任何灵感的情况下完成这首诗的——我想说是创造出了这首诗。在这里，一首杰作在意志的一种极端紧张的状态中生产出来，而《马赛曲》则是在没有任何一种意愿和筹划的情况下完成的。

这就已经打开了进入艺术家工作场地的那扇门的一条小缝。我们从莫扎特和《马赛曲》这两个例子看到，一部艺术作品可能是一种纯灵感的行为，在这里诗人、音乐家与拉丁语中的"Vates"、有预见的人、预言者相似，他们从上帝那里接受了旨意，并把它传达给人，而本人无须花费什么力气。从另外的例子，如在贝多芬和爱伦·坡身上——我能把巴尔扎克、福楼拜和其他无数作家包括在内——我们看到，艺术家通过逻辑上的努力，通过一种完整的、有意识的思考劳动，通过一种最最完美的手工技艺制造出同样完美的作品。

我们不必对这两种截然相反的情况感到过分惊讶，我们想到，在物理学中用最低温度取得了用最高温度取得的同样效果。对一部完美的艺术作品而言，用哪一种方式生产出来是完全无所谓的，不管是冷的还是热的，不管是在狂喜的火焰之中还是在自省的、冰一般的寒冷之中，不管是借助纯粹的灵感还是借助尘世的劳动。我们这里是有意地先把极端的事例摆出来，实际上在艺术创作中，如同在自然界中一样，混杂着多种成分。很少有纯粹的好人和纯粹的坏人，很少有百分之百的乐观主义者和百分之百的悲观主义者。我提出的仅是艺术创作中截然对立的两极。艺术创作中所发生的，本质上是这两极之间的一种紧张状态。艺术的迸发几乎一直仅通过处于两种对立成分之间的紧张而产生，这有如自然界中雄性和雌性为了繁殖而必须结合一样，在艺术生产活动中总是两种成分的混合：无意识和有意识，灵感和技巧，昏迷和清醒。对于艺术家来说，生产就是实现，是从内向外的表现，一种内心的幻象，一个梦的景象。他看到这个景象在精神中已经形成，用语言、色彩、声音等物质材料勉为其难地把它带进我们的世界。艺术家先是梦见他的幻象，这个幻象在他的眼前飘动着，他追随它，他几乎把它从看不见的地方扯进尘世中来。在内心的幻象之后，到来的必然是内心的清醒。在某种意义上，古代波斯战士的古老技艺适用于艺术家，他们在晚间喝得酩酊大醉时制定战斗计划，在清晨头脑清醒时进行审查。

如果说我们要得到一个公式的话，那就是艺术创作过程中原本的秘密不是"灵感或者劳动"，而是"灵感加上劳动"。创作是无意识和有意识之间的一种持续不断的搏斗。如果没有这两种成分，艺术活动就不可能进行。这两种基本成分是不可缺少的，艺术家就受制于无意识和有意识之间的对立的、创作平衡的法则。在这个法则之内他是自由的。艺术家的这种受制和同时性的自由也许最好用一局棋相比。棋也是分两方，黑与白，彼此相对搏杀。棋是在六十四格内进行的，而艺术家则是与五千或一万个词，与丰富多彩的颜色，与音乐的声音连在一起的。正如在六十四个格内，黑与白之间的变化无穷无尽，没有一局棋从头到尾与另一局完全相同，艺术生产的过程在每一位艺术家那里都是迥然不同的。也许我这篇报告的题目不完全恰当，当我命名为《艺术创作的秘密》时，或许我应当换成这样的题目：《艺术创作的千百种秘密》。因为每个艺术家在我上面所提出的界限之内，在艺术创作上都有自己的特殊秘密，每一部艺术作品都有它特殊的历史。要想弄清楚艺术创作的秘密，除了去观察各式各样的艺术家之外，别无他途。正是从这些变化的总和中才会得出对艺术规律的一种猜想，这种艺术规律是支配一切的。

当然，如果我们试图对不同艺术家在艺术创作进程中能想到的种种变化，就其特点匆匆勾勒一番的话，那我们就得在这里待上几个小时。因为在空间和时间上，在技巧和方法上的对比是千差万别的！洛佩·德·维加[①]，他在三天之内写就一部戏剧，与他相对的是歌德，他从18岁开始创作《浮士德》，到82岁才完成！艺术家，如约翰·塞巴斯蒂安·巴赫或者海顿，他们兢兢业业，像公务员一样，每天有规律地谱曲；与他们相对的是瓦格纳，他

---

① 洛佩·德·维加（Lope de Vega, 1562—1635），西班牙剧作家、诗人，西班牙黄金时代最重要的作家之一。

有时灵感完全枯竭,在五年内一个音符也写不出来。创作在一个人身上像一条雄伟的大河,有规律地奔流不已,在另一个人身上则有如一座火山突然喷发,不知下次何时来临。每一个人在不同的条件下工作:这一个在清晨时感到最清醒不过,另一个夜间才能开始工作;这一个必须借助诸如酒精或奢华的环境之类的外界刺激方能兴奋起来,以进入一种真正的创作的狂热状态,另一个则必须用溴化剂或鸦片或尼古丁制造出那种近乎梦境的朦胧气氛;这一个需要绝对的安静,以便集中思想,另一个则只有在小酒店和咖啡馆里喧闹嬉笑的人群中才能聚精会神。这就是说,每个进行创作的人都有自己的特点,有自己特殊的进程,这种进程属于他也只属于他一个人,如同爱的时刻与其他人很少雷同,创作的时刻与其他人也没有共同的秘密。只有窥探到这种无穷无尽的多彩多样,才能对艺术和生活的无穷无尽的多彩多样有所领悟;只有看到一位艺术家工作,才能知道他的性格的独特性,因为我们只能从每一个人的工作上真正地了解其人。我们仅是与他一同用餐,一起谈天,与他共同散步或一起旅行是不够的。一个人只有在他创作的东西之中才显示其本性。只有那里才是他真正的度——只有在那里,在他的最终秘密的所在,我们才能认识一个人,我们才能认识一部艺术作品。歌德,所有时代里最富有智慧的人之一,他对此做了这样的表述:"人们看到艺术作品的完成,那是不足以认识它的,必须在它的变中认识它。"只有探究艺术家创作的秘密,我们才能理解他的作品。

也许有人要提出异议:复制这样一种事后的艺术创作进程难道不会阻碍一种纯粹的享受?去揭开遮住艺术家艰苦创作的面纱难道不是鲁莽和轻率之举?单纯地站在一幅绘画之前,像欣赏造物主的一幅景色，难道不是更好？就让一首交响曲在身边流淌好了，无须去想、去问这样一首杰作是在什么条件下，通过何等的精神劳动诞生的。让艺术家的工作场地紧紧关闭起来，无须疑问，无须好奇，只是怀着纯粹的感激把我们的目光投向那完美的作品，这难道不是更好吗？一方面，我承认这样的见解是有某些诱惑性的，但另一方面我不相信纯粹被动的享受。我不相信，一个人在他生平第一次踏进一个画廊，第一次听到贝多芬的交响曲，他就立即知道去尊敬杰出的作品。一部艺术作品并不能使人一见钟情，它像一个女人，在她被爱之前得先要求爱。为了正确地去感受，我们必须与艺术家同感；为了正确地去理解他的意图，我们必须清楚，他是怎样克服困难才把他的意图实现的。我们必须在我们的灵魂中复制出他的灵魂——每一种真正的享受都不是纯粹的接受，而是内心对作品的一种参与。

我进行论述是想指出，如果全力以赴的话，就算是一个没有创作能力的人，在一定的程度上也能进入艺术家的创作状态，与他一道经历介于作品开始和完成之间的那种紧张和突然的转机。我们这样做并不是容易的，艺术家在竭尽全力进行着雅各布与天使的斗争，这是艺术家进行的那种永恒的斗争：我不放开你，你要为我祝福！我们永远不要过于轻易地沉醉于最初的印象，我们不要过于匆忙地心满意足，因为艺术家同样是对他的第一份草稿、他的第一个幻象不满意的。当我们把伦勃朗的一幅版画拿到手上时，我们会以为自己已经有了完整的印象了。但是当我们把这幅完成的画摆在前期画板上的画稿或复制出的样稿旁边时，我们的惊奇更为强烈，我们对这位明和暗的魔法师的艺术家的魔力知道得更详细了。我们看到，伦勃朗在这里把过于刺眼的光弄得暗些，在那里把暗加深些,在这里让人物又退后,他在先前的画板上过于突出了。这些画稿在空间结构上一张比一张和谐、均衡。尽管在我们这些朴实的人看来,第一张画稿就已经是完美的了,现在用他的目光来看,认识更高一级的完美是可能的。这有如在塔楼上观望风景,当我们逐级上升时,每登上一级都有新的认识。我们本人随着目光从一张画稿到另一张画稿而变得更为内行了。我们借此再次共同经历了艺术家创作的所有阶段,这是一堂课,同时也是艺术创作进程的一次幻景,没有一本书,没有一篇报告,没有一种学问能为我们保存下来。正如造型艺术的秘密一样,诗歌创作、乐曲创作的秘密也能向我们呈现出来,如果我们观察了从最初开始到最终完成的全过程的话。这里,我们在手稿上看到词卡住了,诗人找不到最终的表达词句。他试了一个,又把它抛弃。他已经接近完美无缺的地步,但这依然不是最准确的。他又一次选择,又一次摈弃,终于堤坝打开了。终于词句和旋律又在纯净的河流中直泻而来,在我们身上也有某种东西在一道流动。他——诗人、作曲家——找到了那最恰当的表达,而我们也与他一道找到了它。在共同经历的这一时刻我们与他一道感受着他的痛苦、他的焦躁、他的心血和最终的喜悦。我们参与了创作,借助这种共同感受,一道经历了艺术作品的诞生。

若是博物馆不像今天这样仅是展出完成的绘画,而是也把先期创作的所有阶段——速写、画稿、蓝本——放在实际完成的作品前面就好了。这样人们就能尽可能多地得到这种最后的也是最高的享受,即参与创作和再创作的享受。我的这个意见是出于好意,因为这样一来人们就不能老是漫不经心地把完美的作品视为上天的馈赠,而是怀有敬畏。这个奇迹是由他们的弟兄创作的,是由与我们一样的人创作的，是用人世的艰辛、人世的痛苦、人世的欢乐，是用灵魂的全部力量从呆钝的物质材料那里夺取来的。当我们试着用我们的才智去探索支配这无垠空间的法则，当我们试着去测量它的遥远和计算光的速度，这不会减弱星星的美丽，不会减弱天空的庄严，不会的。正相反，知识绝不会减弱真正的热情，它只能提高它和增强它。当我们在这里试着去接近艺术创作的秘密，去接近这不可描述的时刻时，希望我们不是失礼的。在这一时刻倏忽即逝的尘世界限在我们人类身上终止了，而永恒开始起步了。

高中甫 译

在弗洛伊德灵柩旁的讲话[①]

请允许我面对这个无上荣耀的灵柩,以他的维也纳朋友,他的奥地利朋友和他在世界各地的朋友的名义,用西格蒙德·弗洛伊德通过自己的著作使其显著丰富和高贵起来的语言来讲几句深感悲伤的话。首先请你们意识到,我们这些怀着共同的悲哀聚集在这里的人都在经历一个命运不会允许我们之中的任何人第二次遇到的历史性时刻。我们来回想一下吧!在其他死者那里,几乎在所有死者那里,他们的生活,他们与我们的共存,就在尸体变凉的那短短几分钟里便永远结束了。与此相反,我们站在这个人的灵柩旁,在我们无可慰藉的时间里,死亡在他身上只意味着一种短暂的和无实质内容的现象而已。在这里,离我们而去并不意味着终点,并不就是冷酷无情的结束,而不过是从必死性进入不朽性的温和过渡。相对于我们今天非常悲痛地失去的他那肉体的非永恒性来说,他的著作的永恒性,他的本质的永恒性已经得到了拯救。所有我们这些在这个厅堂里还在呼吸,还在生活,还在

[①] 本文是茨威格于1939年9月26日在伦敦火葬馆弗洛伊德灵柩旁的讲话。

说话，还在听别人说话的人，就精神的意义上说，都不及现在躺在狭窄的人间棺材里的这位伟大死者生命的千分之一。

请不要期待我现在对你们赞颂西格蒙德·弗洛伊德的生平功业。我们都熟悉他的成就，有谁不熟悉他的成就呢？我们这一代人中有哪一个人的内心没有经受过他的成就的塑造和转变呢？他揭示人类感情的卓越功绩将作为不朽的传奇长存于所有的语言里。这是就严格的意义上说的，因为现在有哪一种语言能够失去和缺少他从半自觉的昏暗状态中取得的概念和语汇呢？社会道德、教育、哲学、文学创作、心理学、精神文化、艺术创作以及互相理解感情的一切形式，在近两三代人以来，全部因他而得到了丰富和重新评价。这在当代是绝无仅有的现象。甚至那些从来没听说过他名字的人都不自觉地对他承担了义务，听命于他的精神意志了。如果没有他的思想和理解，我们每一个20世纪的人都会是另外一个样子，如果没有他给予我们那种深入内心的强大推动，我们每个人都在更狭隘、更不自由和更不公正地思考、判断和感受。因此，只要我们还在不断地试图闯进人类内心的迷宫，他的智慧之光就会一直照耀在我们的道路上。西格蒙德·弗洛伊德作为发现者和领导者所创造和预先说明的一切，今后都将会与我们同在。只有一个人离开了我们，那就是这位宝贵的、无法替代的朋友本身。我相信，尽管我们可能千差万别，但是在青年时代，我们所渴望的都一样，即叔本华所说的最高级的生存形式——一种道德的生存，一种英雄的人生历程，以血肉之躯呈现在我们眼前。我们在孩童时都梦想过有朝一日遇到这种精神英雄，使我们得到塑造和增强，遇到一个对沽名钓誉漠然视之的人，遇到一个责任感极强，全心全意献身于自己的使命，不是为他自己，而是献身于为全人类服务的使命的人。这位死者以他令人无法遗忘的一生实现了我们童年时代的那种热情的梦想，满足了我们成年时代在这方面日益严格的要求，并且以此赠送给了我们一种独一无二的精神幸福。在这样一个虚荣而且健忘的时代里，他真是一个坚定不移的人，一个纯粹追求真理的人。对于他来说，在这个世界上除了绝对的、持久有效的东西以外，没有什么是重要的。现在在我们的眼睛里，在我们怀着敬畏的内心里，他完全是最高贵和最完善的科学家。他具有连续不断的内心矛盾——在对一种见解还没有把握的时候，他总是小心翼翼，认真核查，翻来覆去思考，而且对自己质疑；但是一旦他形成了自己的信念，他就会全力捍卫这种信念而置全世界的反对于不顾。在他身上，我们，乃至这个时代，都又一次典型地体会到了，世界上最崇高的勇敢就是有文化教养的人不受约束的勇敢，独立不羁的勇敢。我们不会忘记他寻求知识的勇气。其他人没有发现这些知识是因为他们不敢去发现，或者根本不敢宣布，也不敢承认这些知识。然而他敢于去发现，敢于一再独自一人力排众议，率先进入别人尚未进入过的领域，直到他生命的最后一天。他以这种文化教养的勇敢精神在人类永恒的认识之战中给我们树立了多么好的榜样呀！

我们这些熟悉他的人也都知道，与他这种寻求绝对之物的勇敢精神相伴的还有他令人感动的谦虚人品。我们还知道，这位令人惊叹的精神强者同时又是一个最善于理解别人身上一切精神弱点的人。他这种深沉的双声——严谨的精神和宽容的内心——在他的生命临终的时候，表现出了在精神世界里所能达到的最完美的和谐：一种纯洁而清醒的智慧，一种成熟老练的智慧。凡是在他的晚年见过他的人都会从他那一小时的关于我们这个世界的荒谬与疯狂的亲切谈话中得到安慰。因此在这一小时里我常常希望，这种亲切的谈话也能加惠于年轻的、正在成长的人，以便在我们不能为这位人物的伟大精神充当见证人的时候，他们还能够自豪地说：我看到过一位真正的智者，我认识了西格蒙德·弗洛伊德。

　　此时此刻，我们的安慰也许就是，他完成了他的著作，他也在内心里完成了自身。他是战胜生命原始敌人的大师，是战胜由于精神坚定和心地宽容而产生的肉体痛苦的大师。同样他还是与自己的疾病进行斗争的大师，就像他毕生是与别人的疾病进行斗争的大师那样。因此，一直到弥留的痛苦时刻，作为医生，作为哲学家，作为认识自我的人，他都堪称典范。亲爱的、尊敬的朋友，我们为你是这样的一位典范感激你，为你伟大的、创造性的一生感激你，为你的每一项功绩和每一部著作感激你，为你过去的表现和你从自己身上盛放到我们内心里的东西感激你——也就是为你给我们打开的，使我们现在没有向导也能独自漫步其中的各个领域而感激你。我们要永远忠实于你，永远心怀敬畏地思念你，我们最珍贵的朋友，最敬爱的大师，西格蒙德·弗洛伊德。

申文林　译

托马斯·曼的《绿蒂在魏玛》

在那些令人感到压抑的日子里,每一种欢乐都必然受到双倍的欢迎和感激。这样一种精神欢乐,既是最高级的也是最纯粹的欢乐,那就是托马斯·曼的最新长篇小说《绿蒂在魏玛》①所给予我们的。这是一部杰作,尽管他已有了《布登勃洛克一家》《魔山》和史诗《约瑟夫和他的兄弟们》,这也许是他最成功的作品。这部作品非常匀称、完美,在语言上达到一种前所未有的水平。我觉得《绿蒂在魏玛》不仅由于精神上的优势,而且也由于一种内在的重返青春的气质而超过了所有先前的作品。它拥有一种演讲的活力,几乎能易如反掌地处理最困难的问题,机智的戏谑与高贵的庄重以一种甚至在托马斯·曼身上都令人感到惊奇的方式结合在一起。希特勒德国受奴役的国内文学,在七个贫瘠年头所生产的全部,加在一起也抵不过流亡中创作的这一本书的内容和分量。对这部长篇的情节不要抱有多大的希冀,它也没有更多的内容可言,不过是独立成篇的逸事或加以敷衍的故事的内容。一个文学

---

① 1939年,戈特弗里德·贝尔曼-费舍尔在瑞典斯德哥尔摩出版了托马斯·曼的这部小说,同一年,茨威格的长篇小说《心灵的焦灼》也由这位流亡的出版商出版。

史上的注解，人们首先都会这样认为：绿蒂·凯斯特涅，从前的绿蒂·布夫，歌德青年时代的恋人，《少年维特之烦恼》中难以忘却的绿蒂，在五十年之后，在半个世纪之后，她无法抗拒再去见歌德，她青年时代的忒修斯①。她已是一位祖母了，时间已使她的姿色大减，理应也使她变得聪明，可她热衷于干甜蜜的蠢事，又一次穿上维特喜欢的白色衣服，戴上玫瑰色的饰带，以便使胸前佩戴星字勋章的枢密顾问忆起他青年时代所干下的甜蜜的蠢事。他见到她，感到稍许拘束，稍许不安；她见到他，感到稍许失望，可为半个世纪后的这次充满神秘的重逢而感动。就是这些。一个梗概，像一滴露珠那样大，但当它受到上方的光照耀时，就出现了色彩和火焰的奇迹，同这滴露珠一样。

当绿蒂·凯斯特涅在旅客登记簿上写下她的名字时，这座好奇又好饶舌的小城就闹腾起来了；歌德圈子里的人一个接一个前来看她，不管谈话如何变来变去，每一个人都必然要谈论起他，他把大家都迷住了，尽管他们内心在抗拒，他们的虚荣心受到伤害。这样，在一个又一个反射中一幅歌德的肖像慢慢地显现出来，多角中的每一个平面都反映出他本质中的一个不同的面，最后他本人进入这间镜屋的中心。他是以那样一种真实进来的，使人能感到他的呼吸。这是一幅现实的肖像，同时也是充满着一种内在的渗透力的肖像，没有哪一部我们熟悉的长篇小说里，在这方面取得过类似的成功。依附于世俗的每种琐碎之事都被观察和保留下来，但是它们在这位巨人身后倾泻出的越来越强烈的光华中逐渐地黯淡、消逝。他有一种无可比拟的深层的表现力，在某些方

---

① 忒修斯：希腊神话中的英雄，建立了许多功绩。

面也不惜大胆和鲁莽，在这里，形象是从内塑造出来的，直到每一个举动、声调和姿态，使他的出现栩栩如生，以至读者尽管知识渊博也无法把诗人援引的话与诗人添加的话区别开来。艺术性的传记，若是被浪漫化了、粉饰了和歪曲了，就令人无法忍受。这里，它第一次成为完美的艺术体裁，托马斯·曼用这种极为精致的形式描绘的这幅歌德肖像，是此后几代人唯一能记住的，我对此毫不怀疑。

任何热情的词用于这部作品在我看来都不为过，在这部作品里，艺术的理解力上升为真正的智慧，表现力的一种几乎是神秘的、机敏的高超技能适用于最伟大的同时也是最艰巨的对象。这部作品成为一件最荒诞的文学史上的怪事：这部"最德意志"的书，这部近些年来用德文创作出的最出色、最完美的作品，在问世时却对八千万德国人封锁，使他们无法得到它。我们几乎能感到一种很糟的喜悦，因为只有我们才有用德文去读这本书的特权（通常很难买到），而仅有读德文才能得到最完整的享受（我觉得，任何一种翻译都会大煞风景，那些最细腻的，在暗喻和相互联系中捉摸不定的东西，都会在翻译时失去）。因此我们不只是把它当作一部艺术作品，也把它当作一个有力的证明，证明流亡对于一位艺术家不仅意味着痛苦和灵魂的贫瘠，而且也能够使人奋发向上，使内心成长。我们应当感激，我们今天可以读到这部书，另一些在流亡中的人，他们的内心仍留在歌德的德国，他们也将得到它，这是作为战争和痛苦的补偿。

高中甫 译